フリードリヒの戦場
Friedrich's Battlefield
1
若き天才軍師の初陣、
嘘から始まる英雄譚の幕開け
著：エノキスルメ
イラスト：岩本ゼロゴ

「従士フリードリヒ。従士ユーリカ。前へ」
片膝をついた二人を前に、マティアスは剣を抜き、
まずはフリードリヒの前に立つ。
ユーリカ
フリードリヒ

「従士フリードリヒ。汝は王国に忠誠を誓い、
誇りを守り、以て騎士となることを誓うか」
「私フリードリヒは、王国に忠誠を誓い、
誇りを守り、以て騎士となることを唯一絶対の神に誓います」
マティアス・ホーゼンフェルト伯爵

「……ねえ、フリードリヒ」
優しい声が、頭上から降りてくる。
温かい手が、頭を抱えるフリードリヒの両手を解く。
そのままフリードリヒを抱き締める。
彼女はにっこりと笑い、フリードリヒの、かつて彼女がつけた傷の痕に触れた。
「何を言われても、あなたについていくのを止めないよ。
ずっとあなたの傍にいるよ。どうしても止めたいなら、私を殺すしかない。
それくらい愛してるよぉ？」

若き天才軍師の初陣、嘘から始まる英雄譚の幕開け

フリードリヒの戦場

Friedrich's Battlefield

1

著：エノキスルメ

イラスト：岩本ゼロゴ

Character

フリードリヒ

エーデルシュタイン王国辺境の小都市で孤児として育った青年。非力だが聡明。都市を襲った盗賊を知恵で撃退したことで、才覚を見出されて王国軍に入ることに。

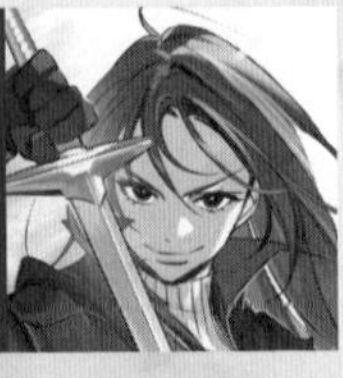

ユーリカ

孤児としてフリードリヒと一緒に育った。生まれ持った身体能力と、天性の戦いの才覚のおかげで、戦闘になると異様な強さを発揮する。

マティアス・ホーゼンフェルト

ホーゼンフェルト伯爵家の当主で、王国軍の将の一人。かつて大戦でめざましい活躍をしたことから、「エーデルシュタインの生ける英雄」として名前が知られている。

クラウディア・エーデルシュタイン

エーデルシュタイン王国の王太女（次期女王）。病身の国王に代わって、数年前から国政の実務を取り仕切っている。

ツェツィーリア・ファルギエール

西のアレリア王国の将。武門の名家として知られるファルギエール伯爵家の若き当主。気鋭の智将と評されている。

グレゴール

ホーゼンフェルト伯爵家の従士長を務める騎士。マティアスの側近。

オリヴァー・ファルケ

王国軍の騎士。貴族家の出。騎士としてフリードリヒの良き先輩になる。

Timeline

西部統一暦 820年	初代女王ヴァルトルーデ・エーデルシュタインによって、エーデルシュタイン王国建国
・ ・ ・	
989年	フリードリヒ誕生 / ベイラル平原の大戦でエーデルシュタイン王国がロワール王国に勝利
999年	国境の戦闘でルドルフ・ホーゼンフェルト戦死
1001年	アレリア王国がロワール王国を征服
1006年	アレリア王国がミュレー王国を征服
1007年	フリードリヒ 18歳、辺境都市ボルガに暮らす（物語開始）

Map

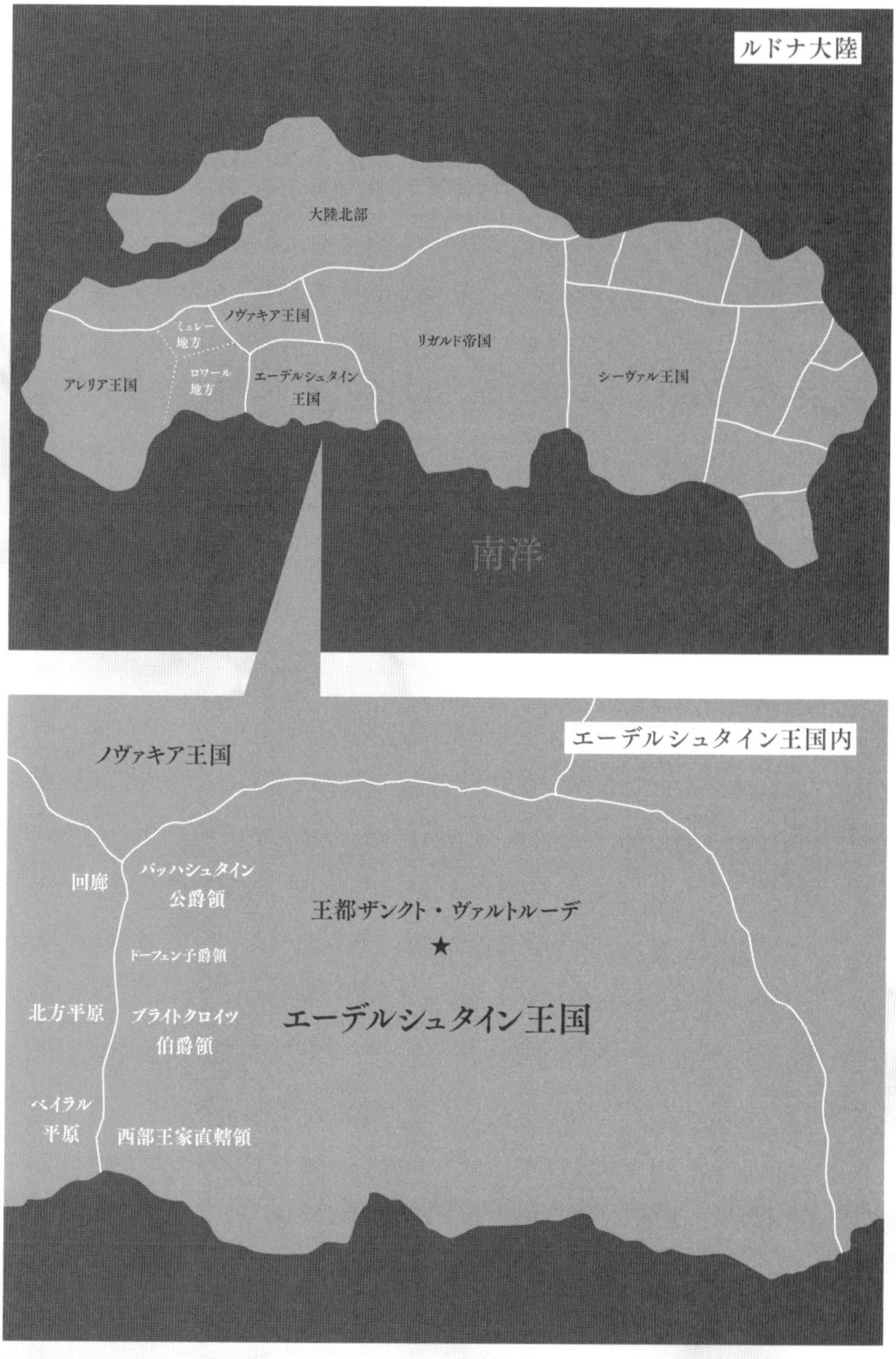
ルドナ大陸
大陸北部
ノヴァキア王国
ミュレー
地方
リガルド帝国
アレリア王国
ロワール
地方
エーデルシュタイン
王国
シーヴァル王国
南洋
エーデルシュタイン王国内
ノヴァキア王国
回廊
バッハシュタイン
公爵領
王都ザンクト・ヴァルトルーデ
ドーフェン子爵領
北方平原
ブライトクロイツ
伯爵領
エーデルシュタイン王国
ベイラル
平原
西部王家直轄領

CONTENTS

プロローグ　深紅の髪の赤子　006

一章　退屈な平穏と、その終わり　009

二章　勝利と邂逅　046

三章　修行　106

四章　騎士　147

五章　初陣　183

六章　英雄　213

エピローグ　私のフリードリヒ　284

外伝1　全ての背負うべきもの　292

外伝2　ある騎士の決意　301

外伝3　ある修道女の独白　311

戦場に散った真の英雄たちへ捧《ささ》ぐ。

――フリードリヒ・ホーゼンフェルト

プロローグ　深紅の髪の赤子

ルドナ大陸西部に存在する国家、エーデルシュタイン王国。

その辺境のとある小都市、教会の扉の前で、二人の男が修道女と話していた。片方の男は、手に大きな籠を抱えていた。

「――それじゃあ、後のことは頼みましたぜ」

「確かに、お預かりしました。あなた方の慈悲深き行いを、神が祝福しますように」

男から籠を受け取った中年の修道女は、二人に向けて祈る仕草を見せる。二人はそれに礼を伝えると、教会を立ち去る。

「商会長、これで満足ですかい？」

「ああ。ここでいいだろう。あいつがここでどう生きていくのかは分からないが……さすがに、そこまで責任は持てないな」

先ほどまで籠を抱えていた男が答えると、彼に問いかけたもう一人の男は苦笑する。

「何なら、途中で捨てたってよかったでしょうに。わざわざあんなもんを抱えて国境を越えて、勝手が分からずに苦労しながら世話もして、律義なこった」

「謝礼を受け取っちまったからな。あの女は変な奴《やつ》だったが、大金をくれた」

籠を抱えていた男は、依頼人の顔を思い出しながら言う。

二人は商人だった。籠を抱えていた男は小さな隊商を率いて商売をしており、隣の男は部下だった。

発端は今から十日ほど前。エーデルシュタイン王国から見て西にあるロワール王国の王都で、彼らは身なりの整った妙な女から声をかけられた。

まるで何かに追われているかのように焦っていたその女は、籠を押しつけてきて、これを運んでほしいと言ってきた。国外まで運び、街道で拾ったとでも言って、どこか田舎の教会にでも預けてほしいと頼んできた。

籠の中を見た男たちは、最初は女の頼みを断ろうとした。しかし、女があまりにも必死に懇願してきたこと、そして何より、彼女が金貨の詰まった小袋を謝礼として差し出してきたことで、商会長の男は考えを変えた。

結局、その女から謝礼と籠を受け取り、元より商売のためにそうする予定だったので国境を越えてエーデルシュタイン王国へと赴き、そして今に至る。

「どんなご身分の奴かは知らないが……せいぜい達者でな」

男はそう言いながら、最後に一度だけ、教会の入り口を振り返った。

「さあ、隊に戻って商売だ。早くしないと、せっかくの戦後の稼ぎ時が終わっちまう」

「稼ぎ時を逃しそうなのは、商会長がこうして片田舎に寄り道したからでしょうに」

そんな話をしながら、二人の男は教会を離れていく。

これで、大陸の歴史における彼らの役割は終わった。


「……あなたはいったいどこから来たのかしらね」

二人の男から受け取った籠を見下ろして、修道女は呟《つぶや》く。

籠の中には小さな赤ん坊が入っていた。大陸では珍しい、深紅の髪を持つ赤ん坊だった。

赤ん坊にはまだ、歴史における役割が残されている。より大きく、より重要な役割が。

質の良い布にくるまれた赤ん坊は、自身の境遇も、この先の運命も今はまだ知らずに、すやすやと眠っていた。

一章　退屈な平穏と、その終わり

自分の人生に満足しながら生きている者は、果たしてどれだけいるのだろうか。

少なくとも自分は違う。そんなことを考えながら、辺境の小都市ボルガに住む十八歳の青年フリードリヒは紙束と向き合い、手を動かしていた。

識字率が二割に満たず、平民は自身の名前を書けて買い物のための簡単な計算ができれば上等というこの社会で、フリードリヒは文章を読み書きし、四則算を扱うことができる。

なので、こうして屋内で机につき、退屈な仕事をしている。

頭の片側では、自身の人生やら境遇やらについて埒《らち》の明かない自問自答をくり広げ、もう片側では目に映る紙の上の文字を認識しながらペンを持った手を動かす。文字を機械的に書き写す。

そうしてしばらく退屈な仕事を続け、やがてそれも終わった。

「……」

手が疲れた。目も疲れた。そう思いながら無言で伸びをする。目を閉じて上を向き、両手をぐっと上に伸ばし、少しばかりすっきりして目を開けると――その顔を覗《のぞ》き込まれる。

「お疲れさま、フリードリヒ。こっちも丁度終わったよぉ？」

艶《つや》のある長い黒髪を揺らしながら鈴の鳴るような声で言ったのは、フリードリヒの二歳上の幼馴《おさなな》染《じみ》、ユーリカだった。

大きな黒い瞳と、赤い唇に彩られてニッと広がる口元。どことなく危険な雰囲気も漂わせる、しかし魅力的なその笑顔を、フリードリヒは自身に向けられて当然のものとして受け止める。

「そう、ユーリカもお疲れさま。それじゃあ……とっとと報告して報酬を受け取って帰ろう」

フリードリヒはそう言って立ち上がり、二人で書き上げた書類の束を手に取る。

ユーリカを伴って向かった先は、この屋敷の主《あるじ》のもとだった。

屋敷の奥まで勝手知ったる足取りで進み、執務室の扉を叩《たた》く。

「ヘルマン様。終わりましたよ」

「ん？　フリードリヒか。入りなさい」

許可を得て入室し、この屋敷の主ヘルマンと対面する。

ここは代官屋敷。この屋敷の主であるヘルマンは、すなわちこの小都市ボルガの代官でもある。

「早かったな。ちゃんとやったのか？」

「今まで何度も依頼を受けてるのに信用していただけないなんて、悲しいです」

別に悲しそうでもなく言いながら、フリードリヒは書類の束を差し出す。

代官の屋敷は都市の行政府を兼ねている。都市運営の過程では多くの書類が作成され、その中には複数枚が作られるものもある。

書類の複製は、当然ながら全て手書き。読み書きさえできれば単純作業の範疇《はんちゅう》。ここボルガのような小都市には官僚と呼べるような存在も少なく、ヘルマンは貴重な官僚をこのような生産性の低い単純作業に充《あ》てることを嫌う。

なので、フリードリヒが雇われる。育ての親から読み書き計算を教わったフリードリヒは、日雇いの頭脳労働者として生計を立てており、ヘルマンからも時おり声をかけられる。

フリードリヒほどではないが読み書き計算の心得のあるユーリカも、助手として仕事を手伝ってくれる。フリードリヒが彼女に任せても問題ないと判断した作業をいつも担っている。

「はっはっは。冗談だ。別にお前を信用しとらんわけじゃあないさ……うむ。今回もちゃんと書けているようだな。ご苦労だった」

複製された書類の束をなめるように確認したヘルマンは、でっぷりと突き出た腹を揺らしながら立ち上がり、後ろの棚から小さな袋を取り出す。

「ほら、この二日分の報酬だ。お前の分と、そっちの娘の分、まとめて入っている」

投げられた小袋をフリードリヒは取り落としかけ、それを隣のユーリカが受け止める。彼女から小袋を手渡されたフリードリヒはそれを開き、中に収められた銀貨と銅貨を確認した。

三二〇スローネ。事前の契約通りの額だった。

フリードリヒは目で金を数えるふりをしながら、しばらく押し黙り、そして顔を上げる。

「確かに。それじゃあ、また仕事があれば呼んでください」

一応は笑顔らしきものを作ってヘルマンに礼を言い、フリードリヒは退室する。ユーリカは気分屋な猫のように、ヘルマンやその他一切を無視し、フリードリヒの背中だけを見て後に続く。

代官の屋敷を辞したフリードリヒとユーリカは、家までの道を歩く。

「……せっかく報酬も入ったし、今夜は少し贅沢《ぜいたく》して良いものを食べる？」

「いいね。私、肉が食べたいなぁ。干し肉じゃない本物の肉が」

報酬の入ったポケットを軽く叩きながらフリードリヒが言うと、その腕を抱きとってユーリカがにんまりと笑う。

「それじゃあ、途中で肉屋に寄って豚肉を買おうか……元孤児じゃなかったら、牛肉を買えただろうけど」

フリードリヒは皮肉な笑みを零《こぼ》しながら答えた。

頭脳労働の報酬の相場は、本来であれば一日当たり一二〇スローネは下らない。

しかし、今回受け取った報酬は、二人の二日分で三二〇スローネ。フリードリヒが一日一〇〇スローネで、ユーリカが一日六〇スローネ。

明らかに足元を見られている額。この扱いは、フリードリヒたちの出自に理由があった。

二人は孤児上がりだった。二人とも捨て子だった。属する家を持たず、親の顔さえ知らない二人は、常に社会のはみ出し者と見なされて生きてきた。

なのでフリードリヒは、本来は相場通りの額をもらえて然《しか》るべき能力がありながら、相場より安い報酬しか受け取っていない。ユーリカに至っては、相場の半分程度の額しかもらっていない。

この扱いは今に始まったことではない。フリードリヒたちはいつも、相場より安い報酬で書類の複製や手紙の代筆、商店の帳簿づけや目録作りの補佐、読み書き計算の苦手な自作農たちの事務仕事の手伝いなどを請け負っている。

依頼者は元孤児のフリードリヒたちに声をかけることで、割安で頭脳労働の人手を得られる。フリードリヒはユーリカと共に安く能力を提供することで、出自の確かな他の頭脳労働者にこの都市での仕事を奪われずに済む。

依頼者とフリードリヒの力関係と利益のバランスをとった結果、フリードリヒたちは孤児出身にしては稼いでいるが、頭脳労働者にしては稼げていない。こうしてまとまった報酬を得た日も、牛肉ではなく豚肉を買うことで節約する。

この扱いに憤ることはもうない。本格的に働き始めたばかりの頃は依頼主に抗議することもあったが、それで状況が悪くなることはあってもよくなることはないと思い知った今は、文句を言おうなどという意思は微塵《みじん》も湧かない。内心で納得しているかはまた別だが。

肉屋で二人分の豚肉を買ったフリードリヒは、機嫌よさそうに鼻歌を歌うユーリカと共に歩く。

夕刻前のこの時間帯、通りは買い物客や仕事帰りの者が多く歩いている。行き交う人々の中に

——フリードリヒは、できれば見たくない姿を見かけてしまった。

「よお孤児野郎。はみ出し者のくせに堂々と通りを歩きやがって、何やってんだ？」

声をかけてきたのは、フリードリヒと同い年の、ブルーノという青年だった。

子供の頃はガキ大将のいじめっ子として同年代の間で知られていた彼は、今は荒っぽい性格の不良として街では有名。かつて好き放題にいじめたフリードリヒが、孤児出身のくせに少しばかり稼いでいることが気にくわないのか、今でも子供の頃のように時おり絡んでくる。

ブルーノの隣では、彼がいつも連れている子分が二人、にやにやと嫌な笑みを浮かべている。

「おい何とか言えよ。ぶら下げてんのは豚肉か？　どっかから盗んだんじゃねえのか？」

なおも声をかけてくるブルーノを、フリードリヒは無視する。

ブルーノは子分たちを連れて後ろからついてきながら、あれこれと嫌な言葉を投げてくる。ユーリカは鼻歌を歌うのを止《や》め、フリードリヒの腕に寄り添い、ブルーノたち三人の気配を気にしながら歩く。

「ねえフリードリヒ、どうする？」

「相手にしなくていいよ。街はずれまではついてこないだろうし」

耳元に囁《ささや》くユーリカに、フリードリヒはそう答えた。

いざとなれば勝てるが、面倒ごとはできるだけ避けたい。馬鹿は無視するに限る。

「おい、無視すんじゃねえよ。孤児のくせにいつも女侍《はべ》らせやがって。生意気なんだよ。見てくれが良ければそんな化け物女でも用は足りてるってか？　ちゃんと穴はあるだろうからな」

ブルーノの下卑《げび》た挑発に同調するように、子分たちが汚い笑い声を上げる。

「……前言撤回。路地裏におびき寄せて、後はユーリカが好きにしていいよ。ああでも、目立つ怪我《けが》はさせないでおこう」

フリードリヒは小さな舌打ちを零し、そう言った。

「ふふふっ、分かった。任せといてぇ」

それに、ユーリカはにんまりと楽しげな笑みで応えた。

二人は帰路から外れる道に入り、ブルーノたちがついてくるのを確認した上で、いきなり走り出して狭い路地に飛び込む。

「あっ！　おい待ちやがれ！」

その言葉からして、ブルーノと子分たちはちゃんと後を追ってきている。そう思いながら、フリードリヒは飛び込んだ路地で彼らを待つ。

そのフリードリヒの前には、ユーリカが立っていた。軽く肩を鳴らし、足では小さくステップを踏み、どこかうきうきした様子でブルーノたちを待ち構えていた。

「おいふざけんなよ孤児野郎――」

路地に駆け込んできたブルーノに、ユーリカはいきなり蹴りを放った。

「おわっ!?」

「ぶげっ！」

ブルーノは間一髪で身を伏せてそれを避《よ》けたが、すぐ後ろにいた子分は対応しきれなかった。ユーリカの靴に横顔を打たれ、吹き飛んだ勢いで路地の壁に激突し、そのまま伸びてしまう。

「てめえ！」

もう一人の子分が果敢にもユーリカに殴りかかるが、それは無謀な行動だった。

子分の拳をユーリカは涼しい表情で躱《かわ》し、膝で子分の腹を蹴り上げる。また拳を躱し、今度は足をかけて子分を転ばせる。一切の無駄のない、しなやかな動きだった。

無様に地面に転がった子分の足と足の間、男にとって最大の急所を、ユーリカは蹴り上げる。何も潰れたりしないよう手加減した軽い蹴りだったが、子分はそれでも言葉にならない悲鳴を上げてのたうち回る。

その可哀想《かわいそう》な様を見て、フリードリヒは小さく笑いを零した。

「油断してんじゃねえ！」

ブルーノはそう怒声を放ち、ユーリカではなくフリードリヒ目がけて突進してきた。

弱い方を狙って人質にでもしようというのであれば、ブルーノにしては賢い。フリードリヒは感心して小さく片眉を上げる。

両腕でフリードリヒの首を摑《つか》もうとしたブルーノは――しかし、フリードリヒのもとには辿《たど》り着けなかった。

後ろから飛びかかったユーリカが、ブルーノの膝裏を蹴る。地面に膝をついたブルーノは、ユーリカにそのまま足を踏まれて立ち上がれず、後ろから腕を回されて首を絞められる。

ブルーノが伸ばしていた手はフリードリヒの首の手前で空を掴み、ブルーノはそのまま顔を赤くしてじたばたともがいている。

「あはは、残念。惜しかったね」

そんなブルーノを見ながら、フリードリヒは苦笑した。

「ねえ、馬鹿」

もがくブルーノの耳元で、ユーリカが挑発するような声で言う。

「こうして私に負けるのは何回目？　私がすっごくすっごく強い化け物女だって知ってるでしょう？　それなのにどうして、毎回私たちに絡むの？　今度こそ上手《うま》くいくと思ったの？　今までそれで何回私にこうして負けたの？　ねえなんでそんなに頭が悪いの？」

「ぐ、ご……は、離……」

ユーリカは強い。天性の才覚とでも言うべきものがあるらしく、誰かに指導を受けたわけでもないのに異様に強い。

筋力では男に敵《かな》わない代わりに、俊敏さで相手を圧倒するのがユーリカの戦術。細く引き締まった身体《からだ》を巧みに使い、まるで猫のように戦うユーリカに、ブルーノは勝てたためしがない。

「ユーリカ、その辺で止めてあげよう」

ブルーノが白目をむき始めたのを見て、フリードリヒは言った。その言葉に従い、ユーリカはすぐにブルーノを離して立ち上がる。

「げほっ、げほっ、げえぇ……て、てめえ。こんなことしてどうなるか」

「えっ、まさか誰かに言うつもり？　元孤児の女にぼこぼこにされたからパパママ助けてって家族に泣きつくの？　兵隊さん助けてって領軍にすがりつくの？　いいよぉ言いたいなら言っても。そのときは私もあなたたちの無様な負け方を街中に言いふらしてあげるよぉ？」

地べたに座り込んで肩で息をするブルーノを、ユーリカが小馬鹿にする。ブルーノはユーリカを睨《にら》み上げ、しかしそれ以上は何も言わなかった。

ボルガは小さな都市。噂《うわさ》はすぐに広まる。いくら相手がユーリカとはいえ、三対一の喧嘩《けんか》で女性に惨敗したなどと、ブルーノが自分から話せるわけがない。

「ついでに言うと、僕もユーリカもボルガの皆にとって便利な存在だからね。君たちの骨を折りでもしたのならともかく、殴る蹴るしただけで僕たちが檻《おり》に入れられたりボルガから追放されたりすることはないよ。君のご両親、別に有力者でもなんでもないし」

そう言いながら、フリードリヒはブルーノの前にしゃがみ込む。

「ねえ、ブルーノ」

そして、少し困った表情になる。

「いい加減にさ、僕たちに絡んでくるのは止めてよ。別に僕たちの方から君に何かしたわけじゃないよね？　ユーリカの言う通り、君たちが負けたのはもう何度目か分からない。嫌な言い方になるけど、君たちは僕たち……というか、ユーリカには勝てないって分かりきってる」

フリードリヒの声には、露骨な呆《あき》れの色が混じる。

「本当に、暴れたいならせめて他の人に絡んでよ」

「うるせえ。元孤児のくせに。この俺がお前らなんかに負けたままでいられるわけねえだろ。いつか目にもの見せてやる」

「……そう」

視線を逸《そ》らしながら吐き捨てるブルーノを前に、フリードリヒは嘆息した。

駄目だ。話が通じない。そう思って立ち上がった。

「お大事にね、ブルーノ。そっちの二人も」

そう言い残し、路地を出て帰路に戻るフリードリヒに、ユーリカも続く。

「ユーリカ、怪我してない？」

「あれくらいで私は怪我なんかしないよぉ。フリードリヒは大丈夫？」

「僕も平気。ユーリカのおかげだよ」

フリードリヒが答えると、ユーリカはとろりとした笑みを浮かべながら腕に寄り添ってくる。

「そう、よかった……これからも私が守ってあげるからねぇ、フリードリヒ」

「ありがとう。頼りにしてるよ、ユーリカ」

フリードリヒに絡んでくるのはブルーノたちだけではない。元孤児という侮られやすい立場にいるフリードリヒには、他の不良じみた連中も時おり近寄ってくる。

この都市から徒歩で一日の場所にある領都に偶《たま》に出かけた際も、いつも小綺麗《こぎれい》なフリードリヒは小金を持っていそうに見えるのか、よく目をつけられる。

そんなとき、ユーリカはその強さを発揮してフリードリヒを守ってくれる。

フリードリヒは、自分たち二人がどうやって生きていくかを考える。ユーリカよりは社交性があるので、客との関係を維持し、仕事を得る。そしてユーリカは、フリードリヒを守る。

二人はそうして生きてきた。これからも生きていく。そうして生きていくしかないと、フリードリヒは思っている。

「帰ろう……ああ、その前に教会に寄らないとね」

「……ユーリカ。今回はどこで誰と喧嘩をしたのですか?」

「ん？　何の話?」

都市の中央広場に面して立つ教会の中で、老修道女アルマに指摘されたユーリカはいたずらっぽい笑みを浮かべる。彼女の服のところどころは砂と土で汚れているので、少々派手に暴れたことは見る者が見ればすぐに分かった。

あくまでもとぼけるユーリカの態度を見て、フリードリヒたちの育ての親であるアルマは嘆息しただけだった。ユーリカのこのような態度や言動については、既に諦められている。

「毎回言っていますが、刑事罰に問われるような暴れ方はしてはいけませんよ。フリードリヒも、あなたは頭が良いのですから、ユーリカが無茶をしないよう見ていてあげなさい。元孤児のあなたたちは立場が弱いことを、くれぐれも忘れないように……それで、今日もいつも通りですか？」

「はい。まとまった報酬をもらったので、少しですが寄付に」

そう言って、フリードリヒは銅貨を二枚、二〇スローネを差し出す。

大した額ではないが、これでも今教会にいる数人の孤児たちの、数日分の食事代にはなる。

「確かに、受け取りました。寄付者の名簿に記録しておきましょう……いつも言っていますが、無理はしなくていいのですよ？」

「もちろん無理のない範囲で寄付してますよ。本当です」

自分たちはこの教会で育てられたおかげで、成人するまで生き延びられた。アルマから読み書き計算を習い、今は元孤児のわりにはいい暮らしができている。

なので、今教会で育っている孤児たちや、これから育つ孤児たちのために、できる貢献はしたいと、フリードリヒは本心から考えている。

「……そう。ならいいわ。正しき行いをするあなたたち二人を、神の祝福が守りますように」

空、大地、海を表す三角形を胸の前で描き、両の手のひらを重ねながら祈りの言葉を唱えるアルマの前で、フリードリヒは静かに目礼した。ユーリカもこのときばかりは、フリードリヒと同じように目礼した。

「それでは二人とも。これからも誠実に生きるのですよ。また教会にも顔を出しなさい」

「はい。ありがとうございます、アルマ先生」

フリードリヒはアルマに感謝を伝え、ユーリカと共に教会を辞した。


フリードリヒとユーリカが住んでいるのは、都市の端にある集合住宅街。継ぐ家も農地も店や工房もなく実家の厄介者になった次男以下の独身者や、家族持ちの中でも貧しい者たちが寄り集まるように暮らす区画。

そこにある古い二階建ての集合住宅の、二階の一室がフリードリヒたちの自宅だった。一間と厠《かわや》と台所があるだけの我が家で、豚肉の蒸し焼きと、買い置きのパンと適当に作ったスープの夕食を終えた二人は、夜の短い自由時間をのんびりと過ごす。

「……」

フリードリヒが真剣な面持ちで手にしているのは、書物だった。

孤児として教会で育った出自。アルマをはじめ修道女たちや教会の司祭からも認められた秀才ぶり。小まめに寄付をする真面目な生き様をもって築き上げた信用。それらを担保に、フリードリヒは特例的に教会から書物を借りて持ち帰る許可を得ている。

好んで読むのは、偉人の活躍を描いた歴史書や物語本の類、その中でも戦いを記したもの。かつてこの大陸で名を馳《は》せた君主や貴族、武勇や智慧《ちえ》をもって敵を撃ち破った将たちに思いを馳せるのが、フリードリヒの夜や休日の楽しみだった。

今読んでいるのも、そんな戦記の類だった。

開いている歴史書に記されているのは、今から十八年前、フリードリヒが生まれた年に起こった戦争。ここエーデルシュタイン王国と、西の隣国との大戦。

この戦いで敵陣を突破し、敵将を討ち取って王国を勝利に導いたのが、マティアス・ホーゼンフェルト伯爵。まるで歴史や物語に語られる英雄のような活躍を見せた彼は、その偉大な戦功への畏敬を込めて「エーデルシュタインの生ける英雄」と呼ばれるようになった。当時まだ二十代と若き将だった英雄は、今も現役の軍人として国を守っているという。

その英雄マティアスに、華々しく描かれる彼の戦いぶりに、歴史の転換点となる大戦の戦場に、それらを想像する頭の中の景色に、フリードリヒは魅了される。

これは現実逃避でもあった。歴史や物語の世界に没入している間は、自分の出自も、周囲からの扱いも、その他のあらゆる不満や不安も忘れていられる。

フリードリヒの人生には、こんな時間が必要だった。

しかし、そうして逃避していられる時間も間もなく終わる。日は沈み、ランプの油を惜しみなく使えるほどの金銭的余裕はさすがにないので、フリードリヒは読書を終えて書物を机に置き、ベッドに寝転がる。

「フリードリヒ、もう寝る？」

「そうだね。明日は仕事は入ってないから、起きる時間は気にせず思いきり寝よう」

しなやかな動きでベッドに乗ってきたユーリカに問われ、フリードリヒは頷《うなず》く。

と、ユーリカはフリードリヒの上にまたがり、いたずらっぽい笑みを浮かべて舌なめずりする。

「明日起きる時間を気にしなくていいなら、今夜は夜更かしして疲れてもいいよねぇ？」

「……そういうことになるね」

フリードリヒも挑発的な笑みを浮かべて答えると、ユーリカは鼠《ねずみ》を見つけた猫のように目をぎらつかせ、そのままフリードリヒに覆いかぶさる。

自分より背の高いユーリカにこうして押さえつけられたら、フリードリヒはもう逃げられない。逃げるつもりもない。

「じゃあ、思いっきり愛し合って、思いっきり疲れよう？　私のフリードリヒ」

フリードリヒのシャツをめくり上げながら、ユーリカは言った。


それからしばらく経《た》ち、夜も更けた時間。先に眠ったユーリカに抱き枕のように抱き締められながら、フリードリヒは天井を見上げて思案する。

ユーリカと一緒にいることには、微塵も不満はない。彼女を愛している。これからも彼女とずっと一緒に生きていく。それに不満があるはずもない。

一人の男としてはそれでいい。では、一人の人間としてはどうだろうか。自分はこのまま、元孤児だからと軽んじられながら、出自を理由に社会のはみ出し者扱いされながら、その不満を飲み込んで退屈な頭脳労働を来る日も来る日も行い、日銭を稼いで生きるのだろうか。

書物の世界に思いを馳せることを心の慰めとしながら、安価で使い勝手のいい労働力として時間を切り売りし、そのような人間として老いて死んでいくのだろうか。

この退屈な田舎都市から抜け出すこともなく、代わり映えのしない弛緩《しかん》した日常の中で、その日常に満足しているつまらない人々に軽んじられ続けるのだろうか。

書物の中にあるようなきらめきは、心躍る熱量は、後世に知られるような物語は、自分の人生には永遠にあり得ないものなのだろうか。出自が不遇なために、自分はそのような人生を運命づけられているのだろうか。

そもそも、文字を読み、複雑な文章を理解し、細かい思考を為《な》す能力などを身につけなければ、こんなことで悩まずに済んだのだろうか。

「……」

頭の中に次から次へと湧いてくる自問を振り払い、フリードリヒは自分を抱くユーリカの胸に顔を埋《うず》めた。

いつものことだが、夜眠る前は埒の明かないことをだらだらと考えてしまってよくない。

そう。これは考えても仕方のないことだ。こんなものを、悩みなどと呼ぶのも馬鹿らしい。

自分の人生に本当に満足しながら生きている者など、どうせほとんどいないのだ。大多数の者が人生の意義など端《はな》から考えることもなく、あるいは考えることを諦めて生きているのだ。

だから、自分も考えるだけ無駄だ。人生とはそういうものだ。

・・・・・

それから数週間が経ち、その間も特筆すべき出来事はなかった。

フリードリヒたちの暮らすエーデルシュタイン王国ドーフェン子爵領は、王国の北西にある田舎領地。この国と西の隣国アレリア王国は係争中だが、ドーフェン子爵領が接する国境は全域が山脈であるため、軍隊の侵攻路にはならない。

そんなドーフェン子爵領の中でも辺境に位置するここボルガは、特に平和だった。点在する農村を繋《つな》ぐ拠点として築かれた、人口五百人ほどの何の変哲もない小都市。こんな場所で、事件らしき事件は滅多に起こらない。

昨日も、一週間前も、一か月前も、一年前もさして変わらない。平穏で退屈な日常が続く。そんな日々の中で――しかし、ある秋の日、珍しく非日常的な出来事が起こった。

その日、フリードリヒは自作農家の蔵で麦の量を計算する作業の手伝いを終え、ユーリカと共に自宅まで歩いていた。明日からの休日の予定を話しながら。

「まとまった休みは久しぶりだし、領都まで行こうか」

「いいね。前行ったときに新しく開いてた料理屋、また行きたいなぁ」

十二歳のとき、フリードリヒは修道女アルマの用事の付き添いで初めて領都に赴いた。

人口およそ三千の領都は、この国の中では大都会というわけではないらしいが、それでもボルガと比べたら段違いに栄えていた。様々な店が並び、市場が開かれ、芸人が路上で芸を行い、領外から訪れた商人や旅人が行き交っていた。

その街並みに、フリードリヒは魅了された。なので自分で金を稼ぐようになってからは、時おりユーリカと共に領都に出かけている。

さして金に余裕はないので、安宿に一、二泊し、安い料理屋や露店で食事するだけだが、そうして都会で刺激を受けることは、書物を読むことと並んでフリードリヒの心の慰めになっている。

「そうしよう。あのときは開店したばかりで混んでたけど、今度はゆっくりできると……あれ、何の人だかりだろう」

中央広場に住民たちが集まっているのを見たフリードリヒは、そちらを向いて呟《つぶや》く。

「フリードリヒ、行ってみる？　何か事件かも」

「あはは、この田舎で？　珍しいね」

笑いながらユーリカに答え、フリードリヒは好奇心でその人だかりに近づく。

「何があったんですか？」

「おお、フリードリヒじゃないか。何でも、南の農村の近くに盗賊が出たらしいぜ。村からボルガに来てた連中が帰りの道中で襲われて、慌てて逃げ戻ってきたんだと」

フリードリヒが手近な住民に声をかけると、その中年の男はそう説明してくれた。

「へえ、盗賊。大変ですね」

さして驚くこともなく、フリードリヒは答えた。

ドーフェン子爵領は王国の中でも平和な方だが、それでも時おりこうして盗賊や、熊などの獣が出ることもある。特に盗賊に関しては、国境沿いの貴族領である以上、ある程度は仕方のないことだった。

ドーフェン子爵領の面する国境は全面が険しい山脈だが、他の貴族領ではその山脈が途切れ、アレリア王国と平地で接している箇所もある。そのため定期的に戦闘が発生しており、そこから傭兵《ようへい》崩れや脱走捕虜などが流れてきて盗賊化することがある。

もっと珍しい例では、一《いち》か八《ばち》かで国境の山脈を越えてきたアレリア王国の犯罪者などが、そのまま盗賊になることもある。

とはいえ、ほとんどの場合それもすぐに領軍に討伐されて終わる。この騒ぎもすぐに終息するだろうから自分には関係ないと、フリードリヒは考える。

広場の中央には、代官からの布告や簡易裁判の際に使われる木製の壇《だん》が置かれている。その壇上へ今まさに、領軍のボルガ駐留部隊の隊長デニスが上がる。

「あー、いいか皆。聞いてくれ」

デニスが壇上から住民たちに呼びかけると、間もなくざわめきは収まり、集まっている者たちの注目が彼に集まる。

「ここにいる奴《やつ》らはもう聞いてるだろうが、盗賊が出た。出くわした連中の話によると、数は四、五人だそうだ。その程度の規模で村や都市を襲うってことはないだろうが、放っておくわけにもいかないからな。明日、俺が部下たちを率いて討伐に出る。だが皆も知っての通り、このボルガの駐留部隊は俺を含めて十人しかいない。確実に盗賊を討伐するために、手伝いの民兵が十人ばかりほしい。志願者を募りたい」

デニスの呼びかけを受け、住民たちは誰も驚かなかった。盗賊や獣などがボルガの近くに現れた際、デニスは討伐のためにいつもこうして住民から補助戦力を募る。

彼は元孤児のフリードリヒにも気安く接してくれる気のいい人物で、住民からの信頼も厚い。軍人としての実力も確かで、盗賊や獣の討伐に失敗したことはない。その彼が今回も盗賊討伐を主導するとなれば、住民たちの顔に不安の色はない。

「久々の志願者集めだな。フリードリヒ、お前も志願するか?」

「まさか。しませんよ」

先ほど状況を説明してくれた中年の男に問われ、フリードリヒは首を横に振る。

「ははは、そうだよな。孤児上がりでふらふらしてるお前に務まる役目じゃねえ」

もともと本気で尋ねたわけではなかったらしく、男はへらへらと笑いながら言った。ごく自然に自分を見下す言葉に、しかしフリードリヒは作り笑いで応える。

こうした言葉を投げられることは珍しくない。この社会では、生まれ育つ、あるいは産み育てる家族を持ち、堅実な仕事を持ってこそ真に一員と認められる。

家族を持たずに育ち、あちこちに呼ばれて出向く自由業のような働き方をしているフリードリヒとユーリカは、常に社会のはみ出し者と見なされる。

もちろん気分がいいはずもなく、むしろ胸糞《むなくそ》悪いことこの上ないが、何を言おうが無駄。なのでフリードリヒは、それ以上反応しない。

デニスによる志願者の募集に、勇敢な男たち——有力な自作農家の家長やその継嗣《けいし》など、都市社会の中心にいる責任感の強い者たちだ——が応じる声が響く。この段になってはもはや自分に関係のない話だと、フリードリヒはユーリカとともに広場を離れる。

「明日の領都行き、どうする？」

「……さすがに盗賊討伐が済むまでは中止かな」

フリードリヒたちが気にしているのは、自分たちの休暇のことだった。

盗賊討伐については、元より心配していない。デニスたちが討伐に出るなら、明日の夜には既に解決しているはず。領都への出発を一日延ばす羽目になって残念だと、考えるのはただそれだけだった。

盗賊討伐の失敗の可能性など、端から頭にはなかった。

・・・・・

その翌日。代官ヘルマンの激励と住民たちの見送りを受け、デニス率いる討伐隊は午前中にボルガを南へ出発していった。

早ければ昼過ぎにも、盗賊討伐を終えて帰還してくるだろう。都市の住民たちも、もちろんフリードリヒもそう予想していたが、事態は予想外の展開を迎えた。

意外と時間がかかっているな、と誰もが思い始めた日暮れ前。討伐隊のうち二人だけが、血まみれになって帰ってきたことで、都市内は騒然となる。

「ぜ、全滅だ！　俺たち以外は皆殺しにされた！」

広場の真ん中に立ち、住民たちに囲まれながら、血みどろの生還者は叫んだ。

「四、五人なんてもんじゃねえ！　盗賊は何十人もいやがった！　五十人、いや百人いたかもしれねえ！　おまけに、戦い慣れてそうなものすごく強そうな連中で……領軍兵士も、俺たち以外の志願者も、次々に殺された！」

「俺たちはまだ若いからって、デニスさんが逃がしてくれたんだ。都市の皆にこの事態を伝えに行けって命令をくれて……そのときはまだ何人か生きてたけど、きっとそいつらもデニスさんももう死んじまってる……」

その言葉を聞いて、まず上がったのは泣き声と悲鳴だった。盗賊討伐に志願した者や、領軍兵士の家族たちの声だった。

犠牲者の家族が泣き崩れ、あるいは呆然《ぼうぜん》と膝をつき、それを周囲の者が慰め、抱き締める。

重い空気が広場に漂う中で、他の住民たちは近くの者同士でざわざわと話す。広場に集まる住民は次第に増え、この都市の全住民が集まっているのではないかと思うほどごった返す。

「ねえ、フリードリヒ」

「……きっと、最初に少人数で姿を現したこと自体が盗賊の罠《わな》だったんだろうね。数人程度の盗賊が相手なら、討伐隊として動員する人数は普通はその十倍もいかない。せいぜい二、三十人の討伐隊が出てきたところで、それを殲滅《せんめつ》してしまえば、主力になる兵士や男を失ったこのボルガはまともな戦力がなくなる。領都から援軍を呼ぶとしても、これだけ大規模な盗賊に対応できる兵力なんて、領主様もすぐには動かせない。到着はどんなに早くても数日後。それまで略奪し放題、殺し放題だ」

広場の混乱にはあまり興味がなさそうに、ユーリカが声をかけてくる。呼ばれたフリードリヒは自身の見解をそう語った。

「な、なあ。これからどうするんだ？」

「早くなんとかしないと……明日か、下手をすれば今夜中にも盗賊たちがここに来てしまうんじゃないの？」

討伐隊が全滅した報に対するどよめきがひと段落した後、皆の話題はこれからのことに移る。

「そ、そうだ。代官のヘルマン様は？」

「あの人、ドーフェン子爵家の親戚なんだろう？　貴族様の血を引いてるお方だ。教養もあるはずだし、解決策を教えてくれるんじゃあ……」

「それがいいわ。ヘルマン様に、これからどうすればいいか聞きましょう」

「生き残りの二人は、最初にヘルマン様に報告に行ったんだろう？　もしかしたら、ヘルマン様はもう何か策を考え出してるかもしれない！」

何人かがそう言い、皆が口々に同意する。判断を仰ぐべき支配者層の人間がまだ残っているという事実を前に、安堵《あんど》の空気が流れる。

しかし、それもほんのひと時のことだった。

「た、大変だ！」

代官屋敷の方から、屋敷で使用人として働いている男が広場に駆け込んでくる。

「ヘルマン様が、家族を連れて馬車で出ていった！　助けを呼んでくるって言って……」

一瞬の沈黙が広場を包み、それはすぐに喧騒に変わる。

「あの野郎！」

「代官のくせに逃げやがった！　都市も俺たちも見捨てて！」

「どうするんだよ！　デニスさんも代官様もいなくて、領軍兵士や頼りになる連中も皆死んじまって、俺たちだけでどうしろっていうんだよ！」

皆が憤りや混乱を抱えて騒ぐ様を見ながら、ユーリカが笑みを浮かべた。

「ふふふっ。なんか凄《すご》いことになってきたねぇ」

「……まったく、あの馬鹿代官」

一方のフリードリヒはため息を吐《つ》き、呆れ声で呟く。

ヘルマン。彼の父の代からこのボルガの代官で、当代ドーフェン子爵の従弟《いとこ》にあたる人物だと聞いている。温和な性格で、平時であれば民にとって悪くない代官だが、非常時に真っ先に逃げるようでは無能と謗《そし》られても自業自得だろう。

おまけに、このボルガの南東には森に覆われた小高い山があり、東の領都へと続く街道は、山を避けるように南門から弧を描いて延びている。

そのため、領都へ行く場合はボルガを出て一度南側に進むことになる。今まさに南から迫り来る盗賊たちと出くわす可能性を考えると、少人数で逃げるのはむしろ愚策だ。これから日が暮れることを考えると殊更《ことさら》に。

今、最も生き残る可能性が高いのは、おそらく皆で力を合わせて襲撃に備えること。

ボルガの人口五百人のうち、戦力となる成人男子はせいぜい二百人足らずだが、それでも盗賊よりは頭数が多い。小さいとはいえ都市にいるこちらには地の利もある。戦いの経験などない者ばかりだが、上手くやれば盗賊を追い払うことくらいはできるだろう。

問題は、誰が皆をまとめ、盗賊への対抗策を考えるか。フリードリヒとしては、今まで多くの書物で戦いに触れてきたので多少は自信がある。今からの話し合いの主導権を握りたい。しかし、果たして元孤児の自分の意見を皆が聞いてくれるだろうか。

そのような心配をしていると、しかし話はフリードリヒの予想外の方向へと動く。

「誰かなんとかしてくれよ！」

「ひゃ、百人いるかもしれない盗賊なんて……どうしようもないじゃない！」

「じゃあこのまま死ぬしかないのか!?」

怒声が、悲鳴が、大人たちの当惑ぶりに怯《おび》えた子供たちの泣き声が響き渡り、広場を包む。誰もが戸惑い、恐怖し、混乱が広がる。

「もう駄目だ！　この都市も俺たちも終わりだ！」

「嫌だ。誰か助けて！」

「こ、このまま無惨に殺されるくらいなら、いっそ今楽になった方が……」

「ああ、空と大地と海を創られし唯一絶対の神よ。私はあなた様の忠実なる僕《しもべ》。私の亡き後、どうかこの魂をあなた様の御許《みもと》へと導きたまえ」

ただ嘆く者。泣き叫ぶ者。諦める者。神に縋《すが》る者。皆に共通しているのは、事態を打開するための思考を放棄している、ということだった。

そんな民衆の有様を見ながら、フリードリヒは呆然とする。

「……何だこれ」

呆然としたまま、言葉が零れる。

どうして、誰も自分の頭で考えない。この状況をどうにか変えようと考えない。

このまま喚《わめ》いてばかりいたら、どうなるか分かっているのか。

確かに、今ここに残っているのは庶民層ばかり。このボルガをほとんど出たこともなく、出ようなどとそもそも考えない者ばかり。複雑に思考するための言葉も知らず、自分の仕事と生活の範囲内でしか物事を考えられない者ばかり。

それ以上を考えられる者はほとんどが死んだ。あるいは逃げた。

だからといって、まさかここまでとは。

誰か一人くらい、現実を直視して、諦めず、頭を働かせている者はいないのか。

「……」

フリードリヒは広場を歩き回りながら、皆を見回す。ユーリカが後ろに続く。

教会の司祭は。この都市に残っている唯一の、一応は指導者側の人間だ。

そう思いながら教会の方を見ると、そこにはフリードリヒたちが孤児だった頃の法的な保護者である老司祭がいた。彼は膝をついて縋る住民たちに神の祈りを捧《ささ》げていた。アルマをはじめ修道女たちもそうしていた。

それだけだった。それ以上のことは何もしていなかった。

当然と言えば当然だった。彼らは社会から敬意を払われる聖職者ではあるが、宗教勢力の政治的権威が弱まって久しい現在では、何か具体的な影響力を持つことはほぼない。ましてや、盗賊との戦いで指導力を発揮することなど期待できるわけがない。

仕方ない。では、他の者たちは。

例えば、若者の中に抵抗の気概を捨てていない者はいないか。いつも腕っぷしを自慢している不良のブルーノたちなどは。

そう思って探すと、彼らは広場の端の方にいた。

「な、なあブルーノ。どうするんだよ」

「俺に聞くなよ！　どうしようもねえだろ。相手は大勢の盗賊だぞ！」

「じゃ、じゃあ、俺たち死んじまうのか……」

駄目だった。彼らはそんな会話をしていた。

考えてみれば、彼らはフリードリヒのような弱い者を相手に腕っぷしを誇るくせに、討伐隊に志願する度胸はない者たちだ。端から期待するだけ無駄だった。

後は。他には誰かいないのか。

「……」

フリードリヒは辺りを見回す。

皆、悲愴と絶望にまみれていた。誰もが簡単に全てを諦めようとしているこの空気に、疑問を感じている様子の者さえいなかった。

本当に、本当に諦める気なのか。何の対策も取らず、抵抗もせず、これからやって来る盗賊たちに屈するのか。

そしたらどうなる。財産は全て奪われ、家は焼かれ、女性は乱暴され、老人や子供は遊び半分に虐待され、男はそれを見せつけられる。最後にはきっと皆殺しにされる。

それでいいのか。いくら庶民層ばかりだからといって、導いてくれる為政者や軍人がいないからといって、誰も何も手を打たず終わるのか。

学のない民衆たちは、指示を出す者がいないとここまで頼りないものなのか。奪われるばかりの羊なのか。ではこれからやって来る盗賊たちが狼《おおかみ》か。狼の暴力の前に羊は無力なのか。

自分も、この無力な羊たちと同類なのか。

歴史書や物語本の中の英雄に憧れ、思いを馳せ、それでも結局はこの民衆と同じか。元孤児の自分を侮り、軽んじてきたくせに、今はただ泣き喚くばかりの彼らと、自分も同類だというのか。

同類のまま、ここで死ぬのか。ユーリカも、自分の命も守れず。

名も無き無力な羊。これが自分の人生か。受け入れるべきなのか。

そう思うと――腹が立った。

「ふざけるな」

無意識のうちに、そう言っていた。自分でも驚くほど、怒りに満ちた声だった。

隣を向くと、ユーリカと目が合った。

彼女もフリードリヒの言葉に片眉を上げて驚いていて、そして――笑みを見せた。

「フリードリヒの好きにして。私は全部任せるし、ついていくよ？　この先何があっても」

嬉《うれ》しそうで、危うげで、まるでこのまま火の中にでも毒の海にでも断崖絶壁の下にでも飛び込んでいきそうな、そんな妖艶《ようえん》な笑みだった。

「……」

ユーリカの笑顔と言葉が、最後の一押しになった。

フリードリヒも彼女に笑みを返すと、広場の中央に走る。朝に討伐隊の激励式が行われてそのまま置かれている壇上に立ち、そして皆を向く。

「諦めるな！」

おそらく、人生で一番大きな声を出した。自分で自分の声に驚き、顔を強張《こわば》らせていると、後を追ってきたユーリカも壇上に飛び乗り、隣に立った。

大声を出した甲斐《かい》あって、ひとまず住民たちの注目を集めることには成功する。皆がこちらを見ている。

その視線に気圧《けお》されそうになったが、懸命にこらえてまた口を開く。

「……このまま諦めたら、全てを失うことになる。本当にそれでいいのか？　家を焼かれて、家族を傷つけられて、最後には皆殺される。無念ばかり抱えて死ぬことになる。そんなこと、誰だって受け入れたくないはずだろう！」

勢いに任せてここに立ったので、頭を懸命に働かせながら言葉を紡ぐ。

皆を説得するのに失敗すれば、自分もユーリカも死ぬ。だからこそフリードリヒは必死だった。

「それが嫌なら戦おう！　僕たち皆で！」

「だけど、戦うってどうやって……」

「誰が戦い方を考えるんだよ！」

当然の疑問が、住民たちから投げかけられる。

「僕が考える。僕が指揮する。戦いについては知ってる。書物で――」

「何を生意気言ってんだ！」

「無理に決まってるだろう！」

「そうだ！　孤児上がりの分際で！」

反論が飛んできて、フリードリヒの言葉は途切れる。

出自がなんだ。孤児上がりがなんだ。自分たちは戸惑い怯えるばかりだったくせに、よくこちらを馬鹿にできるものだ。感情のままにそう言い返しそうになるが、ぐっとこらえる。

このような反応が来るのは予想していた。自分が彼らの立場でもきっと同じことを言う。怒鳴り返すのでは駄目だ。それでは状況は変わらない。彼らを説得するのだ。

皆の怪訝《けげん》な顔が、不安な顔が、それら数百の顔が自分に向けられている。

教会の前では司祭やアルマが心配そうにこちらを見ている。広場の端からは、ブルーノたちが皆に交じって「孤児上がりのくせに生意気だぞ！」とヤジを飛ばしている。あの野郎。

考えろ。考えろ。考えろ。目の前の民衆に説得力を与える方法を。

ぐっと目を瞑《つぶ》り、思考を全速力でめぐらせる。

「大丈夫。私がついてるよ、フリードリヒ」

囁くように、こちらにだけ聞こえる声で、ユーリカが言った。

次の瞬間、フリードリヒは目を開いた。

多分、この手しかない。そう思いながら背筋を伸ばした。

「僕は貴族だ！」

フリードリヒは最初よりももっと大きな声で叫んだ。

誰も予想していなかった言葉だったのか、広場が静まり返る。

「僕は王都の貴族の庶子だ。正妻の子ではないために、王都から遠いこのボルガの教会に預けられて、表向きは孤児として育てられた。それでも確かに貴族の息子だ。僕には貴族の血が流れているんだ」

「……どこの誰の息子だよ！　お前の親は一体誰だって言うんだよ！」

「マティアス・ホーゼンフェルト伯爵」

ぶつけられた問いに、フリードリヒは即答した。迷うそぶりを見せてはならないと思い、すぐに名前が思い浮かぶ有名な貴族の中でも、この場で出すのに最も都合のよさそうな人物──数週間前にその活躍を書物で読んだ英雄の名を、咄嗟《とっさ》に出した。

語られたその名にざわめきが広がる。この国の人間で、エーデルシュタインの生ける英雄マティアスの名を聞いたことのない者はいない。

「考えてみてくれ。どうして孤児上がりの僕が、これほど巧みに読み書き計算ができる？　どうして難しい書物を読める？　どうして代官に仕事の手伝いを頼まれるほどに頭が良い？　それは貴族の血を引いているからだ。どうして僕が時々領都に足を運んでいたと思う？　ただ遊ぶためじゃない。ホーゼンフェルト伯爵家の使者と面会して、近況を伝えるためだ。時には父マティアス・ホーゼンフェルト伯爵自身が、僕の顔を見に来てくれていた」

世襲の王族や貴族が支配するこの国で、血筋は大きな説得力を持つ。王族や貴族が自分たちの上に立って治世を行うのは、彼らに高い教養があるのは、彼らが「頭の良い」一族だからだと単純に考えている平民は多い。学のない者ほどそのように考える。

フリードリヒが投げかけた疑問の数々。親の名前を問われて即答した迷いなき姿勢。皆から「お前なんかが領都に行って何をするのだ」と言われながらも領都通いを止めなかった真相。そして何より堂々とした語り口に、ボルガの住民たちは聞き入る。

「これは教会でも、司祭様とアルマ先生しか知らない真実だ。赤ん坊だった僕は、街道上に捨てられていたところを拾われて教会に届けられたということになっているけれど、それは嘘《うそ》だ。本当はホーゼンフェルト伯爵家から内密の依頼を受けた行商人たちの手で、このボルガの教会に預けられたんだ。僕が入っていた籠の中には、僕の出自を証明する手紙が入っていた。ホーゼンフェルト伯爵家の封蠟《ふうろう》つきの手紙が」

淀《よど》みなく、自信満々に語るフリードリヒを前に、ボルガの住民たちは説得力を見出《みいだ》す。彼らの表情が変わっていくのを見て、フリードリヒは手応えを覚える。

「本当は決して自分の立場を明かしてはいけないと言われていたけれど、王国の民を救うためならきっと父も許してくださる。僕は英雄マティアス・ホーゼンフェルトの息子だ。彼の血と才覚を継ぐ貴族の子だ。この僕が、ボルガに迫る危機を乗り越える方法を考える。僕に従えば、たとえ百人の盗賊が相手でも生き残れる。何も諦めなくていいんだ。財産も家族も守れるんだ。だから……共に戦おう！」

フリードリヒは語りきった。

数瞬の静寂の後、住民の一人が口を開いた。

「ちくしょう！　家族のためだ！　やってやるよ！」

それがきっかけとなった。先ほど悲愴感が伝播《でんぱ》したように、今度は熱が伝播する。

「こうなりゃあ一か八かだ！　戦ってやる！」

「このまま諦めてたまるか！」

「そうだ、戦おう！」

「英雄の息子が戦い方を考えてくれるなら大丈夫だ！」

「盗賊なんかに負けるわけがねえ！　返り討ちにしてやる！」

「フリードリヒ！　いや、フリードリヒ様！　俺たちを勝たせてください！　お願いします！」

感情の高ぶった民衆は、何かひとつきっかけがあれば一斉に一方向に流される。瞬く間に興奮が広場を包み、その中心に立つフリードリヒを包む。

誰もが戦う意思を見せ、フリードリヒに従う意思を見せる。

力強い声が無数に広場を飛び交い、自分に向けて投げかけられる中で、フリードリヒは思う。彼らは自分の言葉を信じてくれたのだと。

この異様な興奮状態があってこその結果かもしれない。それでも彼らは、孤児フリードリヒがマティアス・ホーゼンフェルト伯爵の庶子であると信じてくれたのだ。

フリードリヒは傍らのユーリカと微笑《ほほえ》み合う。そして空を見上げ、息を吐く。

嗚呼《ああ》。

ものすごい大嘘ついてしまった。

盗賊の襲来は明日の朝か、早ければ今夜。あまり時間もない中で、できる準備は限られる。残っているボルガの成人男子たちは、盗賊討伐どころか害獣狩りもろくに経験したことのない者ばかりなので、複雑な動きのある作戦など実行しようがない。

そんな状況なので、フリードリヒの考えた策は単純だった。

城壁の低い都市での籠城戦も、都市の外での会戦も、おそらく勝ち目がない。なので敵を都市内に誘引して待ち構え、包囲して殲滅《せんめつ》する。今まで読んだ戦記ものの歴史書や物語本を参考に、そのような策を立てた。

戦力は貧弱で、武器になるものも限られている。訓練の時間など皆無。唯一有利な点があるとすれば、盗賊たちの意表を突けるというただその一点だけ。まさかただの都市住民が、このようなかたちで抵抗する気でいるなど、盗賊たちは想像もしていないだろう。

フリードリヒはまず、住民たちを二つの集団に分けた。片方が戦闘準備を行う間、もう片方は食事や睡眠をとるようにした。

そして、それぞれの集団をさらに複数に分け、簡単な指示を与えた。

皆が素直に従ってくれた結果、今まさに、夜を徹して戦闘準備が行われている。

「フリードリヒさん、路地の塞ぎ方はこれでいいですかい？」

様付けは落ち着かないというフリードリヒの意見と、貴族の息子を呼び捨てにするわけにはいかないという皆の主張の折衷案である呼び方をされ、フリードリヒはそちらへ向かう。

「問題ないよ。この調子で他の路地も頼んだよ」

「任せてくだせえ。すぐにやります！」

フリードリヒを呼んだ初老の男は、元気に頷《うなず》いて走っていった。

「この武器はどこに置きますか？　フリードリヒさん」

次にフリードリヒを呼んだのは、男たちの武器作りを手伝っている中年女性だった。

「今のうちに、ここより向こうの通りに面した建物の二階や屋根に運んでおこう。とりあえず、各所に四本ずつ」

「分かりました。皆にもそう伝えますね」

中年女性は朗らかに笑い、武器作りが進む広場の一角に戻っていった。

「……あの」

また誰かに呼ばれ、フリードリヒが振り向くと——そこにいたのはブルーノと子分二人だった。

「ふ、フリードリヒさん。いや、フリードリヒ様。なんつうか、その、今まで悪かった、じゃねえや、すいませんでした、っていうか……」

謝りたいのか媚《こ》びたいのかよく分からない、情けない笑顔でへこへこと頭を下げるブルーノに、フリードリヒは無表情で口を開く。

「今は時間がない。ひとまず、この戦いを終えた後で話そう」

「は、はい……」

冷たい返答に、ブルーノは暗い顔で俯《うつむ》く。

子供の頃からさんざん乱暴に振る舞ってきたブルーノが、こんな弱々しい姿を自分に見せている。

そう思うと少し可笑《おか》しくなり、フリードリヒは笑みを零《こぼ》す。

「君は大柄だし力もある。活躍に期待しているよ。見込みがあるようなら父に紹介して、騎士になれるよう取り計らってもいい」

「……は、はい！　頑張ります！」

少し優しい反応が返ってきたからか、ブルーノは目に見えて明るい表情になる。

庶子の口添え程度で騎士になれるわけがないだろう。そもそも、今まで討伐隊に志願する度胸もなかった者に騎士が務まるはずないだろう。馬鹿じゃないのか。

そんなフリードリヒの内心の呟《つぶや》きを知る由もなく、ブルーノは離れていった。

「……皆、フリードリヒが貴族の息子って信じきってるね。よかったね」

耳に唇が触れそうな距離で、ユーリカが囁《ささや》いてきた。

フリードリヒは彼女を振り返り、困ったように笑う。

「広場の壇上に立ったときは、ここまでの大事にするつもりはなかったんだけどね」

「でも、この調子なら盗賊にも勝てそうじゃない？　皆もの凄《すご》く気合が入ってるよぉ？」

ユーリカは楽しそうな声で、戦闘準備を進める皆を見回した。

彼女の言う通り、ボルガの住民たちの士気は高い。皆、この戦いに勝てると、少なくとも十分以上に勝ち目があると思っている。

それもこれも、彼らがフリードリヒの言葉を信じているからだ。

「……」

今、全て嘘《うそ》だとばれたらどうなるだろうか。想像したフリードリヒの背筋が冷える。

当然ながら、フリードリヒが賢いのは別に貴族の子だからというわけではない。ユーリカが尋常でなく強いことと同じで、単なる個人の才覚だ。偶々《たまたま》、頭を使うことが自分に向いていただけのことだ。

領都に時々赴いていたのも、ただ単に都会気分を味わうためだ。

ボルガを離れて信用も仕事の伝手《つて》もない地に移住する勇気はないが、さりとて田舎の小都市に籠《こも》って退屈な仕事をしながら老いていく運命は受け入れがたかった。なので、少なくともボルガよりは都会の領都で過ごし、自分はこの都会の楽しさを知っているのだ、自分を軽んじてくるボルガの住民たちとは違うのだと思うことで溜飲《りゅういん》を下げていた。

我ながら、ひどく陰湿で嫌みな趣味だったと思う。

英雄マティアス・ホーゼンフェルト。会ったこともない。顔も知らない。有名どころの貴族の中でも、最も強そうで説得力がありそうだからと咄嗟《とっさ》に名前を出しただけだ。自分の本当の親など見当もつかない。街道に放置されていたところ、それを発見した行商人たちの善意でこのボルガの教会まで運ばれたとしか聞いていない。

自分はそんな人間だ。少しばかり知恵が回るだけの、無駄に自尊心が強い、人格のひねくれた矮《わい》小《しょう》な人間だ。今日はそこに大嘘つきという肩書も加わった。本当は、この都市で日々の仕事をこなし、勤勉に生きる人々を馬鹿にできるような立場ではないと分かっている。

戦いが終わった後も生きていたら、自分が語ったことは全て嘘だったと白状するわけだが、そしたら皆はどんな顔をするだろうか。怒るだろうか。呆《あき》れるだろうか。

今は考えないようにしよう。フリードリヒはひとまず、先のことから目を逸《そ》らした。

「ところでユーリカ。その剣は？」

「そこで拾ったの。代官の屋敷から誰かが引っ張り出してきたみたいだけど、誰も剣なんてまともに使えないから結局は捨てられたんだろうねぇ」

いつの間にかユーリカが手にしていたその剣には、ドーフェン子爵家の家紋が刻まれていた。

本来はこのような非常時に代官ヘルマンが手にするべきものだったのだろうが、彼が己の義務と共に放棄したのであれば、ユーリカが使っても構わないのだろう。

「だけど、ユーリカも剣の使い方なんて知らないんじゃないの？」

「ふふふっ。関係ないよ。誰かに習ってなくても、こんなもの勘で何となく使えるから」

そう言いながら、ユーリカは剣を振り回す。なかなか様になっており、危なっかしさはなく、初めて剣を握っているとは思えない動きだった。

「さすがユーリカ。上手《うま》いね」

「でしょう？　ふふふっ。これがあれば、本物の殺し合いでもあなたのために戦えるねぇ」

妖艶《ようえん》な笑みを見せながら、ユーリカはフリードリヒの前に立つ。

剣を地面に投げ置いて両手を空けると、左手でフリードリヒを抱き寄せ、自分より少し背の低いフリードリヒの顎《あご》に右手の指を添えて顔を上げさせる。そして、フリードリヒの額に自分の額を押しつける。

「……皆が見てるよ」

鼻先が触れ合うほどに二人の顔が近づき、フリードリヒの視界は彼女の笑みに埋め尽くされる。

「いいよ。見せつけてやればいい」

答えるユーリカの吐息が、フリードリヒの頬にかかる。

二人が常に一緒にいるのは今に始まったことではないので、ボルガの住民たちは密着するフリードリヒとユーリカを横目で見ることはあっても、何か言うことはなかった。

「ねえ、フリードリヒ」

ユーリカは囁くようにフリードリヒの名を呼び、その左手をとる。

夏でもいつも長袖しか着ないフリードリヒの、服の袖をまくる。細く白い腕が、そこに残る傷痕

が見える。

その傷痕は細く長く、皮膚の色が腕の他の部分よりも少し薄く、僅かにへこみがある。まるで、そこだけ肉を抉《えぐ》り取られた後でその傷が治ったように。

「私があなたにこの傷をつけて、それでもあなたは私を受け入れてくれた。だから私はあなたを愛してる。だから私はあなたを守り抜く。あなたはずっと私の傍《そば》にいてくれたから、私はあなたから絶対に離れない。分かってるよね？」

「……」

フリードリヒも、笑みを浮かべた。

ユーリカと出会ったのは、フリードリヒが五歳のとき。ボルガ近郊の森で修道女たちが薬草を集める手伝いについていった際、木の洞《ほら》の中に隠れてリスの死体を齧《かじ》っている彼女をフリードリヒが見つけた。

服の汚れ具合からして、おそらく森に捨てられて一週間ほど。アルマがそう言っていたことを憶《おぼ》えている。

ほとんど会話もできず、ユーリカという名前と七歳という年齢だけを辛《かろ》うじて話した彼女に、フリードリヒは寄り添った。当時の自分がどのような心境でそうしたのかは憶えていない。

彼女が孤児として教会に迎えられて数週間が経《た》った頃、修道女の一人が彼女の髪を切ろうとはさみを手に近づくと、彼女は異常に激しく暴れた。宥《なだ》めようとしたフリードリヒの腕に、興奮した彼女は噛《か》みつき、そのまま肉を噛みちぎった。

七歳の子供の歯ではさして大きな傷を負わせることはなかったが、修道女たちが問題視したのは彼女の行動そのものだった。

このような子が人の世で生きていけるとは思えない。この子がこれ以上自分や他者を傷つける前に、成長して手がつけられなくなる前に、神の御許《みもと》に返してやるのが慈悲なのかもしれない。

数人の修道女が深刻そうに話し合うその声を聞いてしまったフリードリヒは、人生で初めての駄々をこねた。

状況がよく分かっていないユーリカにしがみつき、自分でも信じられないほど泣き喚《わめ》き、自分がユーリカの面倒をずっと見るからここに置いてやってほしいと訴えた。丸一日そうした。

普段は孤児の世話を修道女たちに任せている老司祭までやって来て、今しばらくユーリカを見守るという皆の誓約（全員がフリードリヒの見ている前で神に誓わされた）を受けて、フリードリヒはようやく大人しくなった。

以降、フリードリヒは本当に片時もユーリカから離れなかった。フリードリヒと触れ合ううちにユーリカはしだいに年相応の人間らしくなっていき、長大な時間と密接な距離が二人の心を繋《つな》ぎ、そして今に至る。

「私はあなたのいる場所に一緒にいるし、あなたのすることを一緒にするの。これからもずっと」

「……そうだね」

言葉を交わし、笑みを交わし、そして互いの唇が近づく。

ユーリカの柔らかな唇が、フリードリヒの唇に触れようとした、まさにその瞬間。

「二人とも、そんなことをしている場合ですか」

不意に後ろから呆れた声をかけられ、フリードリヒは硬直する。

一方でユーリカは、声を無視してそのままフリードリヒに唇を重ねた。

呼吸まで吸い尽くされるような口づけの後で、フリードリヒは硬い表情で振り返る。

「……アルマ先生。司祭様」

育ての親である修道女アルマに、ユーリカとの濃厚な口づけを見られた。呆れた表情でため息を吐《つ》くアルマの隣には、微苦笑を浮かべる老司祭もいた。

気まずい。そう思ったが、アルマたちの呆れの理由は違うようだった。

「フリードリヒ。大変なことになってしまったな」

「大変なことをしでかしましたね。貴族の縁者を詐称するなんて……」

柔和な人柄の老司祭は微苦笑を浮かべたまま穏やかに言い、一方のアルマは露骨なため息混じりに言う。二人とも、フリードリヒが貴族の庶子などではないことを当然に知っている。

十八年前、籠に入った赤ん坊のフリードリヒを行商人から受け取ったのはアルマだったと聞いている。彼女と老司祭は、籠の中やフリードリヒのくるまれていた布を丹念に調べたが、身元を示すものは何一つなかったと。

「……ごめんなさい。あのときは他に案が思いつかなくて」

「言ってしまったものは仕方がない。お前は皆を救おうと思ってあのようなことを言ったのだと、私たちには分かっているとも」

「貴族の縁者を詐称した際の罰は、詐称された貴族家の当主が決める法になっています。相手は英雄と名高きホーゼンフェルト伯爵閣下です。あなた自身の利益のために騙《かた》ったわけではないので、情状酌量の余地はあるでしょう。私や司祭様も弁護をします……生き残れればの話ですが」

そう言って、アルマの呆れ顔に笑みが混じる。優しい笑みだった。

「フリードリヒ。このボルガが、私たちが救われるとしたら、それはあなたのおかげです。あなたたちを神がお守りくださいますよう」

いつものように、アルマはフリードリヒとユーリカに向けて祈りを捧《ささ》げる。老司祭も、彼女と並んで祈る。

「……ありがとうございます。アルマ先生。司祭様」

自分のために祈ってくれる、育ての親とかつての保護者に、フリードリヒは素直に礼を言った。


それからしばらくして。空が白み始めた頃。

「盗賊だ！　盗賊が来た！」

「数は多分、六十人から七十人くらいだ！　もうすぐ南門から姿が見えるはずだ！」

南門の外で見張りを務めていた、足の速い男二人が、広場に駆け込んできた。

それを聞いた皆の視線が、フリードリヒに集まる。

「百人迎え撃つつもりでいたのに、思っていたより随分と少ないね。それに来るのも遅い。せっかく寝ないで待っていたのに」

口を突いて出たのは軽口だった。不思議と緊張は湧き起こらなかった。

フリードリヒの言葉を余裕の表れと受け取ったらしく、皆は安堵《あんど》の表情を浮かべた。笑い声さえ聞こえた。

「さあ皆。戦闘準備はもういいよ。それぞれ配置について」

努めて冷静な顔を作り、フリードリヒは呼びかける。

「大丈夫、僕の考えた作戦通りに動けば必ず勝てる。英雄の息子が言うんだから間違いない。僕を信じてほしい」

無責任な約束も自信たっぷりに言われるとそれなりの説得力があるのか、ボルガの住民たちは揃《そろ》って威勢よく返事をしてくれた。

その反応に、フリードリヒは笑みを浮かべる。

我ながら、よくもまあ次から次に平然と嘘をつけるものだ。
・・・・・・

かつて、ゲオルクは傭兵《ようへい》だった。総勢百人を超える傭兵団を率い、その家族も含めた三百人近い集団を連れ、アレリア王国の北に位置するミュレー王国の王家に雇われていた。

ゲオルクたち傭兵に任されたのは、汚れ仕事だった。野心旺盛な当代アレリア王による侵攻を少しでも遅れさせるため、越境しての遊撃戦を命じられ、アレリアの兵士はもちろん無辜《むこ》の民も害した。田畑を荒らし、家を焼いた。

そして昨年、ゲオルクたちのそれまでの奮闘は何ら意味を成さず、ミュレー王国はアレリア王国との決戦に敗れた。今、かの国はアレリア王国に併合されている。

敗戦後、ゲオルクたちは雇い主であるミュレー王に売られた。民の殺害や村落の破壊の責任を全て押しつけられ、家族ごと身柄をアレリア王に引き渡された。

自身の領土に踏み入り、自身の財産を損壊したゲオルクたちに対し、しかしアレリア王は慈悲を示した。

アレリアの土地と民を踏みにじったその経験を活《い》かし、東のエーデルシュタイン王国の社会に混乱をもたらせ。かの国との国境であるユディト山脈を越えて盗賊行為をはたらき、山脈に守られているからと油断しているエーデルシュタイン貴族の領地を荒らせ。

そうすれば、まずはユディト山脈へと発《た》った時点で、家族がアレリア王国民として生きることを許す。エーデルシュタイン王国の領土を荒らし、明確な成果——例えば複数の村落や、それらをまとめる小都市の破壊など――を示せば、ゲオルクたちの罪を許した上で傭兵として雇う。

アレリア王の提案を、ゲオルクたちは受け入れるしかなかった。

小勢とはいえ、険しいユディト山脈を越えるのには難儀した。先の戦争で百人を割るまでに減った傭兵団を引き連れて無理やり越境し、エーデルシュタイン王国の領土に辿《たど》り着いたときには、その数は七十人ほどにまで減っていた。

それでも、再び家族と生きるために、ゲオルクたちは任務を遂行している。

侵入したのはドーフェン子爵領という名の貴族領。その領都の西側辺境にあるボルガという小都市に狙いを定め、まずはその都市の主力を誘引してほとんど皆殺しにした。戦いは一方的なものになった。こちらの損害は死者三人で済んだ。

軍人や、盗賊討伐に志願するような勇敢な連中を一掃したので、残っているのは臆病者や馬鹿ばかりのはず。おまけに、殺す前に情報を吐かせた討伐隊の連中によると、ボルガの代官は軟弱で頼りない男だという。いずれも実戦経験豊富な自分たちの敵ではない。

ボルガを占領し、民は皆殺しにし、奪えるものを奪って逃げる。帰路の道中にある村落をついでに荒らし回り、アレリア王国に帰る。

自分たちがユディト山脈を越えて帰還する頃には、自分たちの成果を証明する情報――大規模な盗賊襲来の噂《うわさ》がエーデルシュタイン王国からアレリア王国まで伝わっていることだろう。

無理な山越えで死んだ部下たちのためにも、必ず生還して家族と再会する。ゲオルクは決意を確かめながら、薄暗い空の下でボルガへの道を進む。

「お頭！」

そこへ走ってきたのは、斥候《せっこう》に出した部下だった。

「どうだった」

「あの都市の住民ども、何も抵抗する気はないみたいですぜ。門は開けっ放しで、男たちが武器を持って待ち構えてるような様子もありやせんでした。どいつもこいつも家に籠ってるみたいで」

その報告を受けたゲオルクは、不敵に笑う。

「……他愛もないな。所詮、奪われるしか能のない農民ばかりの田舎都市だ」

傭兵の子として生まれ育ったゲオルクは、父から教えられた。世界は弱肉強食であると。弱者は奪われるのだと。弱さは悪であると。奪われるほどに弱いことが悪いのだと。

お前は常に奪う側、強者であれと。

父から傭兵団を受け継いだゲオルクの中に、その教えは今も生きている。

自分は今日、ここで奪う。そして家族のもとへ帰り、強者の側に返り咲く。

「前進だ。一気に突入して、住民どもを皆殺しにする」

ゲオルクの命令で、残り六十七人の部下たちが都市ボルガへと進む。

斥候の報告通り、ボルガの南門は開け放たれていた。門の前に人の姿はなく、都市を囲む城壁から男たちが顔を出しているようなこともなかった。

討伐隊の連中は二人ほどが逃げ去ったので、住民たちがこちらのことを知らないということはないはず。その上でこの様《ざま》ということは、本当にまったくの無抵抗のまま屈する気なのか。少しは足掻《あが》く奴《やつ》もいるかと思ったのに拍子抜けだ。ゲオルクはほくそ笑みながらそう考える。

二十人ほどいた討伐隊の連中、特に指揮官らしき騎士はそれなりの気概で抵抗していたが、あの連中が守ろうとしたのがこんな腑抜《ふぬ》けた住民たちだったとは。報われない最期を遂げた騎士たちをほんの少し気の毒に思う。

「こりゃあ、都市に入った途端に代官あたりが降伏を宣言してくるんじゃねえか？」

「ははは、そいつは楽でいいな。どっちにしろ皆殺しだがな」

部下たちが軽口を叩《たた》きながら、ゲオルクに続く。

そしてついに、ゲオルクたちは門を潜《くぐ》った。

門から真っすぐに延びる大通りの奥に、中央広場らしき開けた空間が見える。そこには人が並んでいるようだったが、それ以外に人の姿は皆無だった。通りに面した家や店は全て、扉も窓も閉じられていた。

「都市の代表者どもが広場で出迎えてくれた上で、降伏宣言ってところですかい？」

「……いや、それにしては妙だ」

広場の人影を注視して進みながら、違和感を覚えたゲオルクは部下に答える。

降伏する気なら、代表者が門の前で待っていればいい。何故《なぜ》わざわざ広場で待つ。

平和ぼけした田舎都市の代官が、そこまで頭が回らないだけということも考えられるが、あるいは自分たちを広場まで通したい理由があるのか——

「っ！　お頭、こりゃあ一体……」

「ああん？……おいおい、なんだこいつは」

部下に言われて横を向いたゲオルクは、怪訝《けげん》な表情で言う。

通りに面した建物の間、陰になって見えづらいが、よく見ると路地が不自然に塞がれていた。棚や机などが並べられ、積み重ねられ、人が通れないようにされていた。

左右を建物と障害物で塞いだ大通り。これは明らかに、自分たちを誘い込んで包囲するための罠《わな》だ。誰の仕業だ。代官か。あるいはそれ以外に智慧《ちえ》の回る奴がいたのか。包囲して、それから何をするつもりだ。

撤退して出直すか。まずは全軍停止を命じるべきか。いや、敵は所詮ただの田舎都市の住民。小細工など気にせず一気に突破するべきか。

ゲオルクが判断に迷ったその数瞬で、事態は急変した。

「ぎゃあああっ！」

「熱い！　熱いいぃっ！」

何か陶器や硝子《ガラス》が割れる音が響き、次いで部下たちの絶叫。

ゲオルクたち先頭集団が後ろを振り返ると、最後尾のあたりで火炎が巻き起こり、殿《しんがり》を務めていた数人が火だるまになっていた。

その後も次々に何かが投げ込まれ、新たに巻き起こったいくつもの火炎が大通りを塞ぐように広がる。退路を断たれた。

「よっしゃあ！　盗賊どものケツは塞いだぞ！　大成功だ！」

「馬鹿！　手を止めるな！　どんどん投げろ！」

大通りに面した宿屋の二階。窓から盗賊たちを見下ろしながら、住民の男たちが言う。

人がいるのはこの宿屋だけではなかった。大通りに面する建物はどれも、二階や屋根に数人ずつ男たちが配置されていた。

なかには女性もいた。子供や老人や病人と一緒に隠れていてもよかったところ、自ら志願して戦闘員の側に加わった勇敢な者たちだった。

「よし、火がついたよ！　投げな！」

火種のランプを手にした、肝っ玉の据《す》わっている中年女性が言い、その夫である農民の男が窓から瓶を投げる。

瓶に入っているのは酒。ただのワインやビールではなく、高価で酒精の強い蒸留酒。瓶の口からは布が伸びており、その布の先端には火が灯《とも》されている。

放物線を描いて飛んだ酒瓶は、退路を塞がれて立往生している盗賊たちの隊列のど真ん中へ。一人の盗賊の頭に当たって砕け、次の瞬間に火炎がまき散らされる。

頭から火に包まれた不運な盗賊は断末魔の叫びを上げながらのたうち回り、飛び散った火を浴びた周囲の盗賊たちも悲鳴を上げる。

一塊《ひとかたまり》になっている盗賊たちはいい的だった。次々に瓶が投げ込まれ、火が生まれる。

「ははは！　いいぞいいぞ！　面白いくらい燃えるぞ！」

「さすがは代官様の秘蔵の蒸留酒だ！」

「一発で何百スローネもする贅沢《ぜいたく》な攻撃だ！　食らいやがれ！」

高価な蒸留酒。その出所は、ボルガを捨てて逃げ去った代官ヘルマンの屋敷の地下だった。

安いものでも一本で労働者の一週間分の給金が消し飛ぶ蒸留酒を、ヘルマンは先代代官である父の代から集めていた。飲んで楽しむためというよりも、収集それ自体が趣味だった。

それを、時おりヘルマンに雇われ、彼と話す機会の多かったフリードリヒは知っていた。蒸留酒がよく燃えることや、時に武器として使われることは、書物から学んだ。

ヘルマンと彼の父が数十年かけて集めた蒸留酒は、実に百五十本以上。それらが今、単なる火炎瓶となって次々に家々の窓や屋根から投げられ、通りで炎の花を咲かせている。

「ちっ、もう二本とも投げ終えちまった」

「だからって休んでる暇はねえぞ。酒瓶がなくなったら石だ」

火炎瓶は住民一人につき二本程度。手持ちを投げ終えた者は、広場の石畳から剝《は》がしておいた石材を次々に放り投げる。

「お頭！　どうしやす！　相手が高所にいるんじゃあ反撃もろくにできねえ！」

「このままじゃあ全滅ですぜ！」

「……前進だ！　一気に走って大通りを抜けるぞ！」

退路は複数の火炎瓶による火の海で塞がれている。正面の中央広場まで突き進み、広場にいる連中を倒すしかない。素人相手の白兵戦ならば勝ち目は十分にある。

そう判断したゲオルクの命令で、部下たちは一斉に走る。数多《あまた》の戦場を潜り抜けた傭兵たちは、指示を受ければ即座に動く。

「ちくしょう、何なんだここは……」

彼らの先頭を行きながら、ゲオルクは悪態をつく。

油断がなかったと言えば嘘になる。しかし、ただの田舎都市の住民どもからこれほど熾烈《しれつ》な抵抗を受けることを予想するのは、いくらなんでも無理だ。

ここはただの小都市で、戦力になる者は全滅させたはず。代官も、非常時に頼りになるような人間だとは聞いていない。それが何故、こんな効果的な作戦や凶悪な武器を用意した上で待ち構えている。

戦闘経験も学もない民衆をまとめ上げ、大した猶予もない中で的確に指示を出して戦いの準備をさせ、これだけの作戦を考えて実行に移す。戦いに関する一定以上の知識と、よほどの決断力、そして民衆に言うことを聞かせるだけの尋常ならざる説得力がなければ不可能だ。

戦慣れした貴族でも滞在しているのか。そうでもなければこの状況の説明がつかない。

ゲオルクは答えの出ない思案を頭の中でめぐらせながら、降り注ぐ攻撃を潜り抜けて進む。後ろを振り返る余裕はない。部下たちが一人でも多くこの状況を突破できることを祈るしかない。

間もなく、ゲオルクは大通りから脱出し、広場に出る。

広場はおそらくこの都市内で唯一、地面が石畳に覆われていた。その石材を投擲《とうてき》のための武器としたのか、全体の半分以上が剝がされている。

そして、広場にあったのは半円の陣だった。五十人ほどの男たちが、武器を手に半包囲の陣形を作って待ち構えていた。

武器は例の火炎瓶もあれば、棒の先端にナイフを縛りつけた急ごしらえの槍《やり》や、鋤《すき》などの農具もあった。それらを構える男たちの中には、明らかに怯《おび》えや不安の色を浮かべている者も多い。足が震えているような有様の者もいる。

本物の戦を経験してきた自分たちの敵ではない。そう思いながらゲオルクは後ろを振り返る。生き残っている部下は三十人ほど。随分と減ってしまったが、足りるだろう。

適当なところから突破して包囲を崩し、乱戦に持ち込めば、こんな臆病な雑魚《ざこ》どもは一網打尽にできる。そうなればこちらの勝利だ。

「へえ。まだ結構生き残ってるね」

ゲオルクが思案を巡らせていると、半円の陣の中央から進み出てくる者がいた。

若い男だった。深紅の髪が特徴的な、瞳まで赤い、まだ十代にも見える男だった。右手には着火済みの火炎瓶をひとつ持ち、傍らには剣を握った若い女を侍《はべ》らせていた。

「……てめえが指揮官か」

誰だ。この都市の代官にしては若すぎる。身なりからして貴族の類ではない。討伐隊を率いていた騎士の息子か何かか。

ゲオルクが睨《にら》みつけても、その男は少なくとも見かけの上では、怯《ひる》んだ様子がなかった。こちらを真っすぐに見据え、その口元は笑っていた。

「そうだよ。僕が指揮をとってる。火炎瓶の策も僕が考えた。あれだけ火で炙《あぶ》ってやれば全滅してくれるかと思ってたけど……意外と死なないものだね。まるでゴキブリだ」

「っ！　てめえ！」

こんな小僧に自分たちはしてやられたのか。ゲオルクの頭に血が上る。後ろに並ぶ部下たちも一斉に殺気立つのが分かった。

「あのガキを殺せ！　そうすれば住民どもは烏《う》合《ごう》の衆《しゅう》になる！」

そう叫び、ゲオルクは自ら先陣を切る。部下たちも鬨《とき》の声《こえ》を上げながら続く。

剣を構え、深紅の髪をした指揮官の男目がけて突き進み——その途中で転んだ。

「なっ!?」

正確には足元が沈んだ。石畳が剝がされている部分に足を踏み入れた瞬間、地面に足を飲み込まれ、そのまま膝の上まで沈んだ。

落とし穴だった。さして深くはなかったが、踏み込んだ右足が穴の底についた瞬間、落下の衝撃に全体重が加わって足首に激痛が走った。

そのまま前のめりになって転び、取り落とした剣が前に滑っていった。すぐ後ろを走っていたらしい部下の一人に背中を蹴られ、その部下はゲオルクにつまずくかたちでやはり転んだ。

「ぎゃああっ!」

「うおっ!」

「何なんだおい!」

声に振り返ると、部下たちも次々に落とし穴にかかっていた。石畳が剝がされたそこかしこに、浅い落とし穴がいくつも仕掛けられているらしかった。

雑に石畳を剝がした地面は土が飛び散って荒れており、おまけにゲオルクたちは頭に血が上ったまま走ったので、落とし穴が隠されていることに気づかなかった。

深紅の髪の男を仕留めるための一斉突撃は、勢いを失って止まっていた。落とし穴に足をとられた者。その仲間につまずいて倒れた者。落とし穴を警戒して急停止したところ、状況がよく分かった者。

ていない後続に突っ込まれて共に転んだ者。ひどく無様な状況だった。

「投げろ！」

深紅の髪の男の声が聞こえ、ゲオルクは前を向く。

男は手にしていた火炎瓶を構え、ゲオルクを見ていた。

「クソが！」

ゲオルクが叫んだのと同時に、深紅の髪の男が火炎瓶を投げた。

狙いを少し逸れて落ちた瓶は、ゲオルクの目の前で火炎を巻き起こした。


フリードリヒは命令を下しながら、自身の手にしている火炎瓶を盗賊の頭領らしき大男目がけて投げつけた。

頭領の姿が火炎で見えなくなったのと同時に、盗賊を半包囲している住民の男たちのうち、火炎瓶を手にした十数人がそれを次々に投げ込む。

「うわあああっ！」

「や、止《や》めろ！　ぎゃあ！」

「助けてくれぇ！」

混乱して動きが止まっている最中に攻撃を受けた盗賊の生き残りたちは、次々に火炎に包まれていく。肉の焼ける臭いと、断末魔の叫びが辺りに広がる。

火炎瓶が近くに落ちなかった幸運な者や、火の壁を強引に突破した者もいるが、彼らもそう効果的な抵抗はできない。盗賊たちの得物は剣が主だったので、槍や農具などリーチの長い武器による半包囲を前に攻めあぐねる。

「くそ！　こっちに来るな！」

「寄るな！　止まれ！　そっから動くなよ！」

武器を構えた男たちは、それぞれ懸命に声を張って盗賊の生き残りたちを牽制《けんせい》する。半円の陣を堅持する男たちの中には、必死の形相のブルーノもいた。

勝ったか。周囲を見回しながらフリードリヒが思った、そのとき。

「下がって！」

ユーリカに抱きつかれ、そのまま強引に後ろに下げられた。

「うおおおおおっ！」

それとほぼ同時に目の前の火炎が割れ、盗賊の頭領が吠《ほ》えながら飛び出してきた。

「うわっ、まだ生きてる」

表情を強張《こわば》らせながらフリードリヒが言うと、頭領にじろりと睨まれる。頭領は自身の右腕に燃え移っていた火を左手で叩いて消すと、近くに落ちていた剣を拾い上げ、そして再びフリードリヒを見据える。

硬直するフリードリヒを守るように、ユーリカが前に出る。

「……嬢ちゃん、そこをどきな。死ぬぞ」

「はぁ？　誰に言ってるの？」

ユーリカは不愉快そうな声で答え、そしてほとんど予備動作もなく動いた。

「っ！」

その動き方で彼女がただの小娘ではないと分かったらしい頭領は、驚きながらも鋭い斬撃を受け止めた。それからさらに二撃、ユーリカの力任せの攻撃を防いだ。

その三合で頭領が右足を庇《かば》いながら戦っていることに本能的に気づいたユーリカは、姿勢を低くして横に飛ぶ。

左側に回られた頭領が右足を軸足にして動くのをためらう、その一瞬の隙が命取りとなった。

頭領は防御のために剣を構えるが、その体勢が悪い。ユーリカが横に薙《な》いだ剣先が頭領の右の手元を捉え、数本の指ごと剣をはじき飛ばす。

「くそっ！　待て――」

構えを変えたユーリカが突き出す剣は、頭領が咄嗟に出した左手のひらを貫き、そのまま頭領の胸に深々と突き刺さった。明らかな致命傷だった。

ユーリカが剣を引き抜くと同時に、頭領は膝から崩れる。

口から血を溢《あふ》れさせながら、自身を倒したユーリカではなく正面のフリードリヒを見た。

「……小僧。お前、何者だ」

尋ねられたフリードリヒは、しばし無言で頭領を見下ろす。

自身の言葉が聞こえる距離には頭領とユーリカしかいないことを確認した上で、口を開く。

「フリードリヒ。元孤児の、ただの平民だよ」

それを聞いた頭領は、驚きに目を見開き、そして最後に小さく笑った。

「凄い奴もいたもんだ」

呟くように言ってがくりと項垂《うなだ》れ、頭領はそのまま動かなくなった。

「お頭！……くそっ！　駄目だ！」

「お頭がやられた！　逃げろ！」

自分たちを率いる頭領の死を受けて、未《いま》だ生き残っている十数人の盗賊たちはそれ以上の抵抗を諦めた。もはや勝機はないと見たらしく、逃亡を図った。

「フリードリヒさん、追いますか⁉」

「……いや。逃げるに任せよう。どうせもう何もできないよ」

帰路でも沿道の建物から投石などの攻撃を受け、さらに数を減らす盗賊たちを見ながら、フリードリヒは言う。

あの調子なら、ボルガを脱出できる盗賊は十人にも満たないだろう。掃討はそのうち領都からやって来る領軍の本隊に任せればいい。

下手に今、自分たちで追撃しようとすれば、ここにいる者たちが味方の投石攻撃に巻き込まれかねない。味方への誤射を避《さ》けながら盗賊だけ狙って攻撃するような練度や判断力は、この民衆には期待できないのだから。

仮にあの盗賊たちがこのまま逃げおおせたとしても、おそらく問題ない。戦闘不能になった盗賊の中には単に重傷を負って動けないだけの者もいるので、これほど大勢の盗賊が出現した理由を調べる尋問相手には困らない。

その尋問も、自分たちではなく領軍の仕事。盗賊たちの大半を戦闘不能にして残党を敗走に追い込んだ時点で、ボルガの戦いは終わった。

「僕たちの勝ちだ。皆が勇敢に戦ってくれたおかげだよ。ありがとう」

フリードリヒが宣言すると、ボルガの住民たちは一斉に勝ち鬨を上げた。

「すげえ！　俺たちが盗賊の大群に勝っちまった！」

「生き残った！　家族も土地も守ったぞ！」

「フリードリヒさんのおかげだ！」

口々に喜びを語る住民たちを見て、フリードリヒも笑みを浮かべる。

生き残った。全員が生きてこの危機を乗り越えた。

書物の知識だけをもとに策を練ったが、これほど上手くいくとは思っていなかった。奇跡的な、夢のような勝利だ。

「……勝利は決まったけど、まだ終わりじゃないよ。生きている盗賊を捕虜にして、戦闘の後片付けもしないと。とりあえずこの場にいる力自慢の者は、二人一組で捕虜の拘束をしていこう。路地の片付けは――」

そこでフリードリヒは言葉を途切れさせ、深呼吸をひとつ挟む。

「――片付けは、沿道にいる皆に任せる。誰か伝えに行ってほしい」

指示を受けて皆が動き出し、戦闘の後処理が始まる。

それを横目に、フリードリヒはその場に座り込む。深く息を吐き、小刻みに震える自身の手を見つめる。

「フリードリヒ、大丈夫?」

「……うん。多分、初めて人を殺したから少し衝撃を受けてるだけだよ」

直接手を下したわけではないが、自身の策で数十人もの人間を殺した。相手が盗賊だとしても、大勢の命を奪った。その実感が急に沸き起こった。

あまり事を深く考えていないのか、ボルガの住民たちは少なくとも今のところは平気そうにしている。彼らが羨《うらや》ましいと、フリードリヒは少しだけ考える。

そしてユーリカも平然としている。彼女の場合はおそらく、盗賊の頭領に剣を突き刺して殺したという自覚が明確にある上で微塵《みじん》も動揺していない。実に頼もしい。

「大丈夫だよ、フリードリヒ。私がついてるよぉ」

にこりと笑いながら隣に座り、寄り添ってくるユーリカに、フリードリヒも笑みを返す。彼女に腕を抱かれ、彼女の体温を感じていると、手の震えも次第に収まってくる。

「あの、フリードリヒさん」

そのとき、フリードリヒに歩み寄って声をかける者がいた。ユーリカが腕を離し、フリードリヒは立ち上がる。

「……ブルーノ」

「ありがとうございます。おかげで生き延びました」

へこへこと頭を下げながら笑うブルーノに、フリードリヒも笑顔で頷いた。生き延びた安堵もあり、今ばかりはブルーノが相手でも朗らかに笑えた。

「君も逃げずに頑張ってたね。よくやってくれた」

「へへへ、どうも……あの、それで、戦いの前に話した件なんですけど。見込みがありそうだったら騎士に推薦してくれるって話。あれって、結局どうなりますか？」

媚びるような笑みで問いかけてくるブルーノに、フリードリヒは何の話だと思いながら呆《ほう》けた顔になり、間もなく思い出す。

「ああ、あれか……悪いけど、あれは嘘なんだ」

「う、嘘？」

「というか、あれだけじゃなくて全部だね。僕は貴族の息子じゃない。英雄の血は引いてない」

「……」

目をこれ以上ないほど見開き、口をあんぐりと開けて固まっているブルーノに、フリードリヒははにかむ。

「嘘ついてごめん」

面白い表情で固まるブルーノと、可愛《かわい》げのある笑みで両手を合わせるフリードリヒ、そしてクスクスと笑うユーリカ。不思議な空気が場を包む中で、広場の南の方がにわかに騒がしくなる。

「……なんだろう」

固まったままのブルーノを放置し、民衆がざわついている方にフリードリヒが向かうと、大通りから騎士の一団が広場に入ってくるところだった。

その数は三十騎を超え、どの騎士も質の良さそうな鎧《よろい》を身につけている。明らかにドーフェン子爵領軍の貧乏騎兵部隊ではない。エーデルシュタイン王国軍の騎士たちと思われた。

率いているのは、一際質の良さそうな鎧を着た若い騎士。おそらくは貴族家の人間か。

「我々はエーデルシュタイン王国軍、フェルディナント連隊の先遣隊である！　大盗賊団が迫っているとの報告をこの都市の代官より受け、本隊に先立って救援に来た！」

若い騎士の言葉を聞いて、ボルガの住民たちのざわめきは大きくなる。

どのような経緯で領軍より先に王国軍が来たのかは分からないが、助けを呼ぶというヘルマンの言葉は少なくとも嘘ではなかったと証明された。

「すぐに本隊もやって来る。だからもう大丈夫……おい、これはどういう状況だ？　盗賊はもう来たのか？　まさか、お前たちだけで撃退したのか？」

広場を見回し、その一角で縛り上げられて並べられている盗賊たちを見た若い騎士は、怪訝な表情を浮かべる。

「そうです！　俺たちが！」

「皆で力を合わせて勝ちました！」

「フリードリヒさんが――あの人が作戦を考えて、指揮してくれたんです！」

無邪気に答えながら、住民たちはフリードリヒを指差す。

若い騎士に視線を向けられ、フリードリヒは一人、顔を強張らせた。

さっき、あの騎士は自分たちの所属をフェルディナント連隊と言った。

エーデルシュタイン王国軍フェルディナント連隊。かつての偉大な王の名を冠した、王国軍の主力部隊のひとつ。

指揮官の名は有名なので知っている。マティアス・ホーゼンフェルト伯爵。フリードリヒがその息子を騙った、エーデルシュタインの生ける英雄。

「……まずい」

よりによって、自分が庶子を騙ったその本人が来る。

まずすぎる。ここに至ってとうとう運が尽きた。

フリードリヒは、隣にいるユーリカの手を思わず握った。ユーリカはすぐに握り返してくれた。

・・・・・

先遣隊に半日ほど遅れて、フェルディナント連隊の本隊が到着した。

彼らは西のアレリア王国への牽制の一環として、ボルガの南で訓練を行っていたのだという。複数の貴族領をまたいで行われる実戦的な訓練の最中、斥候役の騎兵が、まだ夜も明けきっていない中をただならぬ様子で馬車を走らせるヘルマンに遭遇した。

幸運なことに盗賊ではなく王国軍に見つかったヘルマンは、ボルガが危機にあることを報告。それを受けて連隊は訓練を中止し、急きょボルガへ出動することとなった。先遣隊の若き指揮官はそのように語っていた。

およそ千人を擁する連隊が丸ごとやって来たのは、「盗賊は百人以上いるかもしれない」という不正確な第一報をヘルマンがそのまま伝えたため。それほどの規模ともなれば単なる盗賊とは考え難《にく》く、さらなる戦力が控えている可能性もあることから連隊の全兵力が投入されたという。

現在は複数の偵察部隊が編成され、戦力は自分たちだけだという捕虜の証言が本当か、彼らも知らされていない別動隊などがいないかが調べられている。

周囲の安全が確保されたボルガの住民たちは安堵し、一方で大盗賊団と真正面から戦うつもりでいたフェルディナント連隊の面々は拍子抜けした。

フリードリヒのついた大嘘については、フリードリヒ自身の口からボルガの住民たちに真相が明かされた。フリードリヒはただの孤児であり、マティアス・ホーゼンフェルト伯爵に庶子などいないと説明された。

そして今、フリードリヒは臨時の連隊司令部となった代官屋敷にいた。より正確に言うと、屋敷の倉庫で後ろ手に縄で縛られ、床に転がされ、殴られ蹴られていた。

「ぐえっ！……げほっ、げほっ」

「クソガキが！　これで終わったと思うなよ！」

腹を蹴り上げられて呻《うめ》き、咳《せ》き込むフリードリヒに、壮年の騎士が怒鳴る。髪を摑《つか》まれて上体を起こされたフリードリヒは、今度は頰に拳を食らって吹っ飛ぶ。

「～～っ！～～～～っ！」

少し離れたところでは、ユーリカが同じく縛られて床に転がっていた。

最初はフリードリヒと同じように後ろ手に縛られていた彼女は、しかしフリードリヒが殴られるのを見て騎士に飛びかかったため、今は足まで縛られて猿轡《さるぐつわ》をされていた。飛びかかった際に殴られたので、左の頰が赤黒く腫れている。

くぐもった叫び声を上げながら、芋虫のように這《は》ってフリードリヒの方に向かおうとするユーリカを、倉庫の隅に立つ兵士たちが定期的に引きずって離す。

「ご、ごめんなさ――」

「謝って許されると思っているのか！　ホーゼンフェルト伯爵閣下の庶子を詐称するなど……閣下のご子息が戦死された過去を知っての行いか！」

「いえ、本当に――」

「言い訳は聞かんぞ！」

胸を蹴り押されたフリードリヒは、そのまま後ろに転がる。

転がりながら、本当にまずい嘘をついたものだと思う。

マティアス・ホーゼンフェルト伯爵の一人息子は、十年ほど前に西の隣国――今はアレリア王国に征服されて存在しない、かつての隣国ロワール王国との戦いで戦死している。

息子を失った英雄の息子を騙る。マティアスの過去について失念したまま咄嗟についたものとはいえ、最悪の嘘だ。

「グレゴール。もう止めておけ。それくらいで十分だ」

そのとき。フリードリヒをさらに殴ろうと襟首を摑んだ騎士に、そう声をかける者がいた。

フリードリヒが殴られ蹴られ、ユーリカが這っては引きずられる様を、これまで椅子に座ってただ見ていた人物。英雄マティアス・ホーゼンフェルトその人だった。

整えられたダークブラウンの髪と髭《ひげ》。数々の戦功や勇ましい逸話を持つ彼は、しかし見た目からはいかにも猛将というような雄々しさはない。どちらかと言えば、落ち着いた紳士的な印象を感じさせる。

「しかし閣下！」

「その者と話がしたい。起こしてやれ」

「……はっ」

マティアスが静かに命じると、グレゴールと呼ばれた騎士はフリードリヒをそれ以上殴ることはなく、摑んだ襟首を引っ張って乱暴に起こした。

マティアスは立ち上がり、フリードリヒに歩み寄る。床に座っているフリードリヒの前で片膝をついてしゃがみ込み、フリードリヒを見据える。

「フリードリヒと言ったな。歳《とし》は確か、十八と」

「……はい」

心の奥底まで見通すような青い双眸《そうぼう》を前に、フリードリヒは怯えた表情で答える。書物で読んだ英雄に会えて嬉《うれ》しい……などという浮かれた感情は、さすがに微塵も湧いてこない。

「事情はこの都市の住民たちから聞いた。私の庶子を詐称して住民たちの支持を集め、彼らをまとめ上げて士気を高めさせ、策を講じて盗賊の集団を壊滅に追い込んだと。大したものだ」

「……」

フリードリヒは何と答えたものか迷う。礼を言う空気ではないが、かといって称賛に対して謝るのもどうか。それほどでも、などと照れて謙遜するのも違うだろう。

結局、ぎこちなく頭を下げるに留《とど》めた。

「私の息子は八年前に、今はもう存在しないロワール王国との戦いで戦死した。そのことは知っていたのか？」

「……閣下のご子息が亡くなられたお話は聞き及んでいました。ですが、その、八年も前のことだったので失念していて……」

マティアスは英雄だがその息子は一介の騎士だったので、戦死の件は市井ではそこまで大きく話題になっていなかった。そのため、知らなかったと嘘をつくこともできた。

しかし、嘘をついても簡単に見破られるような気がして、フリードリヒは正直に答えた。

「私の嫡子《ちゃくし》が既に死んでいることを失念したまま、私の庶子を騙ったというわけか？」

「はい。ボルガの皆を説得したときは無我夢中で、英雄と名高き閣下の息子を騙れば、皆に説得力を与えて鼓舞できると安易に考えて嘘をつきました。神に誓って、閣下やご子息の名誉を毀損する意図はありませんでした。ですが、結果として不敬極まりない言動をしてしまったこと、お詫《わ》びのしようもございません」

「そうか」

マティアスはそう言って、そのままフリードリヒをじっと見つめてきた。

「……」

次の瞬間にも剣を抜かれ、斬り捨てられるのではないか。

怖い。

フリードリヒが真っ青になっていると、マティアスは表情を変えた。微《かす》かに笑みを浮かべた。

「嘘は言っていないようだな。それにしても、なかなか言葉を紡ぐのが上手い。学のない者にはできない受け答えだ。本当に元孤児なのか？」

「は、はい。赤ん坊の頃に街道に捨てられ、この都市の教会で育ちました。読み書き計算は育ての親である修道女より学びました。書物を読むことが好きなので、言葉については一般的な平民よりは知っているつもりです」

「……なるほどな」

マティアスは立ち上がってフリードリヒを見下ろしながら、顎に手を当てて思案するような仕草を見せる。感心するような、見定めるような、そんな視線を向けてくる。

「お前が賢いことは分かった。だが、話によるとお前は広場の壇上にいきなり上がり、住民たちを一喝した上で戦いに臨ませたそうだな。随分と大胆で、ともすると無謀な行いだ」

スッと、マティアスの目が細められる。空のように青く深い双眸を前にして、フリードリヒは心臓を摑まれたような心地になる。

「答えろ。何故そのようなことをした？」

「……腹が立ったからです」

ボルガの皆を助けたかった。世話になった教会の人々や、孤児たちを助けたかった。悪《あ》しき盗賊を打倒しなければならないと思った。いくらでも聞こえのいい返答はできたはずなのに、フリードリヒはほとんど無意識に本音で答えていた。

「危機が迫る中で、この都市の住民たちは誰も戦おうとしなかった。抗《あらが》おうとしなかった。そんな彼らに無性に腹が立ちました。自分も彼らと同じ無力な存在なのだと思うと、ますます腹が立ちました」

無言を保つマティアスの前で、フリードリヒはさらに言葉を重ねる。

「僕は歴史書や物語本の中で英雄を知りました。この国の、この大陸の、古今東西の英雄を知りました。ホーゼンフェルト閣下についても歴史書で学びました。先のロワール王国との大戦で敵将を討った閣下のご活躍を知りました。英雄たちの活躍や生き様を知るのは、田舎都市の孤児に生まれた僕にとって心の慰めでした」

嗚呼《ああ》。もっと話したい。

今回のことだけではない。もう何年も前から、ずっと不満を、焦燥を、憧憬《しょうけい》を抱えてきたのだ。今話すべきだ。今話せば、英雄マティアス・ホーゼンフェルトが聞いてくれる。

どうか聞いてほしい。そう思いながら、フリードリヒは語る。

「だからこそ、迫ってきた現実を前に腹が立ちました。英雄たちに憧れながら、自分は無名で無力な民の一人としてこのまま死ぬ。自分の命も、ユーリカ――そこにいる彼女のことも守れずに無様に死ぬ。そう思うと、憤りを抑えきれなくなりました。それで……」

「……それで、そのような大それたことをしたと？」

マティアスの問いかけに、こくりと、フリードリヒは頷いた。

それから、沈黙が訪れた。

マティアスは何も言わずに、フリードリヒをじっと見下ろしていた。

実際はさして長くない、しかしフリードリヒにとっては永遠かと思うほどに長い沈黙の後、再びマティアスが口を開いた。

「面白い」

彼はそう言って、微かに笑った。

「元孤児のフリードリヒ。お前の沙汰を決めた……私の庇護《ひご》の下、王国軍に入れ。嘘と策略で盗賊の集団を撃滅した、その賢《さか》しさをもって国に仕えてみろ。貢献をもって、私の庶子を騙った償いとしろ」

「……」

自身に下された沙汰を聞いたフリードリヒは、呆けた表情で固まった。

最初は、言われた意味が分からなかった。ゆっくりとその言葉を噛みしめ、理解するとともに、自然と目が見開かれた。

「どうした？　嫌か？」

マティアスは静かに問うてくる。

嫌ではなかった。これが罰だとは思わなかった。

英雄に見出《みいだ》されたのだ。そう思った。

生ける英雄の下で軍人になる。それは、何者でもない無力な羊である自分が、何者かになれる可能性を得る唯一の機会なのだと思えた。おそらく、生涯で一度きりの機会なのだと。

マティアスの青い双眸に見据えられながら、心の中にあるのは歪《いびつ》な高揚。そしてあまりにも底知れない未来に対する、不安と表裏一体の希望だった。

「……」

フリードリヒは横を向いた。

ユーリカは今は叫ぶことも這うこともなく、身体《からだ》を起こして床に座り、こちらを見ていた。

フリードリヒが問いかけるような視線を向けると、ユーリカは猿轡をされた口をニッと広げながら目を細めた。彼女がいつもフリードリヒに向ける笑顔だった。

ユーリカはフリードリヒのいる場所に一緒にいる。フリードリヒのすることを一緒にする。これからもずっと。

彼女が言ったことを思い出しながら、フリードリヒは再び前を向く。

「心して務めます。閣下……畏《おそ》れながら、ひとつだけお願いが」

その言葉を生意気とみなしたのか、マティアスの傍らに控えるグレゴールが気色《けしき》ばむ。マティアスはそれを手振りで制し、フリードリヒに向けて口を開く。

「言ってみろ」

「ユーリカも、私と一緒に閣下の下へお迎えください。彼女はきっと強い戦力になります。盗賊との戦いでは、生まれて初めて握った剣で頭領に一対一で挑みかかり、相手が手負いだったとはいえ勝利しました」

不安げな表情でフリードリヒが言うと、マティアスは口の端を小さく歪《ゆが》める。

「いいだろう。お前は肉体的に精強には見えないからな。その娘に自分を守らせながら、賢しさを活かして国に尽くす在り方を見つけろ」

「感謝します、閣下」

よかった。これからもユーリカと一緒にいられる。心の底から安堵しながら、フリードリヒはマティアスに深々と頭を下げた。

そうしながら、視線だけをユーリカに向けて促すと、彼女も見よう見まねでマティアスに向けて一礼していた。

マティアスが兵士たちに指示を出し、フリードリヒとユーリカの拘束が解かれる。

グレゴールがユーリカを警戒するような仕草を見せたが、生憎《あいにく》ユーリカはこの期に及んで空気を読めないほど馴じみてはいない。彼女はフリードリヒと共に立ち上がり、ただ静かにフリードリヒの隣に寄り添った。

「それではフリードリヒ。それにユーリカと言ったな。今よりお前たちを、我がホーゼンフェルト伯爵家の従士とする。王都に帰還した後、お前たちに軍人として必要な能力を身につけさせた上で連隊に加える……数日後にはこの都市を発つ予定だ。それまでに身辺整理を済ませておけ」

「承知しました」

ろくな家財も持っておらず、親しいと言える相手も少ないので、身辺整理には数日もかからないだろうが。そう思いながらも、フリードリヒは素直に頷いた。

「以上だ。今日は帰ってよい」


フリードリヒがユーリカを連れて倉庫を出ていった後、マティアスはグレゴールを振り返る。

「不満だったか？　私があの若者に下した沙汰が」

「いえ。閣下のご決定に不満などあろうはずもなく」

ホーゼンフェルト伯爵家に仕える従士長であり、フェルディナント連隊においてマティアスの副官を務めるグレゴールは、無表情で即答する。

彼が努めて表情を殺しているのだと、長年の付き合いであるマティアスにはすぐに分かった。

「本音を言ってみろ」

「……では畏れながら。閣下が今後、何か焦りを抱きながらご決断をなされるのではないかと危惧しております。あれはただの孤児上がりの小僧です」

内心を見破られているのはお互い様か。そう思いながら、マティアスは苦笑する。

「分かっている。あれがルドルフではないことは」

久々に、亡き息子の名を口に出したと、マティアスは思った。

成人してから間もなく結婚した妻は、出産で死んだ。彼女を忘れることのできなかったマティアスは、貴族として褒《ほ》められたことではないと分かりながらも再婚はしなかった。

妻が命と引き換えに産んだ一人息子のルドルフも、初陣から数えて三度目の戦いで死んだ。英雄の息子にふさわしく聡明《そうめい》で、英雄の息子らしく勇敢であろうと懸命で、国境紛争の最中に孤立した小隊を救おうと無茶をして戦死した。まだ十八だった。

周囲からは、再婚しないのであれば養子をとるよう勧められたが、エーデルシュタインの生ける英雄という異名を持つ自分に無理強いまでする者はいなかった。国王でさえも。

それをいいことに、家族を持たないままで八年を過ごした。これが神の意思なのだとしたら、このままホーゼンフェルト伯爵家を自分の代で途絶えさせて構わないなどと考えながら。

なので、この都市に到着してあの若者の件を聞いたときは、怒りではなく興味が湧いた。

元孤児という身でありながら、策をめぐらせ、民衆を率いて盗賊を討った。

そのような若者が自分の息子を騙り、その直後に自分と出会った。話によると、息子の享年と同じ十八歳だという。

これは何か、神の意思なのだろうか。そう思わなかったと言えば嘘になる。

顔や体格が似ているわけではない。ルドルフはもっと精悍《せいかん》な顔立ちで、背も高かった。声も違う。記憶にあるルドルフの声はもっと低かった。

まだ少し話しただけだが、おそらく性格も、似ても似つかないだろう。

あの若者は死んだ息子ではない。

「だが……ずっと考えていた。もし私が本当に養子をとるとしたら、果たしてどのような者がふさわしいか。私の役割を継ぐ者がいるとすれば、それは一体どのような者か。私が庇護を与えてホーゼンフェルト伯爵家を継がせるとしたら、どのような者を選ぶべきか」

「あの小僧がそれだと？」

「かもしれない。あの若者は、智慧のみで民衆を鼓舞し、統率し、そして勝利を掴んだ。誰にでもできることではない。そうだろう？」

主人の言葉に、しかしグレゴールは渋い表情を返す。

「……僭越《せんえつ》ながら申し上げますが、先ほどあの小僧を見た限りでは、とてもあれが閣下の後を継ぐ者としてふさわしいとは思えませんでした。今回の盗賊討伐の功績に関しても、ただのまぐれではないかと」

「ははは、まぐれであれだけのことを成したと言うか」

マティアスは小さく笑いながら、フリードリヒが去っていった方を見る。

「違うな。あれはまぐれで成せることではない。危機を前に恐怖ではなく力を沸き起こす。現実から尻尾《しっぽ》を巻いて逃げるのではなく、現実に牙を剝《む》いて挑みかかる。そして勝利を手にし、危機を乗り越える。それはごく一部の、選ばれし者だけにできることだ。あの若者は……今はまだ私の後を継ぐ器でなくとも、いずれそうなる可能性を秘めている」

あの青年には、死んだ息子と同じ才覚の片鱗《へんりん》を感じた。ごく限られた者のみが持つ才覚。指揮下の者たちを勝利に導く、将としての才覚の匂いを感じた。

そう、同じ才覚の匂いをまとっている。その一点においてのみ、あの青年は息子に似ている。

「とはいえ、まだ可能性だけの話だ。あの若者は今以上には成長せず、己の可能性を無駄にして終わるかもしれない。功績を上げるのはあれ一度きりかもしれない。だから私も、決断を急《せ》いてあの若者をすぐに養子にとるなどとは言わない。そうするときは熟慮した上で決断する。これで納得してくれたか？」

「……はっ」

マティアスが視線を向けると、グレゴールは軽く頭を下げて答えた。

「とりあえず、王都に戻ったらあの若者を私の屋敷に置く。ついてくる娘の方も一緒にな。その上で、ひとまず必要な能力を叩き込む。軍人としての基本的な教育は、お前が施してやってくれ」

「今まで閣下よりいただいたご命令の中で、最も困難な内容ですな」

顔をしかめる従士長を見て、マティアスは小さく吹き出した。

「そこまで言うか」

「あのように軟弱そうな小僧、軍人と呼べる程度にまで育つとは思えません。あの小僧よりは、隣に引っ付いていた娘の方がよほど見込みがありそうでした」

「確かにな。両手が使えない状態でお前に飛びかかったあの娘の挙動、あれは尋常ではなかった。上手く鍛えれば、あの娘は私やお前よりも強くなるかもしれん」

生真面目な顔のまま軽口をたたくグレゴールに、マティアスは首肯する。

「だが、優先するのはあくまであの若者、フリードリヒの方だ。戦場では腕ではなく頭を使わせるつもりだから、戦闘で使い物になるようにしろとは言わない。最低限の体力があれば、剣術は自衛が務まる程度で、馬術も自力で行軍できる程度でいい」

「なかなか酷ですな。そのような状態で従軍させるというのも」

「だからこそあのユーリカという娘も受け入れた。扱いづらそうではあるが、見たところフリードリヒの言うことは素直に聞くようだったからな。あれが専属の護衛としてついていれば、見るからに軟弱そうなフリードリヒもそうそう死ぬことはあるまい」

それでも死ぬようであればそれまで。運がなかっただけの話だ。流れ矢に目を貫かれて死んだ息子と同じように。

内心だけで、マティアスはそう呟く。

「どうだグレゴール。面倒をかけるが、頼まれてくれないか？」

「……無論です。閣下の御為《おんため》とあらば、必ずやあの小僧を最低限まで鍛えてご覧に入れます。ついでにあの小娘も」

「そう言ってくれると思っていた」

敬礼したグレゴールの肩を叩き、マティアスは倉庫を後にした。

・・・・・

フリードリヒとユーリカがボルガを発つまでの数日間、時間は穏やかに流れた。

二人は僅かな荷物をまとめ、住んでいた集合住宅の部屋を引き払い、残る日々は教会で育ての親アルマや老司祭、他の修道女や孤児たちと共に過ごした。

都市内を回り、今まで仕事を依頼してくれた得意先や、その他の顔馴染《かおなじ》みの者たちへの挨拶も済ませた。

都市を挙げて行われた、全滅した討伐隊の葬儀にも参列した。領軍騎士デニスをはじめ、討伐隊の死者の中には知り合いも多かった。ボルガを守るために戦った彼らの死を、フリードリヒとユーリカは皆と共に悼《いた》んだ。

葬儀にはマティアス・ホーゼンフェルト伯爵も顔を見せた。王国の秩序を守ろうとした死者たちの勇敢さを、王国軍人として称《たた》える英雄の言葉に、遺族たちは涙していた。

中心人物たちを失ったものの、都市内に流れる空気は決して悲観的ではない。都市ごと全滅していてもおかしくなかった危機を乗り越えたからこそ、死者たちの分も生きてボルガを守ろうという前向きな決意を皆が共有していた。

ボルガの住民たちは意外にも、彼らに嘘をついたフリードリヒに対して優しかった。結果として皆を救ったことに対する礼を言ってくる者も多かった。

なかでもブルーノが最も熱心に礼を伝えてきたことに、フリードリヒは驚いた。

話によると彼らボルガの住民は、貴族の縁者を騙ったフリードリヒが厳罰に問われないよう、マティアスに歎願《たんがん》したのだという。皆の行動がマティアスの下した沙汰にどう影響したかは分からないが、少なくとも彼に悪い印象は与えなかったはずだった。

皆との会話を経て、フリードリヒの心境には多少の変化があった。

変わり映えのしない日常に浸るボルガの住民たち。複雑に物事を考えることを嫌う庶民たち。素朴で、保守的で、悪気なく元孤児のフリードリヒとユーリカを軽んじてきた者たち。

しかし彼らは、彼ら全員を騙《だま》したフリードリヒを拒絶しなかった。以前までとさして変わらない態度で、表情で、接してくれる。よくも悪くも、彼らなりのかたちでフリードリヒの存在を受け入れている。

ここで一生を終えたいとはやはり思わない。しかし、ここで過ごした半生はそう悪いものではなかったと、今は思えた。

間もなくこの故郷を去る哀愁から沸き起こる気持ちだとしても、そう思えてしまった。

今日、これから、フリードリヒとユーリカはボルガを出ていく。

「……お前は、どこかで騎乗を習ったことがあったのか？」

「いえ、閣下。ユーリカはこの数日、手の空いている騎士の方々から少し指導を受けただけです」

出発の日の朝。当たり前のように馬にまたがり、手綱を扱うユーリカを見て、マティアスが怪訝な顔をする。ユーリカに代わってフリードリヒがそう答える。

フェルディナント連隊の軍人たちはボルガの周囲一帯を捜索したが、盗賊の別動隊などは結局見つからなかった。交代で捜索を行う間、待機組の者は暇を持て余した。

彼ら騎士が馬を操る様を見て「あれなら自分にもできそう」などと発言したユーリカに、騎士たちは冗談半分で騎乗を教えた。すると、ユーリカは驚くべき上達を見せたのだった。

「大したもんです。基礎的なことだけ教えたら、後は勘で難なく馬を操ってみせた」

「騎乗戦闘はさすがに無理でしょうが、王都まで自分で馬を操る程度のことは、今の時点でもできるんじゃないですかね？」

「天性の才覚でしょうな。私はこの段階まで数週間かかったというのに。羨ましい」

ユーリカに騎乗の基礎を教えた張本人である騎士たちが言うと、マティアスは少し呆れた表情でため息を吐く。

「暇だったからといって勝手なことを……まあいい。ユーリカ、その馬にフリードリヒと二人、騎乗して王都まで行軍できるか？」

「できると思う……思います」

途中で思い出したように敬語に直したユーリカの返答を聞き、マティアスは今度はフリードリヒを向いた。

「お前たちは荷馬車にでも乗せるつもりだったが、自分たちで馬に乗って騎兵部隊についてこられるのであればその方がいい。そうしろ」

「分かりました、閣下」

ユーリカの後ろで馬に乗っているだけでいいのなら楽なものだ。そう思いながらフリードリヒは頷いた。


その日の午後、フリードリヒとユーリカはフェルディナント連隊と共にボルガを発つ。

およそ千人から成る連隊のうち、徒歩移動の歩兵部隊と弓兵部隊は午前中に発っているため、今から出発するのは百騎の騎兵のみ。鞄《かばん》ひとつを持って馬に乗るだけのフリードリヒとユーリカは、いつでも出発できる状態で騎士たちの準備が済むのを待つ。

門の前での見送りには、多くの住民が出てきてくれた。

「頭が良いフリードリヒと化け物みてえに強いユーリカなら、きっと凄い軍人になれるぜ。頑張れよな！　俺のこと忘れんなよ！」

「……ありがとう、ブルーノ」

どんな心境の変化があったのか、まるで仲の良かった友人のような顔で言うブルーノに、フリードリヒは微妙な表情で答える。ユーリカはブルーノを完全に無視し、自分の長い髪を指で弄《いじ》ったりしている。

ブルーノ以外にも、仕事の得意先だった者やよく通っていた商店の店主など、特に見知った者たちが口々に言葉をかけてくる。激励の言葉、名残《なごり》を惜しむ言葉、中には「安く事務仕事を頼める奴がいなくなって悲しい」などという、悪気はないのだろうが相変わらずな言葉もあった。

そのような言葉にも、フリードリヒは笑顔で応える。去り行くだけの立場となれば、どんな言葉も笑って流せる。悪気なく軽んじられるこの扱いも、いずれ懐かしむものになるのだろう。

「フリードリヒ。ユーリカ」

笑顔を作るフリードリヒと、そろそろ露骨に面倒くさそうな表情になってきたユーリカに、新たに声をかける者がいた。修道女と孤児たちを連れた老司祭だった。

彼らの登場に、ユーリカは面倒くさそうな表情を引っ込めた。

集まっていた住民たちは自然と下がる。フリードリヒとユーリカにとって、彼ら教会の人々が家族代わりの存在であることは皆分かっている。

「司祭様。それに皆も。ありがとうございます」

「お前たちは教会で育った子だ。その旅立ちとなれば、皆で見送るのは当然のことだ」

老司祭はいつものように、穏やかな声と表情で言った。

このボルガと周辺の村の教会まで管轄する老司祭は多忙で、孤児たちと直接接する機会は決して多くない。それでも彼は教会の代表であり、すなわち孤児の保護者であり、フリードリヒとユーリカが成人するまで庇護してくれた存在だった。

「お前たちはいつか、このボルガを旅立っていくのではないかと思っていた。お前たちがまだ幼い頃、フリードリヒが聡明さを、ユーリカが強さを発揮し始めた頃から予感していた。これもまた神の御意思なのかもしれぬ……お前たちならきっと大丈夫だ。よく励み、正しき行いを為《な》しなさい」

「はい。司祭様」

フリードリヒは老司祭の目をしっかりと見ながら、彼の言葉に頷く。隣に寄り添うユーリカも、老司祭に素直に頷いた。

その後は修道女や孤児たちと言葉を交わし、最後にアルマと向き合う。

「……王国軍は、あなたたちが才覚を発揮するには最適の場なのかもしれません。辛《つら》いこともあるでしょう。危険な目に遭うこともあるでしょう。あなたたちが正しく生き、国と社会のために貢献し、息災でいられるよう、一日も欠かすことなく神に祈ると約束します。二人とも、どうか元気でいなさい」

「ありがとうございます、アルマ先生。先生もどうかお元気で」

答えたフリードリヒに、両手を広げたアルマが歩み寄る。

フリードリヒたちは王国軍に入る。そして、アルマはもう老人と言っていい年齢。これが今生の別れになることもあり得る。知識教養を与えてくれた師であり、赤ん坊の頃から面倒を見てくれた親代わりでもあるアルマと、フリードリヒは抱擁を交わす。

アルマはユーリカに向けても両手を広げ、ユーリカはそれに応えて彼女に抱きつく。

「忘れないよ、アルマ先生」

ユーリカの言葉に、アルマは無言で頷いた。彼女の目から一筋、涙が流れた。

「フリードリヒ。そろそろ出発だ」

そこへやって来たのはマティアスだった。伯爵家の当主であり、名高き英雄である彼を前に、集っている住民たち全員が一礼する。

マティアスは彼らを見回し、老司祭とアルマに向けて口を開く。

「この二人は私が責任をもって庇護下に置く。どうかご安心を」

「二人を何卒《なにとぞ》よろしくお願いいたします。伯爵閣下」

聖職者への敬意として丁寧に語ったマティアスに、老司祭が代表して答えた。

マティアスが隊列の先頭へと移動し、騎兵部隊はいよいよ出発の時を迎える。

フリードリヒたちに預けられた馬に、まずはユーリカが乗る。

「おいで、フリードリヒ」

馬は背が高く、慣れていない者はただ騎乗するだけでも苦労する。ユーリカが差し出した手を取り、彼女に引き上げてもらい、フリードリヒも馬の背に乗る。

隊列先頭から、グレゴールが騎士たちに出発を宣言する声が響いた。

二列縦隊の隊列がゆっくりと動き出し、その最後尾にフリードリヒたちもつく。これが初めての行軍とは思えない慣れた所作でユーリカが馬を出発させ、騎士たちの後ろに続く。

フリードリヒは後ろを振り返る。小都市ボルガが、門の前に立つ皆が、遠くなっていく。

「フリードリヒ、不安？」

ユーリカが問う声が聞こえ、フリードリヒは前に向き直る。

「……少しだけ」

「そっか。でも大丈夫だよ。私は傍についてるから」

そう言って振り向いたユーリカの、ニッと笑う横顔が見えた。

「ありがとう。そうだね、二人でいれば大丈夫だ」

ユーリカは一緒にいてくれる。それはこれからも変わらない。

そして、自分はボルガを出た。嫌気が差していながら、しかし旅立つ勇気までは持てなかった、そんな故郷からついに出た。

望んでいたはずだ。こんな日が来ることを。もう何年も前からずっと。

歴史書や物語本を読みながら憧れた人生が、待っているかもしれないのだ。英雄譚《たん》のような人生が現実のものとなり、自分のものとなるかもしれないのだ。

子供じみているとは思いながらも、そんな期待を覚えずにはいられなかった。不安もあるが、それを上回る高揚があった。

「ここまで来たんだ。思っていたかたちとは違ったけど、機会を得たんだ。無駄にはしない」

呟くように、フリードリヒは言った。

「そうだね、私のフリードリヒ」

ユーリカが手綱から片手を離し、自身の腰のあたりを摑むフリードリヒの手に重ねた。優しく温かい手だった。


「……これでよかったのでしょうか」

旅立っていくフリードリヒとユーリカを見送りながら、アルマは隣の老司祭だけに聞こえる声で言った。

「私は、幼かったフリードリヒが吸収するままに知識を与えました。読み書きや計算ができるだけでなく、難解な書物を読めるだけの知識まで。聡明になったあの子が、自分の出自や立場、生き方に悩んでいたことは分かっていました……私が考えなしに知識を与えなければ、あの子とユーリカがこのように困難な道へと旅立つこともなかったのかもしれません」

フリードリヒは、アルマが今まで育てた孤児の中でもずば抜けて賢かった。アルマの持ちうる知識を尽《ことごと》く吸収し、それだけでは飽き足らず教会の書物から知識を貪った。そうして世界を、歴史を知ったフリードリヒは、狭い人生の中でその聡明さを持て余していた。

悩みを抱え、それを隠しているつもりの彼を見ながら、アルマは思った。彼が本来抱えずに済んだはずの苦しみや悩みを、自分が与えたのではないかと。

そしてとうとう、フリードリヒはボルガを巣立った。英雄マティアス・ホーゼンフェルト伯爵に才覚を見出され、元孤児の田舎平民では本来ありえなかった人生の道のりを歩み始めた。ユーリカも、当然のように彼についていった。

この地では得られなかった可能性を手にした、と言っていいのだろう。彼の望みが叶《かな》ったと見ることもできるだろう。しかし、可能性とはよい方向にばかり広がるわけではない。

驚くほどに賢い子だ。機会さえあれば、おそらくは王国軍でも頭角を現すのだろう。軍人として栄誉を手にするかもしれない。同時に重い責任を。大きな苦しみを。

彼の聡明さに命を救われた自分たちは、聡明さを発揮したが故《ゆえ》に旅立つ彼を見送っている。まるで、彼の平穏な人生を生贄《いけにえ》にして助かってしまったようではないか。これはよいことだったと、正しいことだったと、手放しで言えるのだろうか。

彼はいつか、もしかしたらそう遠くないうちにも、田舎で庶民として生きている方が幸せだったと後悔することになるのではないか。そう思わずにはいられなかった。

「人の可能性とは、運命とは、他者が阻むべきものではありません。そして、他者が阻む必要もありません」

穏やかな声色で、老司祭が答える。

「フリードリヒは大きな可能性を秘めた青年です。彼の才覚が世に知られ、花開くのだとすれば、それは神が定めた彼の運命なのでしょう。あなたは彼の人生において、あなたの果たすべき役割を果たしたのです」

　老司祭の言葉は、静かにアルマの心に響く。

「今日から、共に祈りましょう。フリードリヒとユーリカの人生に多くの幸があらんことを。困難が立ちはだかるのであれば、彼らがそれを乗り越えられることを」

「……はい。司祭様」

　アルマは頷き、前を向く。

　フリードリヒと出会った日のことは覚えている。まだ赤ん坊の彼を籠の中から抱き上げたときのことは、今でも鮮明に思い出せる。

　立派な青年へと成長したフリードリヒの背中が、遠ざかっていく。

三章　修行

「はあっ、はあっ、くそっ」

辛《つら》い。やっぱり止《や》めたい。軍になんて入りたくない。

いや、もちろん本気で軍人になることを止めたいわけではないが、そういう弱音がふと頭の中に浮かんでくるほどには苦しい。

訓練の最中、荒い息を吐いて地面に座り込みながら、フリードリヒはそんなことを思った。

「フリードリヒ！　誰が休んでいいと言った！　立て！」

後ろから怒鳴ったのは、騎士グレゴール。ホーゼンフェルト伯爵家に仕える従士長で、従士身分となったフリードリヒにとっては上官であり、今は訓練の教官だった。

「は、はい……待っ……息を……」

「敵が迫ってきてもそう言うのか!?　息を整えるまで追うのを待ってくれと!?　ふざけるな！」

怒声だけで背中を突き飛ばすような迫力で、グレゴールは再び叱責する。

それでも、フリードリヒは立てない。元々が頭脳労働ばかりしていた軟弱な人間なので、訓練を始めて十日ほどが経《た》った現時点では、見違えるほど体力がついたりはしない。

昨日までの訓練も厳しかったが、ここまではなかった。あれはただの小手調べに過ぎなかったのだと、フリードリヒは今まさに身をもって実感していた。

「フリードリヒ大丈夫？　ほら、手を――」

フリードリヒに歩み寄ったユーリカが、手を差し伸べようとしたその瞬間。

グレゴールが訓練用の木剣を瞬時に振り上げ、ユーリカの眼前に突き出した。反射的に一歩下がったユーリカは、グレゴールを睨《にら》みつける。

「……何」

獰猛《どうもう》な獣のようなユーリカの視線を受けても、グレゴールは微塵《みじん》も怯《ひる》まない。

「訓練の時間外であれば、お前とフリードリヒが何をしていようが構わん。だが、今こいつを甘やかすことは断じて許さん。手を差し伸べるな。こいつを早死にさせたいのでなければな」

死、という言葉が出てきたことで、グレゴールを睨むユーリカの視線が少しだけ揺れた。

「こいつが戦闘で役に立つとは、閣下も俺も端《はな》から思っていない。だからこそ、こいつの護衛としてお前も受け入れられたのだ。だが守るとしても限度がある。確かにお前は多少腕が立つかもしれんが、だからといってこいつを担ぎながら逃げたり戦ったりはできまい……この走り込みは、こいつに最低限の体力をつけさせるための訓練だ。馬を失っても隊から落伍《らくご》せず、たとえ連隊が敗走したとしてもできるだけ敵に捕まらないようにするための訓練だ。この程度の走り込みで音を上げ、仲間に助け起こしてもらっているようでは、いざという場面でこいつは簡単に死ぬぞ」

淡々と語りながら、グレゴールは木剣を下ろした。

「こいつを好いているのだろう？　好きな男を戦場で死なせたいのであれば、ほら、手を貸してやるといい」

そう言われても、ユーリカは動かなかった。

「……大丈夫。自分で立てます」

この僅かな時間に多少息を整えたフリードリヒは、そう言って立ち上がる。

「まだ走れます。走ります」

ふらつく足で、それでもフリードリヒはグレゴールに言った。

「口だけなら誰でもそう言える。行動で示せ。どれほど前進が遅くてもいい。最後まで立ち止まらずに走り切れ」

「はっ」

力なく敬礼し、フリードリヒはまた走り始める。歩くのと大差ない速度で。

ユーリカはその隣で並走し、心配そうな視線を時おり向けながら、しかし手は触れない。

二人が走っているのは、ホーゼンフェルト伯爵家の屋敷、その敷地を囲む高い塀の内周。今から二週間ほど前、二人はフェルディナント連隊と共に王都に到着した。

王都ザンクト・ヴァルトルーデは、エーデルシュタイン王国の人口およそ六十万のうち、三万が暮らしている大都市。王国の経済、文化、そして政治と軍事の中枢。宮廷貴族であるホーゼンフェルト伯爵家は領地を持たないため、この王都の貴族街に屋敷を構えている。

とはいえ、その屋敷もさして大きなものではない。代々仕える従士の数も、領主貴族家とは比較にならないほど少ない。屋敷を空けることの多いマティアスに代わって家政を取り仕切る家令。その他、上級使用人が数人。そして、副官として戦場に付き従うグレゴール。

その小規模な従士団に自分が加えられたのは、新たな家臣として使うためというよりは、元孤児というあまりにも後ろ盾のない立場故《ゆえ》にマティアスが庇護《ひご》を与えるため。フリードリヒはそう理解している。

「あと少しだ！　足を止めるな！……終了だ！　休め！」

グレゴールに檄《げき》を飛ばされながら、ユーリカに寄り添われながら、自力で走り切ったフリードリヒは今度こそへたり込む。よく手入れのなされた芝の上に倒れる。

「……っ」

「本当に軟弱な奴《やつ》だな。王国軍人なら、皆この五倍は走れるぞ」

息も絶え絶えのフリードリヒを見下ろし、グレゴールは呆《あき》れたように言った。

そんなことを言われても無理なものは無理だと、フリードリヒは思う。少なくとも、今はまだ無理だと。

「来年の春、王国軍の入隊式に合わせて、お前とユーリカも連隊に加えたいと閣下はお考えだ。それまでにこの三倍、駆け足のまま速度を落とさず完走できるようになれ。それが最低限だ」

来年の春。今が初秋なので、およそ半年後。できるだろうか。

芝の上に寝転がって空を見上げながら、フリードリヒは不安を覚える。

「たった半年後じゃない……ですか。私は今すぐにでも余裕で走り切れるけど、フリードリヒには難しいんじゃない？……ですか？」

未《いま》だ慣れない敬語に苦戦しながらユーリカが問うと、グレゴールは鼻で笑った。

「走るだけなら問題ないだろう。まだ若いからな。毎日走っていればすぐに体力はつく。むしろ、体力だけつければ軍に入れるのだから、なんとも恵まれた話だ」

怪訝《けげん》な表情になったユーリカを一瞥《いちべつ》し、グレゴールは話を続ける。

「普通は、王国軍に入る者は入隊試験を受けた上で、兵士なら入隊前に一年程度の訓練を受ける。体力があるのは大前提で、そこから行軍や陣形移動、槍《やり》や剣の扱いを学ぶ。士官である騎士は、そもそも入隊の前に何年も剣術と騎乗の訓練を重ねている。貴族子弟にもなればよほどの無能でない限り入隊自体を拒まれることはないが、それでも努力していない者はまずいない。自分の命と家の面子《メンツ》がかかっているからな」

語りながら、グレゴールはフリードリヒを鋭く睨む。

「それを、お前は閣下のご決断で入隊するのだ。盗賊討伐を成した才覚を見込まれ、半年の訓練で叙任を受ける前提で、最初から幕僚のような待遇でな……王国軍の歴史上、才覚を示した者が厚遇で迎えられた例は少なくないが、その後の道のりは楽なものではない。軍人として実績を示せなければ、結局は軍を去ることになる。だからこそ閣下はお前を鍛えるよう私に命じられた。お前が実績を示すには、最低限、軍事行動についてこられなければならないからだ」

その話を聞いたフリードリヒは、身体《からだ》を起こす。本音ではまだしばらく寝転がっていたいと思いながら立ち上がる。

せっかく摑《つか》んだ機会だ。田舎都市で育った孤児上がりの自分が、人生を変える機会だ。無駄にしてたまるか。そう思った。

戦場まで皆についていく体力がなかったために機会をふいにした、などという結果に終わっては悔やんでも悔やみきれない。

「もう立ち上がるか。もっと寝ていてもいいぞ？」

「……いえ、もう大丈夫です。やれます」

挑発するように言うグレゴールに、フリードリヒは答える。

「ははは、口先だけでないか試してやる。次は素振りだ」

屋敷の裏庭の隅に立てかけてある木剣を二本取ったグレゴールは、それをフリードリヒとユーリカの前に放《ほう》った。

「フリードリヒは五十回。ユーリカは百回だ。一度も剣を下ろさずにやり遂げろ。開始！」

グレゴールの言葉を合図に、フリードリヒは素振りを始める。

力強く木剣を振るユーリカの隣で、木剣の重さにふらつかないよう足を踏ん張りながら、懸命に回数を重ねていく。

この日の訓練が終わった夕刻。水を浴びて服を着替えたフリードリヒは、与えられている自室に戻った途端、ベッドに倒れ込んだ。

「きっっつい……」

ベッドと机と棚があるだけの質素な部屋の中、天井を見上げながら、訓練中は言わないようにしている弱音が零《こぼ》れた。この訓練が必要なことであると分かってはいるが、それでもやはりきついものはきつい。

おそらく自分がぎりぎり乗り越えられるようにグレゴールは調整してくれているのだろうが、それでも今の時点でこれだけ辛いのだ。一か月、二か月と経つ頃には訓練内容がどれだけ厳しくなっているのか、想像したくない。

「フリードリヒ、入るね」

扉の外からユーリカの声が聞こえた。彼女はフリードリヒの隣に部屋を与えられている。

フリードリヒの返事を待つことなく、すぐに扉が開いてユーリカが入室してくる。彼女はそのままベッドに飛び込み、フリードリヒに抱きつく。

「お疲れさまフリードリヒ。今日も頑張ったねぇ」

艶《つや》やかな表情で甘く囁《ささや》いてくる彼女に、フリードリヒは思わず微苦笑を零す。こうしていると、ボルガで暮らしていた頃を思い出す。

ボルガを発《た》ってから、まだ半月ほどしか経っていない。それなのに、あの日々が遠い昔のことのように感じられる。

「ほんと、自分で身体を動かすようになって、ユーリカがいかに凄《すご》いのかを思い知らされてるよ」

「私が戦って、フリードリヒが頭を使う。それが私たち二人のやり方でしょう？　だから気にしないで。フリードリヒは凄いよ。私なんかよりずっと」

頬や首筋にユーリカの口づけを受けながら、フリードリヒは思う。

甘やかされている、と考える。まだ王国軍への入隊も済ませていない半人前の自分が、こうしてユーリカと触れ合えるような環境にいることを許しているマティアスに。

フリードリヒとユーリカが恋仲であることはマティアスも当然知っている。にもかかわらず、二人は同じ屋敷に暮らし、部屋は隣同士という待遇。深夜に自室を抜け出したユーリカがこちらの部屋にやって来たのも一度や二度ではない。

これを甘やかされていると言わずに何と言うのか。これほどの待遇を与えられているからこそ、いざ王国軍に入った後に見込み違いと思われたら恐ろしいと、フリードリヒは考える。

「フリードリヒくん。入ってもよろしいかしら？」

そのとき。部屋の外から声がかけられる。

ホーゼンフェルト伯爵家の家令、ドーリスの声だった。

「は、はい！」

フリードリヒは慌てて答え、ベッドから飛び起きようとする。しかしユーリカが抱きついたままだったので、失敗して再びベッドに倒れる。

そして、ドーリスが入ってきてしまう。

「あらあら、お邪魔だったかしらね」

二人の様を見たドーリスは、にっこりと笑みを浮かべながら言う。年齢で言えばアルマと同じくらいの彼女は、しかし厳格な性格のアルマとは違い、いつも柔和な印象の老女だった。

「いえ、あの、すみません……ちょっとユーリカ」

「ふふふっ、ごめんねぇフリードリヒ」

ふざけて絡みついてくるユーリカの腕から逃れ、フリードリヒはようやく立ち上がった。ドーリスはフリードリヒたちの態度を気にした様子もなく、むしろユーリカと顔を見合わせてクスクスと笑っていた。

「お食事の用意ができたので呼びに来ましたよ。食堂にどうぞ」

「は、はい……ありがとうございます。わざわざドーリスさんが呼びに来てくださるなんて」

「いいんですよ。私がそうしたくて自分で呼びに来たんですから」

そう言いながら廊下を歩くドーリスは、見た目こそ温和な老女だが、屋敷を空けることの多いマティアスに代わってホーゼンフェルト伯爵家の家政を統括する人物。財務管理から、使用人たちの指揮、得意先の商人や職人との連絡交渉までを担っている。

従士歴ではグレゴールよりも遥《はる》かに上なので、従士長の彼でさえも頭が上がらないことも多いという。「ただの婆《ばあ》さんだと思って侮るな」と、フリードリヒは屋敷に来たばかりの頃にグレゴールから忠告された。

「ああ、そうそう。今夜は旦那様があなたたちと一緒に夕食をとりたいそうです。あなたたちが席についた後、旦那様をお呼びするから、少し待っていてくださいね」

「分かりました」

フリードリヒは少しの緊張を覚えながら答える。

主人であるマティアスと夕食を共にするのは、これで三度目。訓練の日々や王都暮らしの感想を聞かれながら食事するだけであるが、まだ慣れない。

「あなたたち二人がお屋敷に来てから、旦那様が夕食時までに帰宅なさる日が増えて嬉《うれ》しいわ。グレゴールさんもここ最近はお屋敷にいらっしゃるし、毎日が賑《にぎ》やかで本当に楽しい」

「……一応、僕たちは従士として迎えられたのに、毎日訓練してるだけですみません」

「あら、気にしないで。あなたたちは軍人さんになるんですから。軍人さんは普段は訓練をして、いざというときに戦うのが仕事だと分かっていますよ」

それに、と言いながらドーリスは笑みを向けてくる。

「若い人のお世話をするのは、それだけで楽しいものですよ。ルドルフ様がいらっしゃった頃を思い出すわ」

「……」

ルドルフ・ホーゼンフェルト。名前は聞いている。八年前に戦死した、マティアスの息子。

当主は一人息子を失い、この家は次代の当主を失ったのだと。ここはそういう過去を持つ家なのだと、フリードリヒはドーリスの言葉からあらためて思い知る。


ホーゼンフェルト伯爵家の食卓では、行儀作法について口うるさく言われることはない。

フリードリヒも、フリードリヒと一緒に暮らしてきたユーリカも、アルマの教えのおかげで平民にしては食べ方は綺麗《きれい》な方。なのでこの屋敷に来てからも、特に注意はされていない。当主マティアスが目の前にいるときもそれは同じだった。

食事の内容は、田舎の平民出身のフリードリヒたちにとっては非常に贅沢《ぜいたく》だと感じられるものばかり。マティアスと夕食を共にするときは殊更《ことさら》に。

焼きたてのパンは混ぜ物もなく柔らかく、スープには具がふんだんに入っている。おまけに、塩漬けや燻製《くんせい》ではない肉を毎日食べることができる。牛肉が出ることもある。

訓練は厳しいが、食事のときはいつも、ここに迎えられて本当によかったと思える。

「二人とも、訓練はどうだ？　順調か？」

「……順調だと思いますが、正直に言うと、辛い部分もあります。今まで頭ばかり使ってきた自分の体力不足を思い知る毎日です」

パンを千切りながら尋ねるマティアスに、フリードリヒはナイフで肉を切り分ける手を止めて答える。

「そのようだな。前に顔を合わせた四日前の夕食時と比べても、明らかに顔が疲れている。グレゴールがちゃんと仕事をしている証拠だ」

マティアスはフリードリヒの顔を見ながら、笑みを零した。

ちなみに、従士長のグレゴールは夕食を共にしない。彼によると、そもそも主人と従士が共に食事をすることは祝いの日でもない限り一般的ではないという。マティアスがフリードリヒたちを夕食に同席させるのは、二人を気にかけているからだろうと。

「わたひはよゆうです」

「ユーリカは僕の倍は走り込みや素振りをしていますが、今のところ難なくこなしています」

肉を頬張りながらのユーリカの言葉に、フリードリヒはそう補足する。

「そうか。この先どこまでその余裕を保てるか見ものだな。グレゴールが本気を出せば、ユーリカとて厳しかろう……ああ、話は変わるが」

マティアスはそこでワインを一口飲んでから、また口を開く。

「お前たちの住んでいた都市ボルガの代官、確かヘルマンと言ったか？　彼の沙汰が決まったそうだ。代官の任を解かれ、ドーフェン子爵家の直営農地の管理役にされたのだとか」

盗賊騒ぎの一件の続報として、自分のもとにも情報が届けられたのだと、マティアスは語った。

「それは……分かりやすい左遷ですね。刑罰を科せられなかっただけ、彼にとっては幸いと言えるのでしょうが」

「あの者は当代ドーフェン子爵の縁者だというからな。ドーフェン卿《きょう》も身内を罰するのはためらわれたのだろう。一応、あの者が報告したからこそ我々フェルディナント連隊も駆けつけることができたわけだしな」

言いながらマティアスが空けた杯に、給仕のメイドがワインを注《つ》ぐ。

「フリードリヒ、あの者が罰せられなかったことに安堵《あんど》しているようだな。お前たち住民を置いて逃げた代官だろうに」

「……彼は平時に限っては、僕たち住民にとってそう悪い役人ではありませんでした。非常時に逃げ出す臆病者ではありましたが、結果的に僕たちは助かったので、僕個人としては特に恨んでいません。助かっていなければ化けて出る勢いで恨んでいたと思いますが」

「ふっ、そうか」

フリードリヒの言葉に、マティアスは小さく吹き出した。

その後も時おり他愛のない会話をしながら、食事の時間は過ぎていく。

主人と従士というより、まるで父親と息子のようだと、フリードリヒは思う。尤《もっと》も、親子の夕食時の会話風景など、書物と想像の中でしか知らないが。

・・・・・・

軍人になるための訓練は、身体を動かすことばかりではない。座学も必要となる。

頭を使って働くことを期待されているフリードリヒの場合は、むしろこの座学の方が重要と言ってもいい。

士官として一通り必要な知識を持っているグレゴールが、この座学でも教官を務めてくれる。

「……お前は本当に、頭はずば抜けて良いな」

フリードリヒとユーリカがホーゼンフェルト伯爵家の屋敷に来ておよそ一か月が経ったある日。

屋敷の一室で黒板を前にしながら、グレゴールは少々呆れ気味に言った。

「僕の唯一の取り柄《とりえ》ですから」

「ふんっ、生意気な口を」

少し誇らしげな顔でフリードリヒが答えると、グレゴールは顔をしかめる。

今日までに教えられた知識については、フリードリヒは既に諳《そら》んじられる。実際に、今グレゴールが試すように質問をたたみかけてきたのに対し、全て完璧に答えきったところだった。

まず、王国軍人になる上で当然知っておくべき、最も基礎的な事項。

このエーデルシュタイン王国は、西部統一暦の八二〇年に初代君主であるヴァルトルーデ・エーデルシュタイン女王によって建国された。

統一暦一〇〇七年、建国から一八七年を迎えた現在は、第十二代国王ジギスムント・エーデルシュタインが治めている。彼はこの国の君主であると同時に、エーデルシュタイン王国軍の総指揮官でもある。

尤も、ジギスムントは二年ほど前より病を抱えており、病状については秘密とされているが、表舞台に出てくることは既にほとんどない。そんな彼に代わり、弱冠二十五歳の王太女クラウディア・エーデルシュタインが専ら国政の実務を担っている。

王国の領土があるのは、ルドナ大陸西部の東側。西には係争中のアレリア王国が、北にはノヴァキア王国が、そして東には友好国リガルド帝国が隣国として並んでいる。

王国の国教は、大陸西部で広く信仰されているアリューシオン教。空と大地と海を創り出した唯一絶対の神を信仰し、預言者アリューシオンの教えに従う一神教。ただし現在の王国において、宗教勢力の政治的権力はないに等しい。

次に、この国の軍制について。

エーデルシュタイン王国の常備兵力は、王家の軍たる王国軍と、その補助戦力である貴族領軍から成っている。

王国軍の基幹を成しているのが、三つの連隊。それぞれがかつて大きな功績を残した君主の名をとり、アルブレヒト連隊、ヒルデガルト連隊、フェルディナント連隊と名付けられている。

それぞれの連隊の役割も概《おおむ》ね定まっており、ヒルデガルト連隊は西部国境の最重要地帯であるべイラル平原の防衛を、フェルディナント連隊は臨機応変な機動防御を、アルブレヒト連隊は万が一敵軍に国境を突破された際の国内防衛を主な任務としている。

一個連隊の編成は、歩兵六百人と弓兵三百人、騎兵百人。歩兵と弓兵はそれぞれ三百人の大隊、百人の中隊、三十人強の小隊に分けられる。騎兵のみ、百人で大隊、三十人強で中隊、十人前後で小隊を構成する。

士官とされるのは、歩兵と弓兵の中隊長以上、そして騎兵。士官とはすなわち叙任を受けた騎士であり、歩兵と弓兵の中隊長以上も、原則として騎乗の資格を持つ下馬騎士が務める。

これら一千の兵力に加え、連隊長とその副官、直衛と伝令などを担う騎士が数騎、医師、従軍司祭、書記官、王家お抱えの戦場画家や吟遊詩人などで連隊本部が作られる。さらに必要に応じて、王家から派遣された官僚、連隊長個人の子弟や家臣などが幕僚を務めることもある。

歩兵に比して弓兵や騎兵の数が多い編成なのは、この連隊が常備軍であるため。必要に応じて、ここに平民からの徴集兵を歩兵として加える想定がなされている。実際に、ベイラル平原に接する王家直轄領においては、ヒルデガルト連隊がいつでも千人規模の徴集兵を動員できる態勢を整え、国境を守っている。

これら三つの連隊以外にも、王家直轄の部隊として、王族の身辺警護や王城の警備、王都の防衛を担う近衛《このえ》隊五百人が存在する。さらに、入隊予定者による訓練部隊（これは王都防衛の予備戦力も兼ねる）と、輜重《しちょう》任務などの後方支援を担う輸送部隊も置かれている。

連隊を基幹とする現在の部隊編成になったのは、今から二十年ほど前のこと。それまでは各兵科がそれぞれ部隊を編成していたが、戦場での立ち回りにおいても平時の部隊運用においてもより柔軟性の高い軍制を求めたジギスムントによって、王国軍は複数の兵科をまとめた千人規模の部隊へと再編された。

この画期的な改革の結果、エーデルシュタイン王国はロワール王国との会戦で大勝利を収め、その後の戦いも有利に進め、改革を成したジギスムントは名君として国内外に名を馳《は》せた。複数の兵科が連なる「連隊」という名称も、彼によってつけられた。

このように、正規軍人による常備軍だけでも総勢四千人ほどを有する王家に対して、領主貴族たちの有する戦力は少ない。

貴族領軍の規模は数十人からせいぜい二、三百人程度。人口の少ない男爵領では常設の領軍を廃止している領地も多い。領軍の内実も、士官は職業軍人が基本だが、兵士は半農の場合が多い。

唯一、王国北西の要衝に領地を持つバッハシュタイン公爵家のみ、やはり大半が半農とはいえ千人規模の領軍を維持している。

これら貴族領軍の総兵力は、三千にも届かない程度。その役割は専ら領内の治安維持や戦時の予備戦力であり、国境地帯のいくつかの貴族領のみが、今も国境防衛の一部を担っている。

また、王国内には傭兵《ようへい》もいるが、数はさして多くない。六年前にロワール王国が滅び、新たに隣国となったアレリア王国とは小規模な国境紛争しか起こっていない現在、大規模な傭兵団は仕事を求めて他の国々に移動している。

こうした概要を軸に、より細かい事柄についても、フリードリヒは着実に体系的な知識を増やしている。

「ねえグレゴール先生。私は優秀ですか?」

「誰が先生だ。様をつけるか、従士長と呼べ……お前は一戦士としては十分以上に賢いが、士官としては並以下だろうな。士官、すなわち騎士ともなれば、代々が軍人の家系の者ばかりだ。貴族やその直臣の家系の者も多い。多少読み書き計算を仕込まれた孤児上がりではそうそう敵《かな》わん。フリードリヒが別格なだけだ」

ユーリカがふざけ半分に手を挙げながら尋ねると、グレゴールは顔をしかめながら説明する。

「ふうん、そうなんだ」

「何だ。お前は隊長にでもなって部隊を率いたいのか?」

「絶対に嫌です。フリードリヒから離れたくない」

「そうだろうな。であれば、頭の良さはそこまで重要ではあるまい」

やれやれと首を振り、グレゴールは授業を再開した。

・・・・・

フリードリヒたちがホーゼンフェルト伯爵家に迎えられて一か月半ほどが経ち、秋も深まった頃からは、より実戦的な訓練が始まった。

順調に体力がついてきたフリードリヒは最低限の自衛のために。体系的な戦闘術の基礎を身につけ始めたユーリカは一人前の騎士となるために。二人はグレゴールを相手とし、打ち合いの稽古を行っている。

「視線を逸《そ》らすな！　相手の剣筋を見ていなければ防げないぞ！　この臆病者が！」

怒鳴りながらグレゴールが振り下ろした剣を、フリードリヒはなけなしの勇気を振り絞って受け止める。返事をする余裕もない。

訓練なので、二人とも構えているのは当然ただの木剣。その上グレゴールの木剣には布が厚く巻かれているが、それでも鋭く振られるその剣先は恐ろしかった。

剣そのものはもちろん、グレゴールの気迫も恐ろしい。何度も実戦を潜《くぐ》り抜けてきた本物の騎士の気迫に、ほんの二か月前までただの田舎平民だったフリードリヒは圧倒される。

その気迫に押され、何度か打ち合わせた末にフリードリヒは自身の木剣を取り落とす。

「あっ」

そして次の瞬間には、首の寸前にグレゴールの木剣が据《す》えられていた。

「終わりだな。騎士フリードリヒは無様に剣を取り落とし、戦場で何ひとつ功績を挙げることなく戦死だ。これで五回死んだぞ。今日だけでだ」

不敵に笑ったグレゴールに、フリードリヒは強張《こわば》った笑みを返した。

グレゴールは明らかに全力を出していない。一撃こそ重いが、技術的には何ら難しいことはせずに攻めかかってきている。にもかかわらず、フリードリヒはものの数十秒で敗《ま》けてしまう。

フリードリヒの目標は、勝つことではない。一人で敵一人を相手取り、しばらく持ちこたえる。ただそれだけ。その目標でさえ達成できていない。

「やはりまだまだ体力不足だな。それらしく防御できているのは最初の数打だけ。すぐに剣の重さに振り回されるようになり、自由が利かないからと怖がって相手の剣から目を背けようとする。体力が尽きると相手の攻撃を受けた衝撃に耐えられず、剣を取り落とす」

グレゴールは片手で軽々と木剣を振りながら、フリードリヒの弱点をそう評する。

「お前がどう動こうとしているかは分かる。その判断は概ね正しい。やはり賢《さか》しい分、技術の飲み込みは早いのだろう。だが技術を形にする体力がないのでは意味がない……冬明け、軍への入隊までにこの三倍の時間を耐えられるようになれ。そうすれば、戦場で一人孤立しない限りはそうそう死なないだろう」

「……戦場で一人孤立したら？」

「そんな状況になったら誰だって死ぬ。俺や閣下だってそうだ。戦争とはそういうものだ」

物語本の英雄譚《たん》とは違うぞ、と言いながら、グレゴールは今度はユーリカを向く。

「お前がそうならないために奮戦するのが、こっちの生意気な小娘の務めだ……ユーリカ。次はお前の番といこう」

　グレゴールはそう言って、剣を構える。

　フリードリヒを相手にしていたときとは纏《まと》う空気が違った。気迫はそのままに、鋭利な刃物のような空気を纏いながら隙のない構えをとっていた。

「さあ来い」

　次の瞬間、ユーリカは嬉々《きき》とした表情で木剣を振り上げてグレゴールに斬りかかった。

　最初の一撃を、グレゴールは剣を横に構えて受け止めた。激突の衝撃で跳ね返った自身の剣をユーリカは瞬時に構えなおし、グレゴールの足元を横薙《よこな》ぎに一閃《いっせん》する。

　それを、グレゴールは冷静に退いて避《よ》けた。

　フリードリヒに分かったのはそこまでだった。その後は目にも留まらぬ速さで何度も木剣がぶつかり、いつの間にかユーリカが押されていた。

　と、後ろに大きく飛びのいたユーリカは明らかな間合いの外で木剣を振りかぶり、それをグレゴールに向けて投げる。

　同時に自分も跳躍し、いつから隠し持っていたのか分からない木製の短剣を振りかざしながらグレゴールに迫る。

　グレゴールは木剣を難なくはじき落とすと、飛びかかってきたユーリカの短剣が自身に届く前に手を伸ばし、ユーリカの首元を正確にとらえて摑む。

そしてそのまま、ユーリカの身体を地面に叩《たた》きつけた。

「ぐえっ！」

さして勢いをつけたわけではなく、地面は土なので、ユーリカは怪我《けが》をした様子はない。しかしそれでも受けた衝撃は大きかったのか、彼女はカエルが潰れたような声を出した。

「大馬鹿者が。ガキの喧嘩《けんか》じゃないんだぞ。簡単に主武装を手放す馬鹿がどこにいる」

呆れた顔で言いながら、グレゴールはユーリカの服の襟を引っ張り上げて彼女を立たせる。ユーリカはもう平気そうな顔で、服についた土をはたいて落とす。

「駄目だった？　じゃない、駄目でした？　こうすれば今日こそ勝てると思ったんですけど」

「当たり前だ。剣を投げるのは、本当に追い詰められて切羽詰まったときの最後の手段だ。多少押された程度で投げるな……まったく、こんな小細工が通用すると思ったのか？　いつの間に訓練用の短剣など隠し持った」

拾え、とグレゴールに言われ、ユーリカは地面に転がっていた自身の木剣と、木製の短剣を拾い上げる。

「そもそも戦い方が粗すぎる。お前も剣術に則《のっと》って動いたのは最初の数打だけだったが、お前の場合はフリードリヒと違って、ただ技術を忘れて熱くなっただけだろう。身体能力と勘に任せた乱暴な攻め方が通じるのは、相手が素人の徴集兵や雑兵のときだけだと前にも言ったはずだ。手練《てだ》れの兵士や訓練を積んだ騎士を相手にするときは、雑な力押しでは負けるぞ……それと、馬鹿みたいに攻めるな。見てみろ」

そこで言葉を切り、グレゴールは木剣の剣先をフリードリヒの方に向ける。戦い始めたときと比べると、グレゴールたち二人とフリードリヒの距離は随分と遠かった。

「お前は目の前の強敵との戦いで熱くなり、周りを見ていなかった。そのせいで自分が誘導されていることにも気づかず、守るべきフリードリヒからこれだけ引き離された。お前が投げつけた剣が俺を仕留めていたとして、その次はどうする？　これだけ離れた場所で他の敵に囲まれたフリードリヒをどう守る？　今度はその短剣も投げるのか？」

ユーリカはフリードリヒを振り返る。そして、フリードリヒとの距離に気づき、愕然《がくぜん》とする。

「さっきも言ったが、戦場で孤立したら死ぬ。今、お前はフリードリヒを死なせたぞ。これが訓練だったからいいが、実戦だったらフリードリヒは二度と生き返らない」

ユーリカは明らかに動揺した様子だった。彼女はフリードリヒに向けて首を横に振りながら、その口元だけが動き、ごめんなさい、と声なく呟《つぶや》く。フリードリヒは優しい笑みで頷《うなず》くが、それがどれほどの慰めになったかは分からない。

「従士ユーリカ」

グレゴールに名を呼ばれ、ユーリカは彼の方を向いた。

「もう一度言う。これは子供の喧嘩ではない。本物の戦いだ。そのための訓練だ。分かったか」

「……分かりました、従士長」

ユーリカは神妙な表情で、硬い声で答えた。

……

冬に入っても、フリードリヒとユーリカは変わらず訓練漬けの日々を送っていた。ユーリカは順調に剣術の腕を上げ、フリードリヒは着実に体力をつけながら知識を増やしていた。

「そうだ！　そのまま耐えろ！　助けが入るまで踏ん張れ！」

この日、フリードリヒはいつもと同じように屋敷の裏庭でグレゴールの稽古を受けていた。単純な、しかし力強いグレゴールの斬撃を、堅実な構えで防ぎ続けていた。

基本的な攻撃の型は十種類もない。敵味方入り乱れる戦場では、たとえ手練れの騎士でも複雑な剣技を使うことは少ないので、これらの攻撃を防ぐ方法さえ覚えておけば最低限は身を守ることができる。時間稼ぎだけならば、フリードリヒでも反復的に訓練を重ねればそう難しくはない。

「よし、よく耐えた！　ユーリカ、助けに入れ！」

グレゴールの許可を得て、ユーリカが飛び込んでくる。フリードリヒが時間稼ぎの自衛をしているところへ、他の敵を倒した護衛のユーリカが助けに入る、という想定の訓練だった。

そのユーリカも、以前のように無謀な攻撃は仕掛けない。フリードリヒを背後に置く立ち位置を保ちながら戦い、最後にはグレゴールの腹へと横薙ぎに木剣を当てる寸前で止める。

「それでいい！　雑兵を倒したぞ！　次は騎士が来た！」

　数歩下がったグレゴールは、今度は構えを少し変える。そして、明らかに先ほどまでよりも鋭い動きで攻めてくる。

　それに対しても、ユーリカは冷静に対処する。技術的にはまだ未完成だが、それを持ち前の反射神経と身体能力で補うことで防御を成す。

「そのまま防ぎ続けろ！　安易に攻めに転じるなよ！　堅実に守りながら相手が隙を見せるのを待て！　フリードリヒまだ気を抜くな！　ユーリカが敵に抜かれたら、お前は最低でも最初の一撃を自力で防げ！　ユーリカならその間に持ち直すだろう！」

　話しながら、グレゴールは攻撃の手を緩めない。

　ユーリカを怯ませた隙にフリードリヒ目がけて斬りかかろうとするグレゴールは、しかしフリードリヒが防御の姿勢をとっているために攻めあぐねる。そんな展開が二度ほど続いた後、グレゴールが隙のやや大きな攻撃をユーリカに向けて放った。

　それを難なく避けたユーリカは、グレゴールに生まれた隙を見逃さず、足払いをくり出す。倒れたグレゴールの首元に木剣を突きつけ、それで模擬戦は終わった。

「戦いが長引いたことで苛立《いらだ》った敵の騎士は、一気にけりをつけようと力任せの攻撃を放つも、それを避けられた末に仕留められた。二人ともよくやった」

　言いながら、グレゴールは涼しい顔で立ち上がる。汗はかいているものの、呼吸は少しも乱れていない。

一方のユーリカは水でもかぶったかのように汗だくで、肩で息をしていた。フリードリヒも彼女ほどではないが荒い息をしながら、緊張が切れてその場にへたり込んだ。

そんな二人の顔目がけて、タオルが投げつけられる。

「すぐに汗を拭いておけ。この気温だ。風邪を引かれて肺炎にでもなられたら困る」

「「……」」

言われた通り汗を拭きながら、フリードリヒとユーリカは呼吸を整える。

と、そのとき。

「今日もよく励んでいるようだな」

屋敷の主《あるじ》であるマティアスが、裏庭に出てきた。それを見てフリードリヒは慌てて立ち上がり、グレゴールと共に姿勢を正す。ユーリカも二人に倣《なら》う。

「そのままでいい。楽にしろ」

マティアスはそう言うと、グレゴールを向いた。

「どうだ、二人は」

「……あまり褒《ほ》めるのも癪《しゃく》ですが、ユーリカは大したものです。並の騎士が相手でも一対一ならば勝てるでしょう。フリードリヒの方も、思っていたよりはやれています。力不足を器用さで補っているようです。最低限の自衛力は入隊までに身につくかと」

「そうか、順調ならば良い……それにしても、ユーリカはそれほどか。お前が褒めるとは本当に珍しいな」

言いながら、マティアスは裏庭の隅に立ててある木剣の一本を手に取る。

「私にも少し試させてくれ」

「よろしいので？」

「ああ。今までは忙しくて、私が直々に実力を見てやることもできなかったからな」

連隊長であるマティアスは、出撃していないときでも当然ながら多忙。副官のグレゴールがフリードリヒたちの訓練に時間を割いている今は余計にそうだという。

そのマティアスも、冬に入ってからはようやく暇が増えたらしく、昼間から屋敷にいることもある。冬は他の季節よりも活動が緩やかになるのは、王国軍も世間と同じであるらしかった。

「私はユーリカを突破し、フリードリヒの首を狙う。お前たちは全力で抵抗してみせろ。寸前で止める必要はない。本気で当てに来て構わん。いいか？」

「分かりました、閣下」

「はぁい」

フリードリヒは緊張した面持ちで、ユーリカは挑戦的な笑みを浮かべながら、木剣を構える。

「では……行くぞ」

マティアスが言った瞬間、周囲に流れる空気が変わった。

「っ!?」

凄《すさ》まじい速さで肉薄してきたマティアスに驚愕しながらも、ユーリカは最初の一撃を木剣で防いだ。続く二撃目を防いだときには、姿勢を大きく崩していた。

「えっ……」

その後、何がどうなったのかフリードリヒには分からないまま、足をすくわれたユーリカは空中で半回転して倒れていた。かと思えば、マティアスが矢の如《ごと》き速さで迫ってきた。

慌てて防御の姿勢をとるが、手元にあったはずの木剣が一瞬で弾《はじ》き飛ばされた。そう認識したときには、首元に剣先を据えられていた。

「私の勝ちだな」

「……はい」

完敗だった。瞬《まばた》きする間もなく敗けた。

これがエーデルシュタインの生ける英雄か、とフリードリヒは思った。

「フリードリヒ。訓練を始めてまだ三か月も経っていないことを考えると、咄嗟《とっさ》の構えは悪くなかった。よほどの手練れが相手でない限り初撃は凌《しの》げるだろう。ユーリカも……確かに、グレゴールが褒めるだけのことはある。二撃目で仕留められると思ったが、防がれたのは正直に言って予想外だった。驚異的な成長だ」

木剣を下ろしたマティアスはそう言いながら、起き上がるユーリカに手を貸してやる。

「座学の方も問題ないと聞いている。この調子であれば予定通り入隊させられるな？」

「はい、閣下」

グレゴールの返事を受けて、マティアスは満足げな微笑を浮かべる。

「二人とも、明日は市街地へ連れていく。そのつもりで準備をしておくように」

「かしこまりました、閣下」

フリードリヒは一礼して答え、屋内に戻るマティアスを見送った。


翌日。フリードリヒとユーリカは、マティアスに連れられて屋敷を出た。

マティアスと、フリードリヒたち二人、そして荷物持ちの使用人二人で王都ザンクト・ヴァルトルーデの大通りを進む。歩きながら、フリードリヒは街並みを眺める。

辺境の小都市ボルガで育ち、ドーフェン子爵領の領都でも都会だと感じていたフリードリヒは、王都の街並みを前にすると未だに圧倒される。

大通り沿いには二階建てどころか三階建ての建物も珍しくなく、冬だというのに人通りが絶えることもない。多種多様な商店が並び、冬でも変わらず営業している。

行き交うのはエーデルシュタイン人だけではなく、白狼《はくろう》の毛皮を纏った北のノヴァキア人らしき者や、東のリガルド帝国風の装束を纏った者もいる。もっと遠い地から来たのであろう、褐色の肌をした者や薄い顔立ちの者も。さらには、係争中のアレリア王国の民らしい商人や旅人もちらほらと。

ボルガで受ける一生分の刺激が、王都を歩く一日の中にある。フリードリヒはそう感じている。こうして王都を歩いているときは、故郷を旅立って本当によかったと思える。

「着いたぞ。ここだ」

マティアスがそう言って、一軒の店の前で立ち止まる。

行き先を知らされていなかったフリードリヒは、その店の看板を見て首を傾《かし》げた。

「仕立て屋……ですか？」

その仕立て屋は大店《おおだな》ではあったが、貴族が御用達《ごようたし》にするような高級店には見えなかった。扉には貸し切りを示す看板が立てられていた。

「そうだ。王国軍の連隊は、仕立て屋についてもそれぞれ縄張りがあってな。フェルディナント連隊の得意先はここだ……今日はお前たち二人の軍服を作る。ここの職人は軍服作りは手馴《てな》れているから、今日採寸を済ませれば、冬の終わりまでには完成する」

それを聞いて、フリードリヒとユーリカは顔を見合わせる。ユーリカが赤い唇をニッと広げて笑い、フリードリヒも微笑を返す。

王国軍で軍服を持つのは士官のみ。戦うだけでなく、騎士として公的な場に立つ機会のある上級の軍人のみ。

自分はいよいよ王国軍人に、それも士官になるのだと、その準備をするのだと、フリードリヒは感慨を覚える。

そのとき、店から小綺麗《こぎれい》な身なりの男が出てきて、マティアスに一礼する。

「ホーゼンフェルト伯爵閣下。お待ちしておりました」

「店主、久しいな。今日はよろしく頼む……さあ二人とも。入るぞ」

マティアスに促され、フリードリヒは店に入った。ユーリカもそれに続いた。

店内は広く、奥の方には多様な布や革が並び、端には採寸のための小部屋がある。入り口に近い側には見本品が並んでいる。質の良い、かつ実用的な服が多いようだった。

「お呼びいただければ私どもの方からお屋敷まで参りましたところ、ご足労いただき大変恐縮に存じます」

「むしろこちらこそ、来店したいなどと言って悪かったな。この二人の社会勉強のつもりだったのだが……気を遣わせて、わざわざ貸し切りにさせてしまった」

「とんでもない。他ならぬ閣下の御為《おんため》にございますれば」

店主はマティアスに向けて慇懃《いんぎん》に頭を下げると、フリードリヒたちを向いた。

「今回はこちらのお二方が？」

「そうだ。我がホーゼンフェルト伯爵家の新しい従士たちだ。春から王国軍に入らせる」

「なるほど。軍服は標準的なものでよろしいのでしょうか？」

「ああ、ひとまずは」

「かしこまりました。それでは早速ですが、採寸を始めさせていただきます」

そして、フリードリヒは職人に奥の小部屋へ案内される。ユーリカは女性職人に案内され、別室へと通される。

エーデルシュタイン王国軍の軍服は、王家の富の源泉である鉄を表す、黒に近い鋼色。背中にはある程度の防御力のある、漆黒のマントを羽織る。戦闘時、接近戦に臨む者は軍服の上着を脱いで各々が自前の鎧《よろい》を身につけ、その上にやはりマントを羽織る。

自分専用の軍服がこれから作られる。その事実を前に、フリードリヒは高揚しながら小部屋に入った。

そうして二人が離れた後、マティアスは店主を傍《そば》に呼ぶ。

「あの二人の軽鎧《けいがい》も作るので、採寸の記録を後でもらってもいいか？」

「もちろんにございます。お帰りの際にお渡しいたします」

「感謝する。それと……フリードリヒの軍服に合わせて、うちの家紋の徽章《きしよう》をひとつ、製作しておいてほしい。マントの方は家紋付きのものも作ってくれ。実際に使うかは分からないが、どちらにせよ料金は支払う」

「……かしこまりました」

後半に関しては、マティアスは店主にだけ聞こえるように言った。店主は表情を変えずに答えた。

・・・・・・

フリードリヒとユーリカが学んでいるのは、剣術と軍学だけではない。騎士となるために必須の技術である騎乗に関しても、グレゴールから日々教えられていた。

天性の勘でボルガを出る前に騎乗の基礎を身につけたユーリカは、その後もグレゴールでさえ目を見張る成長を遂げた。

既に年も明けた晩冬の今、彼女は自由自在に馬を乗りこなしている。馬の体格や体力次第になるが、いざとなったらフリードリヒを後ろに乗せて戦場から全速力で離脱することもできるだろうとグレゴールに評されている。

そしてフリードリヒも、戦場で自分の面倒を見られる程度の実力は身につけた。

最初こそ怯《おび》えが勝ってなかなか馬を上手《うま》く操れなかったものの、一度要領を摑めば持ち前の賢さを発揮して器用に上達した。ただの行軍ならばグレゴールやユーリカに遅れることもなくなり、道の具合にもよるが短時間の全力疾走も、速さに臆することなくできるようになった。

「あの丘の頂上まで行くぞ！　遅れずについてこい！」

一月も末に近づいたある日。王都近郊まで出て騎乗訓練を行っていたフリードリヒたちは、グレゴールの指示に従って馬を走らせる。ユーリカは余裕をもって、フリードリヒは懸命に、馬を操ってグレゴールについていく。

そして、三人は丘の頂上に辿《たど》り着く。

「二人ともよくやった。少し休め」

グレゴールはそう言いながら、自身も馬から降りる。

フリードリヒは馬の首元を撫《な》でてから、ユーリカと並んで地面に腰を下ろした。

丘の上からは、王都が一望できた。冬の澄んだ空気に包まれるザンクト・ヴァルトルーデは美しかった。そして王都の北側、台地にそびえ立つ王城は、荘厳で凜々《りり》しかった。

「ここは王都と王城を見渡す上で最も都合のいい場所だ。おまけに王都と王城の西側に位置する……もし西のアレリア王国と本格的な戦争に突入し、王国軍が敵を食い止めることに失敗すれば、王都近郊まで迫った敵はこの場所に陣を置くだろう。そして、あの美しい都市と荘厳な城を破壊するために丘を下る」

グレゴールの言葉を聞いたフリードリヒは、ぎょっとして彼を振り返る。ユーリカも目を見開きながら彼を見る。

「あの王都こそが、エーデルシュタイン王国の中心であり、王都を見守る王城こそが、この国の心臓だ。王国はこの場所から始まり、王国の全てはこの場所に収束する……この景色を記憶に刻みつけろ。これから自分たちが守る国の象徴として。覚えておけ。王国軍が何のために戦うのかを。そして覚悟を決めろ。王国軍人になる覚悟を」

「……」

フリードリヒは無言で、再び王都と王城を見る。隣に座るユーリカが、グレゴールには見えないようフリードリヒの手をそっと握った。

彼女の手を握り返しながら、フリードリヒは考える。

何者かになりたい。そう思ったからこそ、ここまで来た。ときに弱音を零しながらも懸命に訓練に励み、多少なりとも成長した。

グレゴールの言わんとすることは理解できる。しかし、自分は正直なところ、決して崇高な使命感をもって軍人になるわけではない。今ここで、自分が真に覚悟を決めることができたとは思えない。きっとそんな容易なことではないのだろう。

その覚悟を心に刻んで初めて、何者かになれるのだろうか。歴史に名を刻み、己の生きた意義を世に知らしめるような何者かに。どうすれば、心にまで覚悟を刻めるのだろうか。

「ひとまず、お前たちの基礎訓練は終了だ。もちろんお前たちはまだ未熟だから、今後も引き続き鍛えてやる。だが、それは見習い従士としてではなく王国軍人としてだ。一度軍人になれば、お前たちはいつ実戦を経験してもおかしくない。だから最後に言っておく」

グレゴールはそう言いながら立ち上がる。

「フリードリヒ。ユーリカ。二人とも、とにかく死ぬな。まずは生き残れ。ホーゼンフェルト伯爵閣下よりいただいた機会を、軍人としての命を無駄にするな……以上だ。帰るぞ」

「……はい、従士長」

「はい、従士長」

フリードリヒは表情を引き締めながら。ユーリカはいつもの表情で、しかし素直な口調で。そう答えた。

フリードリヒが立ち上がったとき、丘を風が吹き抜けた。フリードリヒの深紅の髪を、澄んだ空気が撫《な》でていった。

晴れた日中は、もうそれほど冷たさを感じない。間もなく春になる。

「……」

冬なのに汗ばかりかいていたな、などと、フリードリヒは情緒の欠片《かけら》もない感想を抱いた。

・・・・・・

宮廷貴族であるホーゼンフェルト伯爵家の屋敷は、そう大きなものではない。しかしそれでも、屋敷には大貴族の居所として必要な部屋が備わっている。

複数の寝室。居間と食堂。応接室。いくつかの客室。当主の執務室。武具や貴重品や資料を収める倉庫。そして――晩餐会《ばんさんかい》や謁見、儀式に用いる広間。

二月の末。フリードリヒとユーリカは、完成したばかりの真新しい軍服を身につけ、帯剣し、この広間に入った。

広間の最奥の壁には、王国軍の軍旗とホーゼンフェルト伯爵家の旗がかけられていた。そしてその前には、傍らにグレゴールを従えたマティアスが立っていた。

マティアスの軍服、その左胸のあたりでは、ホーゼンフェルト伯爵家の家紋が存在感を放つ。他にも、連隊長であることを表す様々な装飾。今日の彼はフリードリヒたちの主人として、そして王国軍の将として、この場に立っていた。

今日ここで、フリードリヒとユーリカは騎士に任ぜられる。

騎士身分は王国において特別な意味を持つ。優れた戦いの技術、あるいはそれに匹敵する能力や功績を持つと認められた者が叙任され、戦場において騎乗を許される。どれほど生まれの身分が高くとも、たとえ王族であっても、軍人として水準以下であれば騎士の叙任は受けられない。

一度叙任されても、その実力や人格が騎士にふさわしくないと判断されれば、騎士身分は剝奪《はくだつ》されることもある。

エーデルシュタイン王国において騎士叙任の権利を持つのは、王族と領主貴族。そして、王国軍の近衛隊長と三人の連隊長。

「従士フリードリヒ。従士ユーリカ。前へ」

マティアスが厳かに言う。

この儀式を見届ける証人として呼ばれた、フェルディナント連隊の大隊長たちが広間の左右に立つ中で、フリードリヒとユーリカは鋼色のカーペットを歩いて進む。

片膝をついた二人を前に、マティアスは剣を抜き、まずはフリードリヒの前に立つ。

「従士フリードリヒ。汝《なんじ》は王国に忠誠を誓い、誇りを守り、以《もっ》て騎士となることを誓うか」

「私フリードリヒは、王国に忠誠を誓い、誇りを守り、以て騎士となることを唯一絶対の神に誓います」

マティアスの問いかけに、フリードリヒは練習した通りの文言を返す。

「よかろう。盗賊に立ち向かって勝利を成し、王国の民衆を守ったその功績と能力を認め、ホーゼンフェルト伯爵マティアスの名において汝を騎士に任ずる」

マティアスはそう宣言し、フリードリヒの両肩を剣で軽く叩いた。

「従士ユーリカ。汝は王国に忠誠を誓い、誇りを守り、以て騎士となることを誓うか」

「私ユーリカは、王国に忠誠を誓い、誇りを守り、以て騎士となることを唯一絶対の神に誓います」

次にユーリカも、同じように誓いの言葉を述べる。

「よかろう。その類まれなる戦いの才覚を認め、ホーゼンフェルト伯爵マティアスの名において汝を騎士に任ずる」

マティアスがユーリカの両肩に剣を当て、そして儀式は終わった。

この日。この場で。フリードリヒとユーリカは騎士となった。

「二人とも立て」

主人に命じられた二人は、騎士として立ち上がる。

「言うまでもなく分かっているだろうが、何ら後ろ盾のない立場から従士に取り立てられた者が、これほどの短期間で騎士に任ぜられるというのは稀有《けう》なことだ。フリードリヒには騎士とするに値する聡明《そうめい》さが、ユーリカには強さがあると考えたからこその叙任であるが……お前たちが真に騎士にふさわしいかどうかは、お前たちのこれからの働きによって決まる。主人として、お前たちの奮闘に期待している」

「心して励みます、閣下」

フリードリヒはこの半年の間に何百回と練習してきた敬礼を示し、ユーリカもそれに倣った。

これは始まりでしかない。まだ何も成し遂げていない。

四章　騎士

三月の初頭。フリードリヒとユーリカは、総勢二百人近い騎士や兵士と共に、王国軍への入隊式に臨んでいた。

入隊式が行われているのは、王城の広大な中庭。広場のようになっているこの場所に今年の入隊者が集結し、王国軍の各部隊の将も見守る中で王国と王家への忠誠を誓う。

「――この場に居並ぶ諸君は、今日この日、誇り高きエーデルシュタイン王国軍へと迎えられる。王国軍はこの国と王家を守る剣であり、同時に盾である。諸君の持つ力が王国軍の軍旗の下に結集されることで、王国の敵を討ち、王国の全てを守る力となるのだ！」

長らく公の場から遠ざかっている国王ジギスムントはこの入隊式にもやはり姿を見せず、堂々たる態度で入隊者への訓示を行っているのは王太女クラウディア・エーデルシュタインだった。

王都では国王の余命が幾何《いくばく》もないなどとまことしやかに囁《ささや》かれているが、その噂《うわさ》も案外間違いではないのかもしれないと、王太女の姿を眺めながらフリードリヒは思う。

視線を隣に向けると、そこにはユーリカが立っている。さらに視線を巡らせると、入隊者たちが並んでいる。騎士は若い者が多く、女性も少なくない。兵士はほぼ全員が男で、成人したばかりに見える者から中年に近い者まで様々だった。

王国軍に入る騎士の多くは、代々王家に仕える騎士の家系、あるいは、家も領地も継げない貴族家の次子以下。

騎士家や宮廷貴族家の子弟たちは王家から能力を認められ、今日までに王太女から叙任を受けている。領主貴族の子弟は、実家で家長から叙任を受けてきている。無能な子弟を王家に捧《ささ》げたとあらばその領主貴族家は大恥をかくことになるので、彼らも及第点以上の実力は保証されている。

ホーゼンフェルト伯爵家の家臣としてマティアスから叙任を受けて入隊するフリードリヒとユーリカは、騎士の中でもやや特殊な例となる。

一方で兵士たちの境遇は多種多様。親やそれ以前の代から兵士だという者もいれば、腕っぷしを頼りに田舎から出てきたような者もいれば、傭兵《ようへい》上がりもいる。

「皆、今日ここに誓え！　軍旗と王家の旗の下に誓え！　死するか軍を去るその日まで、王国軍人であり続けると！」

王太女クラウディアが高らかに呼びかけ、それに合わせて旗持ちの騎士たちが軍旗と王家の旗を入隊者たちに向けて傾ける。それを合図に、入隊者たちは一斉に敬礼した。

フリードリヒとユーリカも、右の拳を左胸に当てて誓いを示した。

翌日以降、入隊者は各部隊に配属される。アルブレヒト連隊の者たちは国内にある拠点の要塞に向かい、ヒルデガルト連隊の者たちは国境地帯へと出発し、輸送部隊の者たちはさっそく輸送任務に就く。近衛隊《このえ》は何年か軍歴を積んだ者から選抜されるので、新人からは兵員を迎えない。

フリードリヒとユーリカは、フェルディナント連隊に配属された騎士や兵士たちと共に、マティアスに連れられて王都内の王国軍本部へとやって来た。

主に近衛隊、フェルディナント連隊、輸送部隊、訓練部隊が使用する軍本部。その訓練場には、フェルディナント連隊の騎士と兵士ほぼ全てが集まっていた。

「――それでは諸君。新たに連隊の一員となった六人の騎士と四十九人の兵士を歓迎しよう。王国軍人としては新米の連中だ。手取り足取り軍務について教えてやってくれ」

「「「はっ！」」」

連隊長であるマティアスの言葉に、皆が威勢よく応える。

「それと、もう一点……我がホーゼンフェルト伯爵家の従士でもある、この二人についてだ」

マティアスはそう言って、フリードリヒとユーリカに手招きする。訓練場の正面側に他の入隊者たちと並んでいたフリードリヒは、ユーリカと一度顔を見合わせ、マティアスが立っている壇上に上がった。

「このフリードリヒは、目立つ髪色をしているので覚えている者も多いだろう。昨年、ドーフェン子爵領に出現した大盗賊団を策略をもって討伐した功労者だ。その後、私が従士として取り立て、グレゴールに鍛えさせた上で騎士に叙任した。稀有《けう》な聡明《そうめい》さと、大胆にも私の庶子を詐称した勇敢さを見込んでのことだ」

その言葉で、訓練場に笑いが起こる。

「今後、フリードリヒは私が傍《そば》に置いて使う。連隊本部で、智慧《ちえ》をもって働かせる……隣のユーリカはフリードリヒの幼馴染《おさななじみ》だが、単純に強さを見込んで叙任した。剣を握って三か月足らずの時点で私の小手調べの一撃と、その後の本気の一撃を防いだ実力者だ」

その言葉で、今度は訓練場にどよめきが広がった。

「私が最後に実力を見たのは二週間ほど前だが、おそらくこの連隊の中でも上位に入るであろう強さだった。ユーリカもやはり連隊本部に置き、直衛として使う……二人とも能力はあるが、まともに訓練を受け始めてからまだ半年程度。軍人としては新米どころか赤ん坊もいいところだ。お前たちが皆で親代わりになってやれ」

マティアスが紹介を終えると、連隊の皆はそれぞれ好き勝手にフリードリヒとユーリカへと言葉を投げかけた。歓迎の言葉もあれば、からかうような野次もあった。

「……頼もしいね。親代わりがこんなに」

「ふふふっ、そうだねぇ」

微苦笑しながらフリードリヒが冗談を言うと、ユーリカはいつもの笑顔を見せて答えた。

入隊者の中でも、ユーリカは一際大きな注目を集めた。

「なあ、あんた。名家の出身でもないのに、女で騎士になるなんて珍しいな」

「俺のこと憶《おぼ》えてるか？　ボルガで馬の乗り方を教えてやっただろう」

「ホーゼンフェルト閣下の攻撃に二回耐えたって本当？　凄《すご》いわね」

マティアスによる入隊者の紹介が終わった後、瞬く間に連隊の騎士たちに囲まれたユーリカは、目を丸くしてきょろきょろと視線をめぐらせる。

「それだけ強いなら、連隊本部じゃなくて是非ともうちの小隊にほしいものだな」

「ええ？　それはちょっと」

騎兵部隊の隊長格らしき一人の言葉に、ユーリカは露骨に嫌そうな顔をした。

「なんだ、そんなに連隊本部に置かれるのがいいのか？」

「名誉な仕事なのは間違いないけど、手柄を挙げる機会はきっと少ないぜ？」

「そうじゃなくてぇ……私は彼の護衛として、彼を守るために軍に入れてもらったから」

そう言ってユーリカが指さしたフリードリヒのもとに、騎士たちの視線が集まる。

「……」

ああ、こういう状況は苦手だ、とフリードリヒは思う。

本物の騎士たち。確かな家柄の生まれで、少しばかり賢《さか》しいだけの自分とは違って真の強さと立場と教養があるからこそ、騎士に任ぜられている者たち。社会の勝ち組で、人生の勝ち組で、自信に満ち溢《あふ》れていて、孤児上がりの自分とは真逆の者たち。

今、一体どう思われていることやら。彼らにこうやって注目されていると思うだけで劣等感が刺激される。

「なあ、確かフリードリヒっていったか？　あんた……」

一人の騎士が歩み寄ってきて、フリードリヒの肩を叩《たた》き、そして——ニヤリと笑った。

「ユーリカと幼馴染だって話だが、もしかしてユーリカの男なのか？」

「え、まあ、そうですけど……」

「ははは、やっぱりな。あいつの言い方と、あいつがあんたを見る目で、ただの幼馴染じゃないってすぐに分かったぜ」

「凄いな。どうやってあんな美人を惚《ほ》れさせたんだ？」

「よかったらこいつに教えてやってくれよ。こいつ、死ぬほどモテないんだ」

皆、今度はフリードリヒを囲んであれこれと話しかけてくる。予想外の流れに、今はユーリカではなくフリードリヒが驚く。

「あら、もう恋人持ちなの？　可愛《かわい》いからあたしがいただいちゃおうかと思ったのに」

一人の女性騎士がそう言って笑いながらフリードリヒに歩み寄り、その頭を撫《な》でると、ユーリカが素早く騎士たちの間を抜けてフリードリヒに駆け寄り、女性騎士の手を払いのける。

「ちょっと、駄目、フリードリヒは私のだから……」

「あらあら、妬《や》いちゃったの？　冗談だから安心して。あたしもう婚約者いるから」

女性騎士は小さく吹き出しながら、今度はユーリカの頭をわしわしと撫でた。そのやりとりに明るい笑いが起こり、ユーリカはまた目を丸くしながら周りを見ていた。

ユーリカがそのようにからかわれて戸惑う姿は、フリードリヒから見ても新鮮だった。ボルガにいた頃は侮蔑されるか敬遠されるばかりだった彼女には、大勢から好意的に接せられ、囲まれるというのは未知の体験であるらしかった。

その強さと性格故《ゆえ》に、ボルガでは自分以上に浮いた存在だった彼女にとって、王国軍がいい居場所のひとつとなるのであれば嬉《うれ》しいとフリードリヒは思った。

「さぁて、それじゃあホーゼンフェルト閣下もお認めになった気鋭の騎士の腕前を見るか」

「おお、いいな。愛する男を守る実力がどんなものか、皆で試してやろうぜ」

「一番手は俺に務めさせろ。これで俺が勝ったら、俺も閣下に認めてもらえるってことだよな？」

騎士たちはわいわい騒ぎながら、いつの間にかユーリカが皆の前で模擬戦を行う流れになる。

訓練場の隅に引っ張られ、木剣を手渡されたユーリカが、フリードリヒを向いて首を傾《かし》げる。フリードリヒが頷《うなず》くと、彼女はにんまりと笑って木剣を構えた。

騎士だけでなく兵士たちも見物に訪れ、大勢が囲む中で模擬戦が始まる。

「騒がしくて悪いな。あれでも皆、歓迎しているつもりなんだ」

そのとき。戦いの様子を眺めていたフリードリヒの後ろから声がかけられた。

フリードリヒが振り返ると、若い騎士が横に並び、模擬戦の見物に加わる。

おそらくフリードリヒよりも少し年上。暗めの金髪と薄いグレーの瞳。その騎士の顔に、フリードリヒは見覚えがあった。

「あなたは……確か、ボルガへの先遣隊を率いていた？」

「よく憶えていたな。と言いたいところだが、自分を縛り上げた男の顔は忘れないか」

若い騎士はフリードリヒに視線を向け、笑いながら言う。

盗賊討伐を終えたボルガにやってきた先遣隊の指揮官。マティアスの庶子を詐称したフリードリヒを、連隊長の判断を仰ぐまで拘束されていてくれと言いながら縛り上げたのも彼だった。

「騎士オリヴァー・ファルケだ。フェルディナント連隊の騎兵部隊で、第二中隊長兼、副大隊長に任ぜられている。よろしく頼む」

「よろしくお願いします……あの、畏《おそ》れながら、オリヴァー様はファルケ子爵家の関係者でいらっしゃいますか？」

フリードリヒが尋ねると、若い騎士——オリヴァーは少し驚いた表情になった。

「ほう、王国東部の田舎貴族をよく知っているな」

「王国の貴族家は、家名と概要だけですが全て憶えました。領主貴族家に関しては領地の位置も記憶しています」

「……なるほど。そんなことまで教えられて、当たり前のような顔で全て憶えたと語るとは。閣下が期待なさるのも納得の賢さだな」

オリヴァーは感心した様子で呟《つぶや》く。

二人が話している間に模擬戦はユーリカの勝利に終わり、二人目の騎士が彼女に挑んでいる。

「確かに俺はファルケ子爵家の人間だが、現当主の三男だ。家は継がないし、結婚して家庭を作れば実家から外れてただの騎士になる……それに、王国軍では家柄は関係ない。だから様付けは不要だ。敬語も要《い》らないぞ。お前も騎士なのだし、歳《とし》も俺とそう離れていないようだからな」

「分かり……分かっ、た」

フリードリヒがぎこちなく答えると、オリヴァーは笑った。

「それでいい。仲良くしよう、騎士フリードリヒ」

フリードリヒの肩を親しげに叩き、オリヴァーは模擬戦を囲む人だかりから離れていった。

・・・・・

それから一週間は、個人の基礎訓練や小部隊ごとの戦闘訓練に費やされた。入隊者たちを連隊に馴染《なじ》ませるためか、比較的緩やかな空気の中で訓練は進められた。

本部付のため所属部隊のないユーリカは、手の空いている騎士や隊長格の兵士から次々に模擬戦を申し込まれ、一週間で三十人以上と戦った。そのうち二十人以上に勝利した。

さすがは連隊長も認める実力だと皆がユーリカを称賛し、そのユーリカがいつも寄り添っているフリードリヒも、今のところ智慧を発揮する機会はないながらも一目置かれるようになった。

「大したものだな。あくまで一戦闘員としてだが、年齢や訓練期間を考えると破格の強さだ……連隊本部の直衛として有能なのは間違いないだろう」

今日も今日とて模擬戦が開かれ、自分なら勝てると宣言した若い騎士が奮戦しながらもユーリカに押されている。それを囲む人だかりの一角で、オリヴァーがフリードリヒに語る。

あくまで一戦闘員として、とオリヴァーが評した理由はフリードリヒにも分かる。戦争は集団で行うものであり、よほど小規模な小競り合いでない限り個人の武勇が戦況を変えることはない。戦いの腕が立つのは、個人として誇るべきことではあるが、それ以上のことではない。

連隊長のマティアスも恐るべき強さを誇るが、将にもなると実戦で剣を振るう機会もほぼないらしく「こんなものは部下たちを従わせる説得力としてしか使い道がない」と以前にぼやいていた。

「駄目だくそっ！　勝てねえ！」

そのとき。模擬戦の決着がつき、敗北した若い騎士が地面に膝をついて叫んだ。

「ははは、全然敵《かな》わなかったな」

「だから言っただろうが。お前じゃあユーリカに勝てるわけないって」

豪語した上で敗北した若い騎士は皆にからかわれ、勝利したユーリカは称賛を受けながらまんざらでもない顔をしている。

「こうなったらフリードリヒに挑む！」

「はあ？　何言ってんだお前」

「自分よりフリードリヒの方が凄いってユーリカが何度も言ってるだろ？　だからフリードリヒに勝てばユーリカに勝ったも同然だ！　どうだフリードリヒ、受けて立つか!?」

若い騎士に木剣で指され、皆の注目を集める羽目になったフリードリヒは、視線を泳がせながら答える。

「……座学の試験か机上演習なら受けて立つけど」

「駄目だ！　勝てる気がしねえ！」

それを聞いた騎士がまた膝をつきながら嘆くと、爆笑が沸き起こった。

「ははは、一人で何騒いでんだよお前」

「お前は剣術はそこそこだけど、頭は悪いからな。今のやり取りからもよく分かる」

「閣下が賢さをお認めになったフリードリヒに勝てるとは思えないわね」

からかわれる若い騎士を皆と一緒に笑いながら、フリードリヒは口を開く。

「何ていうか、意外と……」

「連隊に受け入れられている気がするか？」

オリヴァーに内心を言い当てられて少し驚きながら、フリードリヒは頷いた。

「皆、ホーゼンフェルト伯爵閣下には絶対の信頼を置いている。その閣下がお前を見出《みいだ》して、ご自身の傍にお前を置いているんだ。お前には相応の才覚があるのだろうと皆思っているさ……それにお前は、盗賊討伐という明確な功績を挙げている。お前が思っているよりも、連隊内でのお前の期待値は高いぞ。もしへまをすれば一気に下がるだろうがな」

「……それじゃあ、頑張らないとね。皆の閣下への信頼に傷をつけないためにも」

「ああ、頑張れ……さて、今日は王都に出る仕事がある。お前たち二人も連れていくよう閣下より命じられているからな。ついてきてくれ」

オリヴァーはそう言うと、集まっている者たちに呼びかける。

「皆、そろそろ見物は終わって訓練に戻れ！　それとユーリカ、こっちに来てくれ！」


フリードリヒとユーリカは、オリヴァーに連れられて王国軍本部を出た。

「今から行くのはフェルディナント連隊の得意先の商会だ」

王都の通りを進みながら、オリヴァーは説明する。フリードリヒとユーリカはそれを聞きながら、彼の後ろを並んで歩く。

エーデルシュタイン王国軍は、数千人を擁する巨大な組織。戦時はもちろん、平時も部隊維持のために食料や馬の飼い葉をはじめとした多くの物資を必要とする。

軍務における物資の運搬は輸送隊が務めるとしても、物資そのものの調達に関しては、民間の商会による協力が不可欠。そのため、王都には軍と契約している御用商会がいくつもあるのだと、座学でフリードリヒも学んでいた。

「軍需物資も連隊ごとに得意先の商会があってな。請求が行くのは軍本部だが、手間を省くために平時の消費分の注文は連隊ごとに行い、物資は各連隊の拠点に直接納入されるようになっている。さすがに兵士に任せられる仕事ではないから、遣《つか》いに出るのは士官の役目だ。本部付の士官であるお前に任される機会も多くなるだろうから、今のうちに仕事を覚えておくといい」

「分かった。今のところ僕は役に立ってないし、頑張るよ」

そう言いながら、フリードリヒは視線だけを周囲に巡らせる。

王国軍士官の軍服は、当然ながら王都民なら誰もが知っている。鋼色の軍服と漆黒のマントは目立つ。通行人は皆、一目見てフリードリヒたち三人が王国軍の士官だと理解する。

目礼で敬意を示してくれる者。憧憬《しょうけい》のこもった表情を向けてくる若者や少年少女。こちらを指差しながら「かっこいい」と呟く幼子。いずれにせよ好意的な視線が多い。

それを受けながら、思わず口元が緩みそうになるのを、フリードリヒはこらえる。

揃《そろ》いの鋼色の軍服。肩からなびく漆黒のマント。フリードリヒもドーフェン子爵領の領都で王国軍士官を一度見かけたことがあるが、確かに格好よかった。近現代を描いた書物の中によく登場するエーデルシュタイン王国軍人の、あれが本物かと憧憬を抱いた。

今は、自分がその軍服を纏《まと》って歩いている。かつて自分が抱いた尊敬や憧憬を、今は自分が抱かれている。

あまり品の良い喜び方ではないことは分かっているし、まだ王国軍人としての義務を何も成し遂げていないのに尊敬と憧憬だけ先に受け取るのは申し訳ないとも思うが、それでもやはり悦に入らずにはいられなかった。

にやけながら歩いていてはせっかくの格好いい軍人像が台無しなので、努めて平然とした顔を保ちながら、フリードリヒは王都の通りを進む。

・・・・・・

フリードリヒたちが入隊して数週間。新米たちもそれぞれの所属小隊でそれなりに馴染み、連隊単位での訓練が定期的に行われるようになっていた。

全隊での陣形構築。そして、敵軍との戦闘を想定した陣形移動や攻撃。これらの戦闘訓練以外にも、年に数回は紛争がなくとも国境近くへと展開し、演習などが行われるという。係争中のアレリア王国に対する威嚇も兼ねて。

「フリードリヒ。こちらは前衛に歩兵、その後方に弓兵、騎兵は右翼側に控えている。敵は歩兵が千と弓兵二百。騎兵は後方にごく少数。横隊を組んだ歩兵の左右に弓兵が展開している陣形だ。お前ならばどう攻める？　しくじれば隊は壊滅し、大勢が死ぬ。よく考えて答えろ」

入隊後、何度目かの会戦の訓練中。マティアスと共に本陣から連隊を俯瞰《ふかん》していたフリードリヒは、急な問いかけに驚きながらも思案する。

陣形は敵味方それぞれ奇をてらわない王道のもの。歩兵の数では負けているが、弓兵の数では勝っている。敵側にまとまった騎兵部隊がいないのも有利な点となる。

力押しでは歩兵の差で押し負けるが、一定時間ならば敵の攻勢を受け止められる。その間に騎兵の破壊力を活《い》かすべき。そう考えた上で口を開く。

「……歩兵と弓兵をそれぞれ横に広く展開させ、敵歩兵を真正面から受け止めます。弓兵のうち中央の中隊は敵歩兵に対する曲射を行わせて味方歩兵を援護し、左右の中隊は敵側面の弓兵に対してそれぞれ攻撃させます。弓兵の数で敵を上回っている有利を活かして陣形を持ちこたえさせ、その間に騎兵を敵の左側面へと突撃させます」

「いいだろう。軍学の常道に則《のっと》っているな。まずはそれが大切だ。返答も速かった」

マティアスはそう言って、全隊に状況の想定を説明し、各部隊に命令を下す。

弓兵は各中隊がそれぞれの攻撃目標――がいるものと想定している位置に訓練用の矢を曲射し、歩兵は最前面の者たちが一斉に盾を構え、槍《やり》を前に突き出す。

間もなく騎兵部隊が動き出し、それと同時に弓兵の各中隊に攻撃を止《や》めるよう命令が下される。騎兵が歩兵の前、実戦であれば敵がいる位置を薙《な》ぎ払うように突き進み、こちらの勝利という想定でこの訓練は終了となる。

「……」

命令を下したのも騎乗突撃や弓兵の攻撃停止のタイミングを計ったのもマティアスだが、各部隊をどう動かすかの判断は自分が行った。無難に判断できた。そのことにフリードリヒは安堵《あんど》する。

隣を見るとユーリカが笑いかけてくれたので、フリードリヒも笑みを返す。

「フリードリヒ」

マティアスに名を呼ばれ、フリードリヒは表情を引き締めて視線を彼の方に戻す。

「千人規模の兵士を動かす決断を下すのは、容易なことではない。一士官としては優秀な者でも、将の立場に立たされて判断を迫られると、大抵の者は固まって思考が止まるか、焦りや緊張で明らかに誤った選択をする。その点、お前は優秀だった」

「恐縮です、閣下」

「だが驕《おご》るな。周囲に何もない平原で、兵力差の少ない敵が、何らの策も講じることなく真正面から攻めてくることなど実戦ではほとんどない。戦いとは本来もっと複雑で、流動的で、予想がつかないものだ」

「……肝に銘じます」

英雄の教えに、フリードリヒは頷いた。

最近、フリードリヒはこうしてマティアスから直接教えを受けている。グレゴールから教わる基本的な戦い方や知識ではなく、マティアスの将としての智慧や経験を、直々に授けられている。

その意味を、英雄の意図を、フリードリヒは日々考えている。

・　・　・　・　・

「――はい、よろしいでしょう」

ホーゼンフェルト伯爵家の屋敷の一室。軍服姿のフリードリヒに、家令のドーリスが笑顔でそう言った。

室内には立食会のためのテーブルがひとつ。フリードリヒの手にはワインの杯。フリードリヒは今日ここで、社交の場での礼儀作法を正しく守ることができるか試された。杯を片手に、貴婦人役のドーリスに話しかけられて無難に受け答えし、たった今無事に合格をもらった。

「フリードリヒくんは本当に頭が良いわね。何を教えてもすぐに憶えてくれるから私も楽ですよ」

「ドーリスさんの指導が分かりやすいおかげです」

「あら、嬉しいことを言ってくれるわね」

ホーゼンフェルト家の従士となった直後から、フリードリヒは儀礼の場での本格的な礼儀作法も時々こうして学んでいる。ドーリスを教師とし、定期的に練習を重ねた結果、少なくとも見苦しくはない立ち振る舞いができるようになっている。

「ねえドーリスさん、私は？」

「ユーリカちゃんは……佇《たたず》まいは品があって素敵よ。無難な笑顔を作ってみせるのも、とても上手になったと思うわ。だけどお話しすると……公の場では、あまりお話ししない方がいいかもしれないわね。今はまだ」

「ふふふっ、分かったぁ」

少し困ったように笑うドーリスに、ユーリカは笑い返した。

そのとき、部屋の扉が開かれる。

「入るぞ」

入室してきたのはマティアスだった。屋敷の主《あるじ》の登場に、三人は一礼する。

「ドーリス。フリードリヒの立ち振る舞いはどうだ？」

「大変よろしゅうございます。旦那様の従者として公の場に出ても、正しく立ち振る舞えることでしょう。会議や謁見の場、社交の場、いずれも問題ございません」

ドーリスの答えを聞き、マティアスは頷く。

「そうか、よくやってくれた。フリードリヒもよく頑張った」

「ありがとうございます、閣下」

「早速だが、その努力の成果を発揮してもらう」

その言葉に、フリードリヒは小さく首を傾げる。

「クラウディア・エーデルシュタイン王太女殿下より登城命令を賜った。登城の際、お前も伴うようにと殿下が仰せだ」

「……っ、私もですか？」

フリードリヒは顔を強張《こわば》らせる。王国軍の将であるマティアスが王太女に呼び出されるのは分かるが、たかが従士の自分が随行するよう直々に指名を受ける意味が分からなかった。

「そうだ。私が元孤児の平民を従士として登用し、軍に入れて手元に置くなど初めてのことだからな。殿下はお前に興味を抱かれたらしい。会って話してみたいと仰せだ……おい、何もそんな顔をしなくてもいいだろう」

ますます顔を強張らせるフリードリヒを見て、マティアスは苦笑した。

「私には身に余る光栄です。まだ実戦も経験していない半人前の身で、殿下に拝謁するなどあまりにも畏れ多い。今回は――」

「断れるわけもないと分かっているくせに悪あがきするな。殿下の前で敬礼し、御言葉《おことば》を賜ったらそれに答えるだけだ。礼儀作法はドーリスのお墨付きなのだし、聡明なお前ならばできない仕事ではあるまい」

「……分かりました」

フリードリヒは諦念を顔に浮かべながら、結局は頷いた。

「伯爵閣下。私もついていけるんですか？」

「いや、殿下への拝謁を許されたのはフリードリヒだけだ」

「……でも、私はフリードリヒの護衛なんですけど」

ユーリカは眉間に皺《しわ》を寄せ、不満げな顔になる。

「王族への拝謁時には一切の武装が禁じられる。短剣の一本も禁止だ。だからお前が護衛につく意味はない」

「武器がなくても、今の私なら素手で一人二人は倒せると思います」

「王家の護衛を倒してどうする。そんなことを言い出す奴《やつ》は、なおさら殿下の御前に連れていけないぞ……たとえ冗談でも屋敷の外では言うなよ」

マティアスは呆《あき》れ顔《がお》で言い、またフリードリヒを向く。

「とにかく、これは決定事項だ。登城は二日後なので、フリードリヒは心の準備をしておけ」

・・・・・

気乗りしない予定ほどすぐにやって来るのが世の常。瞬く間に二日が過ぎ、フリードリヒはマティアスに連れられて王城の門を潜《くぐ》った。

台地へと続く急斜面の上に、さらに十メートルを超える城壁がそびえ立ち、あらゆる侵入者を拒絶するこの国の中枢。唯一開放される出入り口である城門は鉄の骨組みを分厚い木板で覆った頑強な造りで、王都から城門までの登城路は幅が狭く、大軍が一気に進むことはできない。

城内には王族の生活とこの国の行政の場である主館があり、その他にも兵舎や厩舎《きゅうしゃ》、倉庫、庭園や小さな農場まで存在するという。

初めて入った城内を、フリードリヒは見回す。その面積は、故郷ボルガの市域を丸ごと収めてもなお余裕があるのではないかと思えた。

主館は四階建て。豪奢《ごうしゃ》というよりは、質実剛健で荘厳な印象を感じさせる館だった。

その主館を見上げながら、フリードリヒは少しだけ口をへの字に曲げ、誰にも聞こえない程度に嘆息する。

「……」

来てしまった。

もちろん、軍人として何者かになりたければいつかは王族に拝謁しなければならないと分かってはいるが、自分が望むタイミングは今ではない。

どんな奴か見てみたい、などという理由で呼び出されても、今の自分はただのつまらない若造でしかない。がっかりされる予感しかしない。もっと、軍で何か功績を挙げて自信をつけた上で呼び出されたかった。

おまけに今日は、ユーリカが傍にいない。ただでさえ落ち着かないのに、五歳のときからほぼ常に一緒に行動してきた彼女がいない状態で、人生最大の緊張を乗り越えなければならない。

ああ、帰りたい。そう思いながら、フリードリヒは主館の扉を潜る。マティアスの後ろに続き、敬礼する近衛兵たちの間を通り、王家の居所に踏み入る。

館内にもやはり、荘厳な光景が広がっていた。

入ってすぐの広間は二階まで吹き抜けになっており、最初に目に入ったのは初代君主ヴァルトルーデ・エーデルシュタインを描いたものと思われる巨大な肖像画だった。

その他にも飾られた様々な美術品は、館の入り口を彩るというよりは、来訪者に対して王家の威容を見せつけるために存在しているようだった。

この光景を、これから何度も見ることになるのだろうか。フリードリヒはそんなことを考えた。

「マティアス・ホーゼンフェルト伯爵閣下。王太女殿下がお待ちです。ご案内いたします」

フリードリヒたち――主にマティアスを出迎えたのは、一人の文官だった。歩き出した彼にマティアスが続き、最後尾をフリードリヒが歩く。

白い壁に等間隔で飾られた絵画を横目に見ながら、暗い色の床板を踏みしめて廊下を進む。階段を上がり、また廊下を進む。

そして到着したのは、精緻な装飾が施された扉。二人の近衛騎士に守られたこの扉の前で、文官が口を開いた。

「王太女殿下。ホーゼンフェルト伯爵閣下をお連れしました」

「通せ」

扉の向こうから聞こえたのは、入隊式のときに聞いたのと同じ、力強い女性の声だった。

マティアスが武器を近衛騎士に預け、フリードリヒも自身の剣と短剣をもう一人の近衛騎士に手渡す。二人の近衛騎士は、マティアスとフリードリヒが他に武器を持っていないかを軽く確認した後、扉の前から下がった。

文官が扉を開き、マティアスが入室する。フリードリヒは小さく深呼吸し、彼の後に続く。

「マティアス・ホーゼンフェルト伯爵。登城ご苦労。よく来てくれた」

「王太女殿下」

二人が室内に入ると、王太女クラウディアはわざわざ起立してマティアスを出迎えた。フリードリヒは彼女に視線を直接向けないようにしていたが、彼女が立ち上がるのが気配で分かった。

相手が国王ではなく一王族であり、公的な謁見の場でもないので、マティアスは片膝まではつかず、クラウディアに対して丁寧に一礼しただけだった。

一方のフリードリヒは、マティアスの傍らに立ち、彼よりも深く一礼し、頭を上げてもやはりクラウディアを直視はしない。

姿勢を正し、視線は下げたまま、室内を視界にとらえる。おそらくは応接室なのであろう部屋の中には円卓がひとつあり、そこに今は二つの椅子が置かれている。いずれも派手な装飾などはないが、一目で上質さが分かる重厚なものだった。

クラウディアの後方には護衛の近衛騎士が二人。さらに、彼女の補佐と給仕を務めると思われる使用人も控えている。

「早速聞くが、後ろの若者が件《くだん》の従士か？」

「はっ」

クラウディアが尋ね、マティアスが答えながらフリードリヒを向く。

今だ。

そう思いながら、フリードリヒはその場で片膝をついて首を垂れる。

「お初にお目にかかります。ホーゼンフェルト伯爵家が従士、フリードリヒと申します。この度は王太女殿下に拝謁する栄誉を賜りましたこと、光栄の極みにございます」

「……ほう」

少し感心したようなクラウディアの声が聞こえた。

完璧だ。所作も声も文句なしだろう。フリードリヒはそう思った。

「従士フリードリヒ。面《おもて》を上げよ」

そう言われて立ち上がり、初めてクラウディアの顔を見る。

入隊式でも遠目に見た、輝くような金髪。力強い目が印象的で、表情には揺るぎない自信が満ちていた。纏う空気そのものが、常人とは違った。

弱冠二十五歳でありながら、今は王国の政治の実務を取り仕切る王太女。これが支配者の存在感なのかと、フリードリヒは思った。

「入隊式では騎士の列の端にいたな。その深紅の髪を覚えているぞ」

「恐縮に存じます、殿下」

クラウディアの声は穏やかで、彼女は微笑さえたたえていたが、それでフリードリヒの緊張が解

けるわけではなかった。せめて顔が強張ったりしないよう努めながら答えた。

「元孤児から従士に取り立てられて一年も経《た》たないという話だが、なかなか落ち着いているではないか。それに、挨拶もしっかりできている。教養なく文言を丸覚えしただけでは、そこまで淀《よど》みなく話すことはできないだろう……所作や言葉遣いを見る限りは、既に立派な騎士に見えるな」

マティアスに視線を移しながら、クラウディアは言った。

「この者は元より、孤児上がりの平民としては異質なほど聡明でした。この者の騎士教育や礼儀作法の教育を務めた我が従士たちも、この者の学習能力は類まれなものだと語っておりました」

「教育の賜物《たまもの》というだけでなく、この若者自身の才覚というわけか……従士フリードリヒ」

「はっ」

再びクラウディアに顔を向けられ、フリードリヒは慌てて気を引き締める。

「確か、お前は小都市ボルガの民衆をまとめ上げ、盗賊の集団に打ち勝ったそうだな。襲撃した盗賊を単純に迎え撃つのではなく、策を講じて包囲殲滅《せんめつ》したと報告を受けている。ただの平民が成したとは思えない、素晴らしい戦功だ」

「畏れながら、盗賊討伐が叶《かな》ったのはボルガの住民たち全員で力を合わせたからこそです。私も微力を尽くしましたが――」

「その微力というのは、ホーゼンフェルト卿《きょう》の庶子を詐称して彼の栄光を利用したことか?」

「……っ、その件につきましては、咄嗟《とっさ》のこととはいえ安易な言動に走り、ホーゼンフェルト伯爵閣下の名誉を汚しかねない事態を招いたため、申し開きのしようもございません。閣下より寛大な沙汰をいただいたことに感謝し、閣下と王国軍、王家と国家の御為《おんため》に尽くすことを以《もつ》て贖罪《しょくざい》としていく所存です」

顔を強張らせないフリードリヒの努力は、クラウディアの不意打ちで無意味となった。硬い表情で額から汗を流しながら早口で答えると、その様を見たクラウディアは小さく笑う。

「なるほど、これがお前の素の表情か。だが咄嗟の受け答えを見るに、頭の回転が速いのは確かなようだな」

からかわれた、いや試されたのか。フリードリヒは思わず目を泳がせる。

「フリードリヒ。気を悪くしたならすまなかった」

「いえ、そのようなことは」

王族からの謝罪などあまりにも畏れ多い。フリードリヒは焦りを覚えながら頭を下げる。

「お前の聡明さは分かった。だが、聡明であるからといって、必ずしも良き軍人になれるわけではない……フリードリヒ、お前は半年前までただの平民だったが、今は王国軍人だ。叙任を受けた騎士だ。そんなお前は、何のために戦う？」

そう問いかけてくるクラウディアの、放つ空気が変わった。

圧が強くなった。そう感じた。

また、試されている。

そう思ったフリードリヒは、即座に口を開く。

「何者かになるためです」

「……なるほど。つまりは名誉と栄達か」

無表情で呟いたクラウディアを見て、フリードリヒは硬直した。

答え方を間違えたか。そう思ったが、クラウディアは優しげな笑みを見せた。

「別に、不純な動機だなどとは思わない。王国軍とて官僚組織で、騎士や兵士とて人間だ。皆それぞれの理由があって入隊していることは分かっている……だが、何者かになる、という言葉選びは面白いな。騎士になりたい兵士や、貴族に叙されたい騎士は多いだろうが、そういう言い方ではないのか。何者かになるためか」

見定めるような目で、クラウディアはフリードリヒのつま先から頭までをねめつける。

「確かに軍に入れば、歴史に名が残るほどの戦功を挙げる機会もあるかもしれない。このホーゼンフェルト卿のように、英雄と呼ばれるほどにまでなるかもしれない。だがそれは、死の危険を伴う戦いの果てにあるものだ……お前はただの平民だった。聡明だからといって、死を恐れぬ勇猛さまで持ち合わせているとも限るまい。お前は戦いが怖くはないのか？」

「……怖くないとは言えません。いずれやって来るであろう軍人としての初陣に、恐れをまったく覚えないと言えば嘘《うそ》になります」

答えながら、自身の中から緊張が消えていくのをフリードリヒは感じた。

半年前、マティアスに問われたときと同じだった。語りたいと、聞いてほしいと、思った。

「ですが、それを上回る感情があります。昨年、盗賊の集団が迫り来る中で、私はその感情を知りました。名もなき民の一人として、無力な羊として、世界の片隅で死んでいく。何者にもなれないまま、何者かになる挑戦の機会さえ得られないまま死ぬ。そう思うと強い怒りを覚えました。そんな運命は受け入れ難い。そんな運命を乗り越えるためなら、命をかけて戦ってみせる。そう考えました」

「そして、実際に命をかけて戦い、運命を乗り越えてみせたというわけか」

フリードリヒの目を見据えて、クラウディアは言った。

「怒りは時に大きな原動力となる。怒りを意志へと変え、意志をもって恐怖を乗り越えた経験を持つお前ならば、この先の戦いへの恐怖も乗り越えられるのだろう……既に一度死線をくぐり抜けた者に、戦いへの恐怖を問うとは。愚問だったな」

自嘲気味に笑ったクラウディアに、フリードリヒは微笑を浮かべて首を小さく横に振る。

「問いを変えよう。これが最後の問いだ。ホーゼンフェルト伯爵家の従士であり、一人の騎士であり、そして王国軍人であるフリードリヒ。お前はこれから、どのような手段をもって何者かになることを目指す？」

「……大義ある勝利です」

短い思案の後、フリードリヒは答えた。

「私は……書物を通して、多くの英雄を知りました。彼らには共通点があると気づきました。一つは当然、大きな勝利を得ていること。もう一つは大義を持っていることです。大義のために戦い、勝利してその大義を守る。それが英雄なのだと思いました。私も王国軍人として、騎士として、大義ある勝利に貢献する人間でありたいと思っています。そうあり続ければ、いつか何者かになれるかもしれないと考えます」

フリードリヒは語り切った。クラウディアの力強い瞳から、彼女の瞳が放つ圧から、視線を逸《そ》らして逃げることはしなかった。

「……いいだろう」

クラウディアはそう言って、フリードリヒの肩に手を置いた。

「好奇心で呼び出したが、会って話をしてみてよかった。フリードリヒ、お前のことは覚えておこう。これからの活躍に期待している」

「勿体《もったい》なき御言葉です。いただいたご期待にお応えできるよう、全身全霊をもって努めます」

「頼もしいな。それでは……今日は下がってよい。ご苦労だった。これからホーゼンフェルト卿と話をするので、お前は別室で待っていてくれ」

「御意」

フリードリヒは敬礼し、整った所作で踵《きびす》を返す。

この部屋まで案内してくれた文官に手招きされて部屋を出ると、後ろで扉が閉められた。

その瞬間、急に気疲れが押し寄せてきた。忘れていた緊張が今さら戻ってきて、どっと肩が重くなり、顔が強張り、息を吐いた。

怖かった。あれだけぺらぺらと喋《しゃべ》って、よく失敗せずに済んだものだ。

いや、失敗していないと思っているのは自分だけで、実は気づかないうちにとんでもない失言をしているのかもしれない。そう思うと顔が青くなる。

「ご心配なさらず。立派に受け答えをなされていたと思いますよ。お疲れさまでした」

「……どうも、ありがとうございます」

苦笑混じりに労《ねぎら》ってくれた文官に、フリードリヒは硬い笑みを返した。

「初々しいが、賢い若者だな。一見すると頼りなくも見えるが、盗賊討伐の実績を考えると勇気を出すべきときには出せるのだろう……あれがお前の後を継ぐべき男か？」

フリードリヒが退室した後、クラウディアは椅子に座りながら問いかける。

「まだ分かりません。しかし、そうなる可能性は秘めていると考えます」

自身も着席しながら、マティアスは答えた。

使用人が気配を消したまま、二人の前にお茶を置いて後ろに下がる。

「そうか。では、その可能性が開花することを祈ろう……お前はこれまで国のために多大な貢献を成し、かつて国のために大きな犠牲を払った。お前のためならば、王家はできる限りの助力や配慮をする。例えば、あの者をそれなりの役職につけるための後押しなどもできる。必要なことがあれば遠慮なく言ってくれ」

「お気遣いに感謝いたします。ですが、あの者に関して王家よりの御助力や御配慮は不要です」

「……自力で功績を挙げられないようであれば、見込みはないということか」

クラウディアが微苦笑を浮かべて言うと、マティアスも微笑し、頷いた。

「分かった。今の時点では、あの者に関しては何らの手出しをしないでおこう……それでは、今日来てもらった本題だが」

クラウディアが切り出すと、それだけで場の空気が引き締まる。

「アレリア王国の軍勢が動き出したと、かの国に忍ばせている間諜《かんちょう》より報告が届いた。今回は規模が大きい。かの国の王国軍の一個連隊に加え、貴族の手勢も多少動員するものと見られる」

それを聞いても、マティアスは表情を動かさず、身じろぎもしない。

国王ジギスムント・エーデルシュタインが考案した連隊という戦術単位は、その有用性を認めた周辺諸国にも取り入れられた。

東の大国リガルド帝国は一部の即応部隊を連隊単位で再編成し、かつての西の隣国だったロワール王国も、ある程度の規模を維持しつつ柔軟に戦える連隊の構想を取り入れた。

七年前にアレリア王国に征服されてからも、旧ロワール王国地域の軍に関してはこの編成が維持されている。

ロワール王国を取り込んだアレリア王国は、さらに東にあるこのエーデルシュタイン王国に対しても、定期的に威嚇や小競り合いを仕掛けてくる。

三年前には一度、一個連隊をもってベイラル平原に迫り、エーデルシュタイン王国軍に本格的な臨戦態勢をとらせたこともある。今回かの国が一個連隊以上の軍勢を動員するとすれば、今までで最大の攻勢ということになる。

「分かったのは動きがあったことだけで、攻勢地点についてはまだ不明だ。ベイラル平原に迫ってくるようであればおそらくまた威嚇だろうが、北方平原に迫るようであれば、ついにかの国と本格的な戦争になるかもしれない」

エーデルシュタイン王国とアレリア王国の領土はユディト山脈という天然の要害に隔てられ、この山脈がそのまま国境を成している。しかし、山脈にはいくつかの回廊や山道がある他、完全に途切れて平地になっている部分が二か所あり、南の大きな方はベイラル平原、北の小さな方はそのまま北方平原と呼ばれている。

このうちベイラル平原にはヒルデガルト連隊が控え、徴集兵も直ちに動員できる。国境防衛の要たるアルンスベルク要塞もある。千数百人程度の軍勢で攻略することはできない。もしアレリア王国の軍勢がそちらに近づいてくるようであれば、本格的な攻勢に移るとは考え難《にく》い。それがクラウディアの考えだった。

「ホーゼンフェルト卿。お前はどう見る？」

「……威嚇に終わるのであれば、それに越したことはないでしょう。ですが、アレリア王国は二年前にミュレー王国の征服を終えました。そして現段階では、やはり山脈を越えて北を狙うことも、海を越えて西や南を狙うことも考え難い。そうなると、いよいよエーデルシュタイン王国に本格的に野心の目を向けてくることも十分に考えられます。今回の動きが、最初の攻勢の予兆である可能性は大いにあります」

淡々と、マティアスは見解を述べた。

アレリア王家は先王の時代より周辺地域への領土的野心を示し始めたが、当代国王に代替わりしてその動きは加速した。若さ故か先代アレリア王以上に野心的で、悪いことに戦上手である当代アレリア王は、周辺の小国を次々に征服し、併合してきた。

代替わりして間もない十年ほど前に西の小国二つを、七年前にはロワール王国を、二年前には北のミュレー王国を併合。先王が成した侵略も合わせると、もともと総人口が百万に満たない中堅国家だったアレリア王国は、今では二百五十万もの民を抱える大国へと成長した。

さらに悪いことに、当代アレリア王の占領政策は巧みだった。

併合した国の王族や大貴族のうち、大人しく下った者にはには一定の財産や利益を安堵して懐柔し、その子女をアレリア王家に近しい貴族家に嫁入りあるいは婿入りさせて人質を確保し、一方で民には重税を課してアレリア王国中央へと富や物資を集める。そうすることで、併合した地域を早期に掌握しつつ、王国中央の強靭化《きょうじんか》を成してきた。

現在、アレリア王国の北には巨大山脈が、西と南には海があり、山脈の向こうにある寒冷な大陸北部や海の先にある島国にはいかな当代アレリア王とて容易に侵攻できない。

そうなると、かの国が次に狙うのはほぼ間違いなく、東に残るエーデルシュタイン王国やノヴァキア王国。野心旺盛なアレリア王ならば、旧ミュレー王国の掌握も半ばであるこの時期から、あえてこちらへの侵攻にとりかかることもあり得る。それがマティアスの考えだった。

「加えて、先の盗賊騒ぎの件もあります。あの盗賊たちはアレリア王が意図的にけしかけたものでした。あれ自体は攻勢とも言えない規模でしたが、アレリア王国が国としてあのような工作をはたらいてくるということは、本格的な攻勢開始が近いと考えることもできます」

マティアスの見解を無言で聞いていたクラウディアは、そこで頷く。

「私もそう思う。我が父や官僚たちも同意見だ……ヒルデガルト連隊はベイラル平原から動かせないが、アレリア王国の軍勢が北方平原に迫るようであれば同規模の軍勢で迎え撃つ必要がある。ここはお前たちフェルディナント連隊に、全兵力をもって出撃してもらう。これは我が父、ジギスムント・エーデルシュタイン国王陛下の名における正式な命令だ」

ヒルデガルト連隊は最重要地帯の防衛の要。アルブレヒト連隊は領土内を守る最後の砦《とりで》。そしてフェルディナント連隊は、国境の各所で必要に応じて機動防御をなす部隊。即応能力や実戦経験の点では、王国軍の中でも最精鋭。

その真価を発揮するよう命じるクラウディアに、マティアスは即座に答える。

「お任せください。王国軍人としての務めを果たし、必ずや王国領土を守ってご覧に入れます」

「任せた。頼りにしているぞ、エーデルシュタインの生ける英雄よ」

五章　初陣

フリードリヒが王太女クラウディア・エーデルシュタインに初めて拝謁した数日後、フェルディナント連隊に北方平原への出撃命令が下されたと、全隊に伝達がなされた。

出撃を命じられてからは、連隊の行動は速かった。平時より迅速な出撃のために訓練を積んでいる騎士と兵士たちは数日のうちに準備を終え、王都ザンクト・ヴァルトルーデを発《た》った。

フリードリヒにとってはこれが軍人としての初陣だが、マティアスに命じられるままに出撃準備に奔走し、緊張を覚える暇もなかった。

例のごとく歩兵部隊と弓兵部隊が先に発ち、騎兵部隊と連隊本部は少し遅れての出発。それぞれの部隊には輸送部隊も随行している。

かさばる装備や物資は輸送部隊の荷馬車に預けてある上に、西へと続く街道沿いには補給拠点が何か所か作られている。そうした支援のおかげで、行軍速度は速い。

とはいえ、丸一日馬の背に揺られ、よく整備された街道を進むのにさして気を張る必要もなく、単調で退屈な時間が続く。いよいよ戦場へと向かっている道中、馬上で暇を得たフリードリヒの内心には、初陣への緊張が今さらじわじわと湧いてくる。

「行軍のときからそんな顔をしていたら後がもたないぞ、フリードリヒ」

「……そうだね。分かってはいるんだけど」

連隊本部の隊列最後方を進んでいたフリードリヒは、騎兵部隊の先頭にいるオリヴァーから声をかけられ、苦笑いしながら答える。

「ふふふっ、私が守ってあげるから大丈夫って言ってるんだけどねぇ」

「ユーリカほどの実力者が直々に護衛につくのにその緊張ぶりか。なんとも贅沢《ぜいたく》だな」

フリードリヒの横でユーリカがニッと笑いながら言うと、オリヴァーは冗談混じりに返した。

二人とも、軽口で自分の緊張を和らげようとしてくれている。そう理解はしながらも、フリードリヒの表情はやはり少し硬い。

何者かになりたいという意志はある。王国軍人になったのだから使命を果たしたいとも思うし、自分を見込んで従士に取り立て、騎士として叙任までしてくれたマティアスに応えたいという気持ちもある。

しかし、それらの思いとは別に、戦いへの緊張と恐怖はやはり湧き起こる。死を恐れる感情まで忘れ去れるほどには、まだ肝は据《す》わっていない。

行軍中は考えごとをする時間が無限にあるのもよくなかった。故郷ボルガで盗賊に立ち向かったときは、戦うと決めてからいざ盗賊が襲来するまでのんびりする時間もなかったので、かえって緊張することなく戦いに臨むことができた。

「そもそも、敵が北方平原にやって来ると決まったわけでもないぞ。ベイラル平原の方に現れて、ヒルデガルト連隊と睨《にら》み合いだけをして終わる可能性もある」

敵の進軍状況を把握するのは意外と難しい。敵国の領土内で兵の集結や出撃準備が行われていることは間諜《かんちょう》や商人などから情報がもたらされ、国境の要所に敵軍が迫ってくれば哨戒《しょうかい》や斥候《せっこう》によって察知できるとしても、その間については収集できる情報が限られる。

斥候は有用な存在だが、本隊から離れられる距離や報告までの時間差、人数、稼働時間などの制限も大きい。斥候を過剰に頼ってはならず、戦場で全てを見通そうとすれば逆に何も見えなくなると、フリードリヒはマティアスから教えられていた。

今回に関しては、敵軍がどこへ迫るかはまだ未定。集結の位置からしてベイラル平原か北方平原のどちらかまでは絞れるが、そこまで。フェルディナント連隊の出撃は、徒労に終わる可能性もある。それに越したことはないが。

「確かにそうなんだけど、個人的には敵は北方平原に来ると思う」

「……ホーゼンフェルト閣下から何か聞いているのか？」

オリヴァーの問いかけに、フリードリヒは首を横に振った。

「いや、僕も敵がどちらかの平原に来るとしか聞いてないよ。だけど、僕がアレリア王なら北方平原を本気で攻めさせるだろうなと思って」

アレリア王国がミュレー王国を征服してから、既に二年が経《た》っている。野心家のアレリア王ならば、そろそろ新たな侵攻に本腰を入れ、本格的な緒戦に臨んできたとしてもおかしくない。

政治的な事情も判断材料になる。

現在のアレリア王国の総人口は、推定で二百五十万にまで膨れ上がっている。この上でさらにノヴァキア王国とエーデルシュタイン王国を征服してしまえば、総合的な国力はともかく単純な人口規模では、現在のルドナ大陸においてリガルド帝国に次ぐ大国となる。周囲には他に邪魔になる敵もいない中で、帝国と真っ向から睨み合うことも可能になる。

ぐずぐずしていると、帝国の方が友邦であるノヴァキア王国やエーデルシュタイン王国へさらに接近しかねない。今のうちに攻めてしまうべきだと、アレリア王国の視点では言える。

以上の理由から今回の攻勢が本気のものだとして、敵の動員兵力では守りの堅いベイラル平原を占領するのは難しい。であれば、北方平原から攻め、侵攻の橋頭堡《きょうとうほ》を築こうとする可能性が高い。

「――って考えたんだけど」

フリードリヒが語り終えて振り返ると、オリヴァーは驚いた表情をしていた。

「……今までも会話の端々からお前が賢いことは伝わってきたが、閣下がお前を取り立てた真の理由が今分かった気がするぞ。お前はただ賢いだけでなく、俺たちのような一介の士官や兵士にはない視座を持っているのだな」

「そうだよぉ。だからフリードリヒは凄《すご》いんだよ?」

オリヴァーの言葉に、ユーリカが自分のことのように誇らしげな顔をした。

「買い被《かぶ》りすぎだよ。僕はそんな大した人間じゃない」

そう言いながらも、フリードリヒはまんざらでもなさそうな笑みを浮かべていた。

・・・・・

北方平原でアレリア王国と国境を接しているのは、ブライトクロイツ伯爵領という名の貴族領。フェルディナント連隊の各部隊はその領都近郊で集結し、当座の野営地を置いた。

それから数日をかけて、北方平原に領地が近い各貴族領の領軍も合流した。その数は総勢で三百ほど。なかにはフリードリヒとユーリカにとって馴染《なじ》み深い、ドーフェン子爵領軍の姿もあった。昨年に十人もの兵力を失ったため、派遣されてきたのはごく小規模だったが。

参戦予定の貴族領軍が、全て集結した翌日の午後。司令部として立てられた大天幕の中に、連隊の各大隊長と副大隊長、各貴族領軍の指揮官が集まっていた。

「各貴族領軍の合流をもって、北方平原における我らの兵力は千三百にまで増えた。諸卿《しょけい》の助力に対し、国王陛下と王太女殿下に代わって感謝する」

マティアスは貴族領軍の指揮官たちを見回しながらそう言った。

貴族領軍の指揮官は、貴族家の当主本人、あるいはその子弟。誇り高き王国貴族である彼らの士気は高いが、領軍そのものの質は王国軍より数段落ちる。

その背景には王国の歴史がある。

当代国王ジギスムントの祖父にあたる、第十代国王フェルディナント・エーデルシュタイン。時代の流れに合わせて王権の強化を目指した彼は、領主貴族たちに対し、軍役を大幅に縮小して国境防衛の重い負担から解放する代わりに一定額の上納金を納めさせる案を提示した。

当時は隣国であるリガルド帝国、ロワール王国、ノヴァキア王国それぞれと穏やかな関係を築いていた平和な時代であり、軍人としてよりも為政者としての気質が重視されて久しかった領主貴族たちは、フェルディナントの提案を受け入れた。

その後十年ほどをかけて、貴族領軍は治安維持要員と予備軍を兼ねた準軍事組織にまで縮小。一方で、それまで二千人に満たなかったエーデルシュタイン王国軍は、各領主貴族家からの上納金を予算として規模をおよそ二倍に拡大した。各貴族領軍から騎士や兵士が流れてきたことで、人員の確保もなされた。

この偉大な功績を理由に、第三連隊にはフェルディナントの名が付けられている。

「アレリア王国側の兵力は、東部方面軍の一個連隊に、貴族領軍を加えた千二百ほどと見られている。狙いは北方平原で確定だ。ロワール地方首都トルーズにて集結した敵軍が、北方平原へと進軍を開始する様が間諜によって確認された。こちらが出した斥候も、千百ほどの軍勢が平原の西側に来ているのを確認している。減っている百は、平原の南にある山道を塞ぐための別動隊だろう。後ほど、こちらからも山道を守る別動隊を出す」

マティアスの状況説明を、一同は静かに聞く。好戦的な表情の者もいれば、緊張した様子の者もいれば、無表情を保つ者もいる。

「今回はこれまでとは違い、本格的な戦争になると見るべきだ……敵軍の中に、ファルギエール伯爵家の旗が確認されている」

その言葉を聞いた皆の表情に、驚きが混じる。

ファルギエール伯爵家は、旧ロワール王国の武門の名家。ロワール王国軍と言えばまず最初にファルギエール伯爵家の名が挙がるほどの存在だった。

ロワール王国がアレリア王国に征服された後も伯爵家は存続しており、そのままアレリア王国軍に将として迎えられた当代ファルギエール伯爵は、先のミュレー王国征服において大きな戦功を挙げてアレリア王家への忠誠を示したという。

そのファルギエール伯爵が千を超える軍勢の指揮を担う。このことからも、今回の敵の目的がただの威嚇や小競り合いなどではなく、本気の攻勢であることがいよいよ確定的となる。

一気に緊張感が高まった天幕の中で、グレゴールと並んでマティアスの後ろに立つフリードリヒは、無表情を堅持する。

マティアスの後ろに控える新参者の自分に、貴族たちの視線がちらちらと向けられているのはフリードリヒも気づいていた。ここで下手に不安や動揺を示せば、自分が舐《な》められるどころか主人のマティアスまで軽んじられかねない。

「とはいえ、数の上ではほぼ互角。編成も似たようなものだろうが、連隊運用の歴史が深いのは我らエーデルシュタイン王国の方だ。敵の主力は旧ロワール王国軍。所詮は我々に敗北し、アレリア王国にも敗北した弱軍。当代ファルギエール伯爵も、私と比べればまだまだ若輩もいいところだ。どの条件を見ても、こちらが敗ける道理はない」

マティアスの発言は単なる慢心や楽観によるものではなく、あえて敵を小馬鹿にすることで味方の士気を上げるためのもの。実際に、居並ぶ者たちは皆、威勢よく賛同を示す。天幕の中に勝ち気が満ちる。

「明日にはさらに西へと出発し、決戦はおそらく数日後となる。王国領土を守り、国王陛下に勝利を献上しよう」

「「「おう！」」」

マティアスが呼びかけると、皆の力強い応答が響いた。

その後は明日以降の行動予定についてより詳細な話し合いがなされ、一同は解散。天幕にいるのはマティアスとグレゴール、フリードリヒ、そして残るよう命じられた騎兵部隊副大隊長オリヴァーだけとなった。

「騎士オリヴァー・ファルケ。先ほど私が言った別動隊の件だが、お前に率いてもらいたいと思っている」

マティアスはオリヴァーを見据え、そう切り出した。

ユディト山脈の途切れ目のひとつであり、南北の幅は十キロメートルもない北方平原。そこから南に半日と少し進むと、山脈を横断する山道がある。

その辺りの山々は二つの平原に挟まれているためか標高がやや低く、その代わりに全面が深い森に覆われて天然の要害となっている。

そんな地勢を貫く山道は、東西の長さは徒歩でも二時間もあれば踏破できる程度。足場の悪い斜面に挟まれた隘路《あいろ》で、大軍で通ろうとすれば集結の時点で察知される上に、行軍時は細く長い隊列にならざるを得ず、ろくに身動きがとれないまま出口側で容易に迎え撃たれてしまう。

そのため、今まで戦場にはなっていない。両国とも定期的に哨戒を行ったり、出入りする商人や旅人を使って敵の侵攻の兆候がないか情報を収集したりするに留《とど》まっている。

そんな山道だが、北方平原が本格的な会戦の場になるのであれば、別動隊を置いて塞がないわけにはいかない。もし防衛のための兵力をまったく置かなければ、この機に敵側の別動隊に侵入されて王国領土を荒らされかねない。実際、敵側はどうやら小規模な別動隊を割いている。

そこで、歩兵二個小隊と弓兵一個小隊、騎兵一個小隊の計百人から成る別動隊を、オリヴァーに預けてこの山道に送り込む。マティアスはそう語った。

「両陣営ともに同規模の別動隊を置くとなれば、敵側も無理に突破を試みるとは考え難《にく》いが、場合によっては小競り合い程度は発生する可能性もある。本隊の会戦に参加できないことはお前としては遺憾だろうが、ここは信頼のおける者を指揮官に置きたい」

信頼のおける、という言葉を受けて、オリヴァーは表情をより一層引き締めた。

「お前はいずれ連隊の騎兵大隊長となるであろう立場だ。今回、独立した一隊を率いる経験を積んでもらいたい。任せていいか？」

「無論です。王国軍人として、身命を賭して任務を果たします」

力強く答えたオリヴァーに、マティアスは頷《うなず》く。

「期待している。何かあったときの助言役には……フリードリヒをつける」

急に名を呼ばれたフリードリヒは、一瞬だけ目を泳がせた。

「フリードリヒには私が直々に戦の智慧《ちえ》を教え込んだ。記憶力に関しては凄《すさ》まじい上に、頭の回転も速いからな。意見を求めれば何かしら答えるだろう」

「……」

言葉選びは少しばかり大雑把だが、自分のことを高評価してくれているのは間違いないマティアスを、フリードリヒは小さく目を見開きながら横目で見た。

庇護者《ひごしゃ》である彼と別行動をとるのは正直に言うと不安も感じるが、そのような甘えは内心だけに留め置く。

「明朝の出発時、お前たちは南へ向けて発て。騎兵小隊に関してはオリヴァー、お前の直轄の小隊を連れていけ。歩兵と弓兵はこちらで選別しておく。それとフリードリヒ。当然だが、ユーリカも別動隊の方に付ける。お前から説明しておけ……以上だ。分かったな？」

「「はっ」」

それから委細についても指示を受け、フリードリヒとオリヴァーは下がるよう命じられた。

「……初陣から別行動とは。なかなかに厳しい扱いですな」

フリードリヒたちが下がった後、グレゴールが言った。

「意外か？」

「はい。畏《おそ》れながら閣下は、初陣のフリードリヒは本陣に置き、戦の空気を覚えさせる程度で済ませるのではないかと思っておりました」

それを聞いたマティアスは、微笑を浮かべる。穏やかで、どこか諦念混じりの笑みだった。

「一、二年前ならばそうしただろう。だが状況が変わった。おそらくこれから、アレリア王国との本格的な戦争が始まる。フリードリヒを甘やかしながら成長を待っている暇はなくなった……初陣でこの程度の任務が務まらないようでは、そもそも期待外れだ」

ともすれば酷薄なその言葉に、しかしグレゴールは何も返さない。

「敵は智将《ちしょう》として知られる当代ファルギエール伯爵だ。山道の別動隊に関しても、何かしらの小細工を仕掛けてくるだろう……それを乗り越えたとき、フリードリヒはおそらく戦争の本質を知ることになる。そうなれば、あの者が本当に私の後を継ぐべき者かどうかが分かる」

智慧があるだけでは不足。勇気を出せるだけでは不足。

皆を勝利に導けるだけでも不足。

将の、英雄の、戦場に生涯を捧《ささ》げる者の器かどうか。おそらく今回の戦いで分かるだろう。

マティアスはそう考えている。

「若い指揮官と初陣の参謀に別動隊を率いさせるのだ。出発準備に不足がないか、後で見てやってくれ。物資や装備の面であの者らが何か要望を言うようであれば、可能な範囲で叶《かな》えてやれ」

「御意に」

僅かにフリードリヒへの優しさを見せるようなマティアスの指示に、グレゴールはそう答えた。


「それにしても、まさか敵将がファルギエール伯爵とはな」

別動隊の要員が集合し、出発準備が進む様を監督しながら、オリヴァーが呟《つぶや》く。

「……フェルディナント連隊にとっては、因縁の深い相手だね」

フリードリヒも頷いて同意を示す。フリードリヒの視線の先では、ユーリカが二人分の出発準備を進めてくれている。

「ああ、間違いない。とはいえ、最後にうちの連隊と戦ったのは、俺が入隊する前のことだが」

十九年前のロワール王国との会戦。そこでマティアスが首をとった敵将こそが、当時のファルギエール伯爵家当主だった。

エーデルシュタイン王国側がおよそ六千、ロワール王国側が八千を動員してベイラル平原で激突し、かの国との戦争において最大規模となったこの会戦。当時ベイラル平原とアルンスベルク要塞はロワール王国の支配下にあり、エーデルシュタイン王国にとっては敵国のさらなる前進を防ぐための防衛戦争だった。

この会戦で、エーデルシュタイン王国は連隊編成を初めて実戦で試すこととなった。先代の早逝によってこのとき既にホーゼンフェルト伯爵位を継いでいたマティアスは、若くして抜擢《ばってき》を受け、フェルディナント連隊の初代連隊長として戦場に立っていたという。

会戦では、まずは両軍ともに真正面から激突した。ロワール王国軍は後方の弓兵の援護射撃を受けながら歩兵が突撃し、エーデルシュタイン王国軍は歩兵が敵歩兵の突撃を受け止めつつ、それをやはり後方の弓兵が援護した。

地勢的には緩やかな下り坂を駆け下りるかたちで突撃したロワール王国側に有利なはずだったが、エーデルシュタイン王国の軍勢は領土防衛の使命感によって士気を奮い立たせ、よく持ちこたえていた。その右側面を打とうと、ロワール王国側の騎兵が全騎、一斉突撃した。ロワール王国軍や貴族領軍の騎士と、金で雇われた傭兵《ようへい》、総勢およそ四百が戦場を駆けた。

王道だからこそ効果的なこの一手に、エーデルシュタイン王国側は苦しめられた。騎兵を陣の左右に二百ずつ配置していたため、右翼側の騎兵二百だけでは敵の突撃を押し止《とど》めることはできず、騎乗突撃を受け止めた右側面の歩兵に少なからぬ損害が出た。

しかし、国王自ら総大将を務めていたジギスムント・エーデルシュタインは、この機を逃さなかった。騎兵が離れて敵本陣が手薄になったこの機を逃さず、ジギスムントは陣の左側にいたフェルディナント連隊に、側方に移動した上での敵本陣への突撃を命じた。

一つの連隊として編成され、訓練を積んでいたからこそ、フェルディナント連隊は迅速に陣から切り離され、敵軍の右側面を回り込むかたちで敵本陣への強襲を果たそうとした。フェルディナント連隊が抜けたことで空いた穴は、左翼側に残っていた騎兵百が敵前衛への果敢な突撃をもって埋め、さらに予備兵力の近衛《このえ》隊までが前面に出て戦線を支えた。

もちろんロワール王国側も、フェルディナント連隊の強襲に対応しようとした。しかし、昔ながらの部隊編成だったロワール王国側は迅速に兵を動かすことが敵わず、陣から無理やり切り離された千の歩兵がフェルディナント連隊の前に立ちはだかるのみだった。

隊列も乱れて指揮系統も不確かな千の歩兵を前に、マティアスは連隊の柔軟性を存分に活《い》かして戦った。敵歩兵は三百の弓兵による一方的な遠距離攻撃に怯《ひる》み、そこへ六百の歩兵の突撃を受けて完全に動きを止めた。

フェルディナント連隊の騎兵部隊およそ百は、そんな敵歩兵を易々《やすやす》と突破し、そのまま敵本陣へと突撃した。連隊長自らとどめの騎乗突撃の先頭を担ったマティアスは、ロワール王を逃がすために本陣直衛と共に立ちはだかったファルギエール伯爵を討ち取った。

国王が敗走し、その参謀を担う将が首をとられたことで、ロワール王国の軍勢は崩壊。壊走していく敵軍をエーデルシュタイン王国側は容赦なく追撃し、その勢いで防御が手薄になっていたアルンスベルク要塞を包囲し、陥落させた。

この戦いの結果、大敗したロワール王国は軍の再建に多大な時間を要することとなり、エーデルシュタイン王国は国境を敵側へ大きく押し込み、ベイラル平原の東部一帯の支配権を得た。敵将を討ち取ったマティアスは大勝利の象徴的な存在となり、英雄と呼ばれるようになった。

フェルディナント連隊とファルギエール伯爵家の因縁は、これだけでは終わらなかった。

歴史的な会戦から十年後。エーデルシュタイン王国とロワール王国は、ベイラル平原や北方平原、さらに北にある回廊で小競り合いをくり返していた。

その年に発生した、比較的大きな小競り合いの最中。気鋭の騎士だったルドルフ・ホーゼンフェルトが戦死した。敵側の伏兵による襲撃で孤立した歩兵の退路を切り開くため、単騎で強引な突撃を敢行したルドルフは、敵兵が放った矢を目に受け、それが脳まで貫通し、戦死した。不運としか言いようのない死だったという。

この小競り合いで敵側の指揮を担っていたのが、戦死した父親の後を継いだ当代ファルギエール伯爵ツェツィーリア。おそらく彼女も狙ってそうしたわけではないだろうが、奇《く》しくも父親の仇《かたき》の息子を仕留めたこととなった。

このときの戦いはツェツィーリア・ファルギエールが将として頭角を現すきっかけになったとも言われており、その後彼女はロワール王国において「英雄の息子殺し」という異名と共に名を揚げたという。

いずれも、若き騎士であるオリヴァーが王国軍に入隊する以前の出来事だった。

「ホーゼンフェルト閣下はファルギエール伯爵家の名を出しても、表情も声色も一切、一瞬たりとも変えられなかったな。さすがはエーデルシュタインの生ける英雄、強いお方だ」

「そうだね……僕が同じ立場なら、無心でいられるか分からない」

軍人が戦うのはそれが務めだからであり、そこに私情を挟む余地はない。戦争で誰を殺しても喜ぶべきではなく、誰を殺されても恨むべきではない。

マティアスが以前そう語っていたことを、フリードリヒは思い出す。それが理想であっても、その理想を実際に貫くことが容易ではないということも理解している。

「オリヴァー、フリードリヒ。少しいいか」

そのとき。後ろから声がかけられる。

振り返ったフリードリヒとオリヴァーは、歩み寄ってきたグレゴールに敬礼した。

「副官殿」

「出発準備は問題ないか?」

別動隊の様子を見回しながら尋ねるグレゴールに、オリヴァーが頷く。

「はっ。間もなく完了する見込みです」

「ならばよい。お前たちが別行動をとるのはせいぜい数日だろうが、食料と飼い葉以外に何か持っていきたいものはあるか？　別動隊につける輸送分隊の荷馬車には、まだ余裕があるが」

オリヴァーとフリードリヒは顔を見合わせる。

「どうだフリードリヒ。何かあるか？」

「そう言われても……」

急には思いつかず、フリードリヒはしばし思案する。

「……それじゃあ、予備の武器と、兵士用の胴鎧《どうよろい》と兜《かぶと》を」

「理由は？」

鋭い視線を向けながら、間髪容《い》れずに問いかけるグレゴールに、フリードリヒは少し気圧《けお》されながらもまた口を開く。

「予備の装備なら、なくて困ることはあってもあって困ることはないと思ったので。後は……何となくというか、勘です」

勘、という曖昧な答えを聞いても、グレゴールは叱責することも嘲笑することもなかった。

「戦いにおいて勘は馬鹿にできない。お前が必要と思うのであれば持っていくといい」

グレゴールの許可を受け、別動隊は予備の胴鎧と兜を三十と、槍《やり》や剣など合計五十本ほどを持っていくことになった。

・・・・・・

翌日。フェルディナント連隊と貴族領軍の連合軍は北方平原へと出発する。そしてオリヴァー率いる別動隊は、ここで本隊と別れ、南にある山道へと発つ。

「騎士オリヴァー。お前ならば心配ないだろう。頼んだぞ」

「はっ。必ずや持ち場を守り抜きます」

別動隊の出発直前。まずオリヴァーに声をかけたマティアスは、次にフリードリヒを向く。

「フリードリヒ。私やグレゴールから受けた訓練を思い出し、務めを果たせ」

「はい、閣下」

敬礼したフリードリヒに、マティアスは頷く。

「それともうひとつ……無事でな」

マティアスはそう言って、フリードリヒの肩を軽く叩《たた》いた。

「ユーリカ。フリードリヒを守ってやれ」

「はい閣下。もちろん」

笑みを見せながら言ったユーリカにも頷き、マティアスは離れていった。

「……」

フリードリヒはマティアスの背中を見送る。肩には、彼に叩かれた感覚が少し残っている。

最後の一言は、おそらく軍人としてではなく、自分を庇護下に迎え入れた主人としての言葉なのだろうと、フリードリヒは思った。

別動隊百人と、数台の馬車を率いる輸送分隊による行軍は、オリヴァーの指揮の下で何らの問題もなく遂行された。

南に半日と少し進むと、そこには東西に延びる細い道があった。

「普段、山道は商人の交易路として利用されている。係争中とは言っても、よほど戦況が激化しない限りは、商人の行き来までもが完全に途絶えることはないからな。戦争が本格化するであろう今後は分からないが」

そんなオリヴァーの説明を聞きながら、獣道よりは多少ましな程度の道を西に進むと、森に覆われた山に行きあたる。ユディト山脈を形作る山々だった。

連なって並ぶ山々、そのうち特に標高の低い二つの間を通るように、道は続いていた。交易路として多少は整備されているらしく、平坦《へいたん》な地勢が上り坂へと変わる山道の入り口は、フリードリヒが思っていたよりも広かった。

この山道の入り口よりも少し後方、もし急に敵軍が侵攻してきてもすぐに気づける位置に、別動隊は野営地を設営した。

別動隊がこの山道を守るのは、本隊の決着がつくまでの一、二日の予定。既に日が傾き始めた夕刻前、オリヴァーは山道のアレリア王国側へと斥候を送り込む一方で、残りの者たちには休息をとるよう命じた。

「夜が明けて明日になれば、相手の出方によっては戦闘になるからな。お前たちもよく休んでおくといい」

「……分かった」

少し冷え始めた春の夕刻、焚火《たきび》にあたりながらひと段落している最中の会話。いかにも余裕のなさそうな真顔で答えたフリードリヒを見て、オリヴァーは苦笑し、ユーリカは愛《いと》しそうな笑みを浮かべる。

「さすがに開戦前夜となれば緊張も高まるだろうが、無理やりでも食事を胃に流し込んで、ちゃんと眠っておけよ」

「私がしっかり寝かしつけてあげるからねぇ、フリードリヒ」

オリヴァーの気遣う言葉にも、ユーリカの冗談めかした甘い言葉にも、フリードリヒは無言でこくこくと頷くことしかできなかった。

盗賊に立ち向かったときの自分と、今の自分の落差に自分自身で驚く。明確な危機がまさに目の前に迫ってくるまで、自分は内心に湧き起こる緊張を振り切ることができない質《たち》らしい。そんなことを思いながら、こんな自分に不甲斐《ふがい》なさを覚える。

そのとき。

「隊長！　オリヴァー隊長！」

オリヴァーのもとへ駆けてきたのは、斥候を命じられていた兵士だった。

「随分と急いで戻ってきたようだな……何か異状があったのか？」

「山道の西側に、アレリア王国軍の部隊がいました！　その数が……百ではありません！　およそ三百です！　大隊規模の王国軍がいました！」

それを聞いたオリヴァーは眉を顰《ひそ》め、フリードリヒは目を見開いた。ユーリカは小さく片眉を上げたのみだった。

緊張を振り切りたいとは思っていたが、それは危機が迫ってきてほしいという意味ではない。フリードリヒは表情を硬くしながらそう考える。

「本当か？　見間違い……ということはないか、さすがに」

「は、はい。自分は斥候として敵軍の規模を測る訓練も受けているので。百と三百を見間違えることはありません」

「「……」」

フリードリヒとオリヴァーは顔を見合わせる。

オリヴァーが斥候を一旦下がらせた後、二人は口を開く。

「敵軍が集結地点を発った時点では、兵力は千二百。北方平原の西に到着した時点では千百という話だったな？」

「そのはずだよ。だからホーゼンフェルト閣下は、敵軍の別動隊は百程度と判断して、同数の別動隊として僕たちをここに張りつけた」

集結地点を発ったアレリア王国軍と貴族領軍の総数がおよそ千二百。北方平原の西には千百。そして、この山道にアレリア王国軍が三百。合計千四百。

増えた二百は、一体どこから湧いた。

「……今は敵兵が増えた理由を考えても仕方がない。どう対処するかを早急に考えなければ」

そう呟くオリヴァーは、さすがに表情が険しくなっていた。

斥候の兵士から状況を聞いたのか、別動隊の兵士たちがざわつき始めている。騎士たちにも動揺が見られる。このまま指揮官のオリヴァーや参謀のフリードリヒが無策でいて、皆に動揺が広がるとまずいことになる。

オリヴァーは騎士たちと、歩兵と弓兵の小隊長を呼び集め、即席の軍議を開く。

「まずは状況を整理しよう。こちらは百。敵は三百。どちらも正規の王国軍人」

その確認に、全員が頷く。

「こちらの兵力は……敵に知られていると考えるべきか」

「そうだな。おそらく敵も、こちらに斥候を送ったはずだ。三倍の兵力差があることは気づかれているだろう」

皆を代表して、この別動隊で最年長の騎士が同意を示す。

「これからすぐに襲撃を受ける可能性は……低いか」

オリヴァーはそう呟きながら、空を見上げた。日はユディト山脈の向こうへと沈み、既に夜になっている。

オリヴァーの言葉に、反論を示す者は誰もいなかった。

夜襲は恐ろしいリスクを伴う。道を見失っての迷走。視界不良での誤認による同士討ち。待ち伏せや罠《わな》による反撃。一度敵陣に突っ込ませると指揮官でも収拾がつかなくなり、勝てる戦いも勝てなくなる可能性がある。

正攻法で勝利できる可能性が極めて高いのに、わざわざ賭けともいえる夜襲を行う理由が敵軍にはない。

「念のため、山道の中に見張りを置いて、その上でいくつか罠でも張っておけば大丈夫だと思う。隘路の足元を横切るように縄を張ったり、道に小さな穴を掘って転びやすくしたりして。夜間ならそれでも十分に引っかかるだろうし、真夜中の山中で隊列を乱してこちらに動きを察知されて、そのまま夜襲を決行できるとは思えない」

「……単純だが効果的だな。すぐに罠を張ろう」

フリードリヒの迅速な提案に、オリヴァーが少し驚いた表情になりながらも首肯し、歩兵小隊長の一人に命令を下す。それを受けて、小隊長は十人ほどの歩兵を率い、必要な道具を持って山道に入っていった。

指揮官から明確な指示が出た上に、夜襲を受ける心配がひとまずなくなったことで、浮足立っていた兵士たちの士気は少し持ち直す。

「さて、これで今夜は凌《しの》げるとして……明日以降をどうやって切り抜けるかだな。さすがに百人では、三倍の正規軍人が本気で攻めてくると守り続けるのは厳しいだろう」

山道の狭さを活用して防衛戦に臨むとしても、こちらが百人では前衛を交代させての休息も、負傷者を下がらせての交代もままならない。練度が互角で数が三倍の敵を相手に、無策のまま真正面から戦えば、継戦能力の低さを突かれ、力押しを受けて敗走させられる可能性も高い。

「今から本隊に援軍を求めるのは難しいわよね」

騎士の一人が言い、オリヴァーもそれに頷いた。

「ああ。ここから本隊のいる位置までは、昼間の移動でも半日以上かかる距離だ。誰かが伝令に出るとしても、夜間の移動では急ぐにも限界がある」

緊急連絡の手段としては、特殊な訓練を施された鷹《たか》に伝令文を持たせて飛ばす方法がある。しかし、そのような貴重な手段は連隊本部や一部の軍事拠点の駐留部隊しか持っていない。

人間の伝令を出すとしても、昼間と夜間では移動の勝手が違いすぎる。周囲が闇に包まれ、足元もろくに見えないとなれば、騎馬でも徒歩でも移動速度は格段に落ちる。

おまけに、別動隊の人員は皆、半日以上の行軍を終えた後で疲れている。これから本隊のいる位置まで、真夜中に、不眠不休で伝令任務を為《な》すのは容易ではない。

「伝令が本隊のもとに到着するのが、おそらく明日の朝。その頃には本隊も既に会戦の準備を進めているはずだ。そうそう容易に部隊を引き抜いて援軍を編成することもできまい。会戦に勝利した直後に援軍を送ってくれるとしても、到着は明日の夜だ」

「ということは、明日一日を凌げば助けが来る可能性が高い。取り急ぎ伝令を送った上で、とにかく敵の攻勢を一度退ける策を練るのがいいと思う。ここの地勢ならやりようはある」

皆の表情が暗く、あるいは険しくなっていた中で、そう語ったフリードリヒの声は気力に満ちていた。表情は活き活きとしてさえいた。

「……さっきの罠の提案もそうだが、フリードリヒ、凄いな。少し前までの緊張しきった様が嘘《うそ》のようだ」

小さく目を見開きながら、オリヴァーが言った。

「そうかな?」

きょとんとするフリードリヒに、皆が頷く。

「ああ。三倍の敵に対峙《たいじ》されているというのに、俺たちよりも立ち直りが早い」

「新米の初陣とは思えねえな」

「本当ね。正直、賢いだけで戦場でどれだけ役立つのか疑問だったけど。閣下があなたを見出《みいだ》した理由が分かった気がするわ」

「いざとなればそんな風に肝を据えられるから、去年の盗賊騒動も乗り越えられたのか?」

口々に言われ、フリードリヒは微苦笑を浮かべる。

「なんていうか、もう危機から逃れようはないし、勝たなきゃ生き残れないって考えると……自分の緊張とか、状況がどれだけ不利かとか、全部どうでもよくなって。どうやって危機に打ち勝つか考えることだけに自然と意識が向く感じというか。確かに、盗賊と戦ったときもこうだったよ」

「盗賊討伐のときのフリードリヒも凄かったんだよぉ。どんどん策を編み出して、ボルガの住民たちに効率的に指示を出して、盗賊が真正面から来ても逃げなくて。格好よかったんだよぉ？」

フリードリヒの隣で、ユーリカが胸を張りながら我がことのように自慢げに言った。

「戦場ではこれ以上なく頼もしい気質だな……さっきお前が言ったことは正しいと俺も思う。伝令自体は送った上で、とにかく敵の攻勢を一度は退ける策を練ろう」

夜間の移動となれば、どんな故障が発生するか分からない馬よりも徒歩の方が確実に本隊のもとへ辿《たど》り着ける。そう判断したオリヴァーが、体力に自信のある兵士二人を選んで発たせた後、軍議が再開される。

「フリードリヒ。試しに聞くが、もう策があったりするのか？」

「……せっかく隘路が戦場なんだし、一部の兵を側面の森に潜ませた上で敵を山道に誘引して、その横腹を伏撃するのはどうかな？　敵に大打撃を与えられたら、少なくとも一時撤退に追い込んでその後しばらく大人しくさせられると思うけど」

「伏撃は良い案だが、問題は兵をどう分けるかだろうな」

オリヴァーは腕を組み、厳しい表情で答えた。

「敵は三百人。山道に入れば隊列も伸びて側面を突きやすくなるとはいえ、伏撃を仕掛けて撤退に追い込むほどの大打撃を負わせるなら、伏兵もそれなりの数がいる。最低でも三十人、できれば五十人は欲しい」

「ということは、山道で敵を待ち構える方はそれだけ人数が減ってしまうわけか。百人の部隊が五十人に減っていたら、いくら何でも敵に気づかれるし、そうなると伏兵を疑われるね」

最後まで説明されずとも、フリードリヒもこの策の実現が厳しい理由を察する。

「何か他の策を考えるか」

「いや、ちょっと待って…………」

皆が視線を向けてくる中で、フリードリヒは顔を伏せて長考する。

数十秒後、顔を上げて空を仰ぎ、そしてオリヴァーに向き直る。

「オリヴァー。ここの近く、今からあまり無理せず往復できる距離……できれば徒歩で片道一時間くらいの圏内に、人里はある？」

質問の理由を分かりかねながらも、オリヴァーは頭の中に叩き込んでいる国境地帯の情報を思い出し、口を開く。

「……俺たちが山道まで西進する際に通った道を逆に行くと、村がひとつある。平時にこの山道を利用する者向けの宿場を兼ねた農村だ。ここから徒歩一時間と少しで着くだろう。それと、山沿いに南に一時間ほど進むと、山の麓に別の村がある。山での狩猟と森での炭作りを生業《なりわい》にする村が。それとは逆に、北に半時間ほど戻って山の麓に行けば、そこにも別の村がある」

小規模とはいえ交易路の近くなので、人里はそれなりに多い。一応は国境防衛の要所のひとつなので、それらの村については情報を把握していたとオリヴァーは語る。

「それぞれの人口は？」

「東の村が二百人ほど。南北の村はそれより少なかったはずだが……まさか農民を徴集するつもりか？　さすがに、明日の戦いに向けて今から農民の男連中を動員しても、数も限られるし、形勢を逆転できるような戦力にはならないぞ？」

怪訝《けげん》な顔になるオリヴァーに、フリードリヒは首を横に振る。

「徴集はしない。志願兵を募る」

フリードリヒの考えた策はこうだった。

まず、周辺の村に遣《つか》いを出し、戦いへの志願者を集める。

敵軍が山道を越えてこの一帯に侵入し、荒らし回ろうとしている。侵入されればこの辺りの村はただでは済まないだろう。それを防ぐための作戦に従事する志願兵が欲しい。

志願兵は戦う必要はない。支給される装備を身につけ、王国軍の部隊の後ろに並び、こちらの兵力を水増ししてみせるだけでいい。いざ戦闘が始まれば全隊で後退するので、志願兵たちが直接戦闘に加わる可能性は低い。

報酬は一人あたり五〇〇スローネ。一般的な肉体労働者の日当の十倍近く。頭脳労働者の日当の相場と比べても数倍。まさに破格。

以上の条件を、ホーゼンフェルト伯爵家の従士フリードリヒの名において保証する。志願して務めを果たした者は、ホーゼンフェルト伯爵のもとで国を守って戦い、勝利した名誉を得るだろう。

こう伝えれば、家族や財産を守りたい者、マティアスを英雄視する者、金を稼ぎたい者が志願する。五十人程度なら集まるはずだとフリードリヒは考えた。

そうして集めた志願兵五十人を、王国軍人の一部とすり替えて百人の隊列の後衛に置く。すり替えた王国軍人五十人は、山道の側面、森に覆われた斜面に伏兵として潜ませる。

明日の早朝、敵が本格的に動き出すであろう時間よりも早く、百人の隊列で山道を越えて敵の野営地から見える場所まで出る。こちらの隊列を晒《さら》すことで、こちらの別動隊百人が依然固まって行動しているよう印象づける。

敵が攻勢を仕掛けてきたら応戦しつつ山道まで下がり、頃合いを見計らって伏兵が側面から奇襲を仕掛ける。それで打撃を与えて退却に追い込めればよし。敵将の首でも取れればなおよし。

伏兵を隠し通せるかどうかについては運も絡むが、ここにある装備と今から用意できる人員でとれる策としては、成功が見込めて効果も大きいのではないかとフリードリヒは語った。

「どうかな。正直、今の僕にはこれ以上の策を思いつく気がしないけど……」

「……フリードリヒ、お前やっぱりすげえな」

誰かがぼそりと言ったのを皮切りに、皆が口々にフリードリヒの策を褒《ほ》める。感心と、少しの畏敬を込めて。

「後衛に並ばせる志願兵たちには、予備の装備を身につけさせればいいか。正規の王国軍の装備を身につけ、後衛に並んでいるだけなら、ただの農民と気づかれることはあるまい。足りない分は伏兵に回る者たちの装備を貸すとして……なあフリードリヒ。まさか、こんな事態を予想して予備の装備を持ってこさせたのか？」

「いや、それに関しては本当に偶然。あとは従士長にも言った通り、ただの勘だよ」

「……そうか」

オリヴァーは感心と呆《あき》れがない交ぜになったような微笑を浮かべた。

「策に関しては、悔しいが俺はお前以上のものを今出せる気がしない。指揮官として、お前の策を確実に実行することに努めよう」

そう言って、オリヴァーは騎士と隊長格の者たちを見回す。

「三つの村には、騎士一人に兵士三人をつけて向かわせる。伏兵に回る者は今夜は早めに眠り、明朝、夜が完全に明ける前に森に入らせる……戦闘になれば敵に斬り込む伏兵の方が危険だろうし、奇襲の機を見る必要があるから、俺はそちら側の指揮を務めよう。敵を山道に誘い込む百人の方はヤーグが指揮してくれ。次席はノエラだ」

この別動隊で最年長の騎士と、連隊内でも有数の実力者として知られる女性騎士が、それぞれ了解の意を示す。

「さあ、早速とりかかろう。あまり時間の余裕もない」

オリヴァーのその言葉で軍議は締められ、各々が自身の役割を果たすために動き出した。

六章　英雄

いよいよアレリア王国との戦いを迎える朝。フェルディナント連隊と貴族領軍の連合軍、総勢千二百が戦闘準備を進めていた。

朝食を終えた騎士と兵士たちは、鎧《よろい》や兜《かぶと》を身につけて武器を点検し、そして野営地を発《た》つ。戦場となる北方平原の中心付近で、少しずつ陣形が形作られていく。

陣形を作り進めているのはエーデルシュタイン王国側だけではない。アレリア王国の軍勢およそ千百も、遠いが視認できる位置で着実に隊列を整えていく。

敵側後方の本陣にはアレリア王国軍の軍旗と並んで、ファルギエール伯爵家の旗――獲物を狩る獰猛《どうもう》な捕食者、梟《ふくろう》をかたどった家紋の旗――がはためく。

両軍が開戦に備える中で、将であるマティアスは自軍の最前列よりもさらに前に立ち、馬上から敵陣を見据えていた。

「敵の陣容が気になられますか」

兵士たちの誰もが遠巻きに見ていたマティアスに、近づいたのはグレゴールだった。副官であり従士長である彼だからこそ、マティアスの放つ近寄り難い空気を越えて話しかけた。

「……何せ、敵将があのファルギエール伯爵だからな」

隣に馬を並べたグレゴールに、マティアスは敵軍を見据えたまま答える。

「戦の際に何か仕掛けてくる可能性があると？」

「そうだ。あるいは、既に何か仕掛けている可能性がな」

自分がかつて殺した敵将の娘であり、自分の一人息子を殺した敵将。マティアスも個人的に、含むところがないとは言わない。しかし、個人的な因縁のある敵将の軍勢だからこうして睨《にら》みつけていたわけではない。

当代ファルギエール伯爵ツェツィーリアは二十代半ばとまだ若い将だが、良い将であることは敵ながら認めざるを得ない。そして彼女は、勇将ではなく智将《ちしょう》として有名。

彼女が頭角を現したのが、九年前の国境での小競り合い。マティアスの息子ルドルフが戦死した戦い。戦場はやはりこの北方平原だった。

その戦いはマティアス自身は指揮をとっておらず、当時の騎兵大隊長に総勢二百の兵を預けて送り込んだ。両軍ともにほぼ同数の戦いで、しかし苦戦を強いられたのはエーデルシュタイン王国軍の側だった。

敵を退けることには成功したものの、こちら側の死者はルドルフを含む騎士三人と兵士十五人。小競り合いにしては損害が大きすぎた。それだけツェツィーリアの指揮が巧みだった。

その数年後、ロワール王国はアレリア王国に征服されて消滅したが、「英雄の息子殺し」として名を揚げたツェツィーリアはアレリア王に才覚を見込まれ、そのままアレリア王国軍の将となった。

二年前のミュレー王国征服に際しても大きな戦功を挙げ、今では名実ともにアレリア王国軍を代表する軍人の一人になっているという。

今回の戦いが、エーデルシュタイン王国とアレリア王国の本格的な緒戦になるのであれば、ツェツィーリアはやはり何かしら仕掛けてくるだろう。マティアスはそう考えていた。

「しかし、敵味方ともに似たような編成で、数で言えばほぼ互角、厳密に言えばこちらがやや有利です。南の山道の別動隊も同数で、あちらの戦況が大きく動くことはないでしょう。この状況でどんな小細工ができるのか――」

状況整理も兼ねてグレゴールが語っていると、マティアスはそれを制するように片手を軽く掲げた。グレゴールは主人の思考の邪魔にならないよう、即座に黙る。

片手を掲げたままなおも敵陣を睨んでいたマティアスは、そして口を開く。

「……何故《なぜ》、徴集兵がいる」

「徴集兵？」

グレゴールの問いかけに、マティアスは敵陣を指差す。

「歩兵部隊の隊列の後衛だけ、半数ほどが正規軍人ではない。アレリア王国軍の兜と胴鎧を身につけ、槍《やり》を持っているが、動きが拙《つたな》い。前衛に正規軍人を並べることでこちらから後衛が見えづらいよう努めているようだが、あれは農民の徴集兵だろう」

グレゴールは目をこらして敵陣を観察する。

マティアスに言われた点を意識しながらしばらく凝視し続けて、ようやく彼の語った違和感に気づくことができた。

「……よくお気づきになりましたな。しかし、徴集兵が加わっても敵軍の総数が変わっていないのなら、入れ替わった正規軍人たちはどこへ……まさか！」

グレゴールが血相を変えたのとほぼ同時に、連隊本部で直衛と伝令役を務める騎士がマティアスたちのもとに駆けてくる。

「ホーゼンフェルト閣下！　別動隊より伝令が来ました！」

その報告を受けてマティアスとグレゴールが本陣に戻ると、そこでは疲れ果てた様子の兵士が二人待っていた。

地面に座り込み、荒い息を吐きながら休んでいた兵士たちは、連隊長がやって来たのを見て慌てて立ち上がろうとする。

「そのままでよい。報告を聞こう」

「……報告いたします。別動隊の斥候《せっこう》が、山道の西側に、敵の別動隊を確認………その数は、およそ三百との、ことでした」

「別動隊指揮官、騎士オリヴァー様より、本隊に援軍を求むとの言伝《ことづて》が……今日一日は、必ず持ちこたえるとも、仰《おっしゃ》っていました」

まだ息をきらしながら、兵士たちはそう述べた。

「分かった。二人ともご苦労だった。ひとまず後方で休んでいろ」

伝令の兵士たちを下がらせたマティアスは、グレゴールと顔を見合わせる。

「……敵軍は集結地点を発ってから北方平原に到達するまでの道中で、農民を二百ほど徴集して正規軍人と同じ装備を身につけさせ、それと入れ替えるかたちで合計三百もの兵力を山道に差し向けたというわけですか」

「そういうことだろうな。なかなかよく考えたものだ」

敵国に忍ばせた間諜《かんちょう》と、こちらの部隊から出す斥候による情報収集。その間隙《かんげき》を狙った、姑息《こそく》だが見事な策だった。

「ただちに援軍を送りますか？」

「……いや。こちらも開戦が迫っている。今から数百の兵力を引き抜くことは難しい。それに、たとえ今すぐ援軍を発たせたとしても、別動隊の今日の戦いには間に合わないだろう。この会戦で早々に勝利を収めた上で、今日中に援軍を編成して発たせる」

短い思案の末に、マティアスは言った。

「オリヴァーは一日持ちこたえると言ったのだ。だとすればフリードリヒも同じ決意なのだろう。別動隊を任せた以上、あの者らを信じるべきだ」

「それでは、会戦の決着後、直ちに援軍を送ると別動隊の伝令たちにも伝えておきましょう」

「任せた」

グレゴールが後方へと歩いていったのを横目に見届け、マティアスは再び敵陣を見やる。

陣形の側面を守るように、騎兵の突撃を防ぐための障害物が並べられていくのが見えた。細い丸太を組み合わせ、立体的な十字が重なり合うようにして自立した障害物だった。

敵の最前列には大盾を並べた重装備の歩兵。側面には騎兵避《よ》けの障害物。明らかに、一度の会戦で決着をつけるのではなく、守りを固めて一度こちらの攻勢を退け、戦いを長引かせることを狙った布陣。別動隊が今日のうちに山道を突破し、回り込んでくるのを待つつもりか。

こちらも少し、戦い方を変えるか。

そう考えたマティアスは、大隊長たちを集合させるよう、本部付の騎士たちに命じた。

「伯爵閣下。弓兵と騎士たちの準備はもう間もなく完了します。歩兵の布陣も、さほど時間はかからないでしょう」

アレリア王国側の本陣。大将であるツェツィーリア・ファルギエール伯爵は、副官の言葉を聞きながら戦場を俯瞰《ふかん》する。

「そうか、いよいよだな。実に楽しみだ。今までで最も心躍る戦いかもしれない」

ツェツィーリアの顔には笑みが浮かんでいた。

この戦いは、アレリア王国によるエーデルシュタイン王国侵攻の重要な一歩となる。

エーデルシュタイン王国軍の規模や各部隊の役割は、アレリア王国側もある程度把握している。

主力は三つの連隊。そのうちヒルデガルト連隊はベイラル平原から動くことはほぼない。アルブレヒト連隊は国内、特に王領を守護する役割を帯びた部隊であるため、こちらもよほどのことがなければ動かされない。

ということは、北方平原の防衛に出張ってくるのはおそらくフェルディナント連隊。そこに周辺の貴族領軍が引っ付いてくる程度。これを撃滅して突破すれば、北方平原の一帯を完全に支配し、援軍を迎え入れて侵攻の橋頭堡《きょうとうほ》を築くことが叶《かな》う。そうすれば敵国内を混乱させ、ベイラル平原や最北の回廊の守りにも綻びを生じさせることが叶う。そうなればこの侵攻の勝ち筋が見える。

とはいえ、こちらも北方平原に無尽蔵に戦力を投じられるわけではない。

併合したばかりの旧ミュレー王国をはじめ、占領地の支配維持にアレリア王国軍はそれなりの戦力を割いている。王国の心臓である中央部の防衛や治安維持にも戦力を要する。東に向けることのできる戦力のうち、一部はノヴァキア王国に向けなければならない。

なのでツェツィーリアは、現在の主君であるアレリア王に、一個連隊の基幹戦力のみで北方平原を攻略する策を提示した。敵の諜報や偵察の隙を突き、今までは突破困難と見なされていた山道から回り込んで敵軍を挟撃する。ツェツィーリアのこの策はアレリア王に気に入られ、ツェツィーリアはそのままこの戦いの将に抜擢《ばってき》された。

やって来た敵側の基幹部隊はやはりフェルディナント連隊。将はマティアス・ホーゼンフェルト伯爵。父の仇《かたき》との戦いが、ツェツィーリアの待ち望んだ戦いが、ついに実現した。

この戦いでマティアスに勝利し、大戦果を収めれば、自分は家族の仇を討ち、勇将として知られた父をいよいよ超えることができる。

「徴集兵たちの様子はどうだ？」

「……怯《おび》えているようです。敵将がマティアス・ホーゼンフェルト伯爵だからでしょう」

エーデルシュタインの生ける英雄たるマティアスの名は、旧ロワール王国の民にも当然に知られている。

彼らからすれば、マティアスは自分たちを大敗北に追い込んだ苦い記憶の象徴。今もなお恐怖の対象。徴集兵の中には親が十九年前の戦いに徴集されて敗走したという者や、中には自分自身がフェルディナント連隊に蹴散らされて命からがら逃げたという者さえいる。

そのため、敵将がマティアスだと知って、徴集兵の間には早くも不安が広がっていると、副官は語った。

「ははは、まあいいさ。最初から期待はしていない。彼らは後衛で立っていてくれれば十分だ」

こちらの別動隊の規模を敵側に誤認させるために進軍途中で集め、戦場に並べた徴集兵たち。端《はな》から最前に立たせて戦わせるつもりはない。彼らにはただ隊列だけを維持させ、そうしてなるべく長く敵側の目を欺ければそれでいい。

「できるだけ、準備完了を急がせてくれ。偉大な英雄を待たせるのは申し訳ないからな」

「了解しました、閣下」

ツェツィーリアの皮肉めいた言葉に、副官は生真面目に答えた。

それから半時間ほどで、両軍の布陣が完了する。

アレリア王国の軍勢は、自ら動こうとはしない。正面におよそ八百の歩兵。その後ろに二百強の弓兵。いずれも横に広く布陣している。最後方には本陣と、五十騎強の騎兵。

かつてこの地に存在したロワール王国は、人口こそ七十万を超えていたが、富の源泉となるような資源もさしてない国だった。そのため、国の規模のわりに軍事力が高いとは言い難かった。

加えて、この二十年ほどでエーデルシュタイン王国とアレリア王国それぞれに大敗を喫したことで力を落とし、多くの軍馬や騎士を維持することが難しくなった。

結果、アレリア王国へと併合された現ロワール地方の土着の連隊は、歩兵七百と弓兵二百五十、騎兵五十という、騎兵不足が表れた編成となっている。

騎兵の打撃力不足を補うため、歩兵による精強な戦列を築くのが、旧ロワール王国軍——現アレリア王国東部方面軍の戦法。兵士たちを出身地からなるべく近い部隊に配置し、部隊内の連帯感と故郷防衛の意識を高めさせることで、粘り強く戦う歩兵部隊を維持していた。

しかし今回、アレリア王国側の歩兵のうち二百人は、精強な正規軍人から素人の徴集兵に入れ替えられている。山道の別動隊に対しては強力な一手となる策だろうが、一方で本隊の中に明確な弱点を抱える諸刃《もろは》の剣《つるぎ》と言える。

ツェツィーリア・ファルギエール伯爵は、自身の策を気づかれたとはまだ思っていないだろう。だからこそ、敵軍の弱点を突く余地があると、マティアスは考えていた。

「諸君。おそらくはこれが、アレリア王国との長き戦争の始まりとなるだろう。エーデルシュタイン王国は勝利する。我々の戦勝の軌跡が、今日この戦場を起点に始まるのだ。圧倒的な勝利、その最初の一歩を我々こそが刻むのだ。心してかかれ」

陣形の最前列をなぞるように馬を走らせながら、マティアスは言った。いつものように落ち着いた、それでいてよく通る声だった。

騎士と兵士たちの力強い応答が、英雄のもとに帰ってきた。

マティアスは本陣に戻り、その中心に立ち、そして敵陣を見据える。

「始めるぞ。歩兵と弓兵は前進」

その命令を、グレゴールが大声で復唱する。大隊長、中隊長、小隊長へと命令が伝達され、軍勢が動き出す。

ある程度接近したところで、敵側にも動きがあった。歩兵の後ろに控える弓兵の横隊から、曲射で矢が放たれた。

歩兵たちは盾をかかげ、身を守りながら前進を続ける。盾で隠せない足などに矢を受けて倒れ、さらに矢の雨を浴びて戦闘不能になる不運な者も少数いるが、全体としては陣形を保ちながら着実に敵との距離を縮める。

そのまま一気呵成《いっきかせい》に突撃――はせずに、敵歩兵との間に距離を残して、歩兵も弓兵も停止する。

それが予想外だったのか、こちらを迎え撃つ気で待ち構えていたらしい敵の前衛の歩兵たちに、少しの動揺が見られた。

「弓兵は攻撃を開始せよ」

マティアスの次の命令が伝達され、こちらの弓兵、およそ三百五十が一斉に矢を曲射する。

エーデルシュタイン王国側の弓兵は、歩兵の後ろ、右側後方に寄るかたちで布陣していた。その攻撃は必然的に、敵陣の左側に集中する。敵歩兵はもちろん、一部の矢は敵弓兵にまで届く。

こちらの右側にいる歩兵たちは、相対する敵の弓兵が矢の雨を受けて怯《ひる》んだことで、状況が楽になる。一方で味方弓兵の援護なしに敵の矢を受け続ける陣形左側の歩兵たちは、盾を構えたまま懸命に耐える。

「弓兵はそのまま矢を射続けろ。射撃停止の判断は大隊長に任せる……最右翼の歩兵中隊は、敵陣の左側面へと前進。邪魔な障害物を取り除け。同時に、騎兵部隊は突撃開始」

立て続けの命令はグレゴールによる復唱や騎士による伝令を介して的確に伝えられ、各部隊が機能的に動く。

こちらの陣形の最も右側にいた歩兵百人が、敵陣の左側面に進む。歩兵たちがある程度前進した時点で、味方への誤射を防ぐために弓兵大隊長が射撃停止を命じ、矢の曲射が止まる。

しかし、大量の矢を全て受け止め続けた敵の左翼側は、少なからぬ死傷者を出しているためすぐには立ち直れない。その隙を突き、敵陣の左側面に回った百人の歩兵は障害物に取りつく。

排除するのは、敵陣の左側面の中央あたり、ちょうど敵歩兵の後衛の真横に位置する障害物。半数の兵士が敵の反撃を防ぎ、残る半数が障害物を抱え上げてどかす。

その行動を邪魔するために、敵の騎兵五十が前進してくる。しかし、騎兵を動かしているのはこちらも同じ。敵陣に向かって駆ける百騎の騎兵のうち、あらかじめ決められていた半数が敵の騎兵を迎え撃ち、押さえつける。

残る五十騎は、味方の歩兵が障害物を排除したことによって生まれた無防備な地点を目がけて一斉突撃。敵歩兵の後衛、その横腹に突き進む。

敵歩兵の後衛のおよそ半数は、素人の徴集兵。仲間と連係して騎乗突撃を迎え撃つ訓練など積んでおらず、そもそも騎馬の集団を真正面から受け止める度胸もない。

軍馬と完全装備の騎士、合わせて六百キログラムを優に超える騎兵が五十騎。その大質量が地響きを立てながら迫りくる様を見て、敵歩兵の後衛は大きく隊列を乱した。いざ騎兵が斬り込むと、もはやまともな部隊行動はとれなかった。

これこそがマティアスの狙いだった。

たとえ装備が正規軍人と変わらなくとも、徴集兵は練度も低く、何より精神的に脆《もろ》い。想定を上回る矢の大雨を浴び、側面を守ってくれるはずの障害物を失い、騎乗突撃をまともに食らえば、簡単に崩れる。

崩壊の起点を生み出すことに成功すれば、後は一方的な戦いとなる。五十騎程度でも敵陣の内側に入り込むことができれば、後は大質量に任せて敵兵を蹂躙《じゅうりん》するばかりとなる。

「歩兵部隊は突撃」

騎兵部隊の突撃成功を確認したマティアスは、さらに命令を下す。その命令によって、今まで敵の弓兵による牽制《けんせい》に耐えていた歩兵たちが一斉に突撃を開始する。敵歩兵の前衛との距離を瞬く間に詰め、そのまま殴りかかる。

敵陣の最前列には、歩兵の精鋭が並べられている。しかし、後衛が騎乗突撃を受けてかき乱されているとなれば、彼らも落ち着いて目の前の相手を迎え撃つことはできない。正面からの猛攻、そして後方の喧騒《けんそう》に挟まれ、すぐに隊列が崩れ始める。

ここまで来ると、アレリア王国側の軍勢はもはや機能的には動けず、全体が崩れ始める。

その様を、ツェツィーリアは最後方の本陣から眺めていた。

「あーあぁ、さすがは農民を寄せ集めた徴集兵だ。簡単に崩れてくれたなぁ」

自軍が総崩れになっていく光景を目の当《まあ》たりにしても、彼女は穏やかな表情を保っている。

苛立《いらだ》っても喚《わめ》いても状況が好転することはあり得ないのだから、いつでも平静を保つのが一番。

それが、今までの人生を経て彼女が得た持論だった。

「閣下。いかがなさいましょう」

「こうなったら仕方がない。まずは騎兵部隊を下がらせよう。弓兵は陣形を維持したまま後退だ。歩兵は陣形の最右翼にいる者たちに障害物をどかせて、そちら側から離脱させよう。先に下がらせた騎兵と弓兵で牽制し、できるだけ多くの歩兵を下がらせるんだ。ここではまだ、壊走するわけにはいかないからな」

傍《そば》に控える副官に答え、ツェツィーリアは再び前を見やる。

「しかし……敵の動き方からして、こちらの歩兵の後衛に徴集兵が交じっていることが明らかにばれていたよなぁ」

首を傾《かし》げ、短く切り揃《そろ》えた黒髪を揺らし、前髪の隙間から赤い双眸《そうぼう》で戦場を俯瞰しながら、ツェツィーリアは独《ひと》り言《ご》ちる。その声に敗北への悔しさや悲しさは一切表れず、あくまであっけらかんとしている。

戦いが始まる前に、敵側の別動隊から本隊へと伝令が来たのだろうか。こちらの別動隊と本隊を合わせた総兵力が多すぎることを知ったのだろうか。

いや、だからといって、それでこちらの策を全て見破られたとは考え難《にく》い。相手の兵力が予想より多かったからといって、進軍途中に農民を徴集して正規軍人の格好をさせ、本隊後衛に配置しているなどということまで、普通は思い至らない。

ということは、もしかすると。

開戦前、敵将マティアス・ホーゼンフェルトは一人で陣の最前に立ち、こちらを見ていた。その際に、こちらの歩兵に徴集兵が含まれていることに気づいたのか。

あれほどの遠距離から、こちらの整列の様子を見ただけで歩兵後衛の練度のばらつきに気づき、そこからこちらの策の全容までを見抜いたというのか。

だとしたら驚異的だ。さすがはエーデルシュタインの生ける英雄と言うべきか。

「才覚と経験を兼ね備えた熟練の将は、そこまで鋭い目を持っているのか。予想外だったなぁ」

ツェツィーリアは小さく息を吐く。

策略を考える力では敵国の英雄にも勝っているつもりだが、自分はまだ二十五歳。経験値では歴戦の将であるマティアスにとても敵《かな》わない。彼は戦場を、戦争を、自分より遥《はる》かに知っている。

自分にできないことが、彼にはできる。これが自分と彼の差だ。

「閣下。本陣も下げてよろしいですか？」

「……ん？　ああ、そうしよう。我々も下がろうか」

ツェツィーリアは副官の言葉に頷《うなず》き、自身の愛馬に乗って踵《きびす》を返す。

敵軍はこちらの歩兵をあまり深追いすることはなく、こちらの弓兵による牽制や騎兵による威嚇を受けると速やかに下がっていった。

両軍の距離が開き、この日の会戦は終結する。

二戦目以降があるかどうかは、別動隊の作戦の成否にかかっている。別動隊が敵別動隊の撃破と山道の突破に成功するようであれば、敵本隊は前後からの挟撃を恐れて後退するであろうから、アレリア王国は北方平原の東側まで支配域を広げることができる。

「さて……アランブール卿《きょう》は山道で上手《うま》くやっているかな」

副官や本陣の直衛たちと共に後退しながら、ツェツィーリアは穏やかに呟《つぶや》く。

・・・・・

山道の南側の斜面、森に覆われた山の中で、五十人の伏兵は日の出を迎えた。早朝の木漏れ日を浴びながら静かに待機していた。

軍議の後、別動隊はただちに近隣の農村に向かい、志願兵を募集。応募者が不足することも懸念されたが、その懸念は杞憂《きゆう》に終わった。

自分たちの故郷が荒らされるかもしれないという焦燥感。戦いの矢面には立たずに済み、五〇〇スローネもの報酬を受け取ることができるという好条件。そして何より、マティアス・ホーゼンフェルトの名を出したことが効いた。

国境地帯の民にとって、かつて自分たちの故郷を守ってくれた英雄マティアスの威光は、フリードリヒが想像する以上に大きいようだった。

結果、それぞれの村で提示した定員は容易に埋まり、必要な五十人の志願兵はすぐに集まった。

勝手に高額な報酬で志願兵を雇い集めたことについては、勝利の後に自分からマティアスに謝ろう。この不利な状況で勝利を成せばきっと許してもらえる。フリードリヒはそう考えている。

集まった志願兵と入れ替わって森に入る伏兵の五十人は、空がようやく白み始めたほどの早朝に野営地を出発。山道の中間あたりに面した森の中に身を潜め、そして今に至る。今のところ、森の中で敵の斥候と出くわしたりはしていない。

「そろそろ、ヤーグたちに任せた百人も準備を終えて、進軍を開始している頃だな」

硬いパンを嚙《か》み千切り、水で流し込みながら言ったのはオリヴァーだった。その声はごく小さく抑えられている。

「……」

その近くでは、フリードリヒが無言で同じように朝食をとる。フリードリヒのすぐ横にはユーリカがぴったりと寄り添っている。

山道を進軍する百人の側にいても足手まといになるだけで、しかし一応は騎士であるのに後方の野営地に残るのではさすがに面目が立たない。なのでフリードリヒは、自身が立てた策の成否を見届けるために、そして不測の事態が起きたら対応を考えるために、ユーリカと共に伏兵の側に加わっていた。

他の騎士や兵士たちも、姿勢を低くして森の木々や藪《やぶ》の陰に身を隠し、朝食を手早く済ませる。時おり、彼らが近くの者と話す声が微《かす》かに聞こえる。

そのとき。

「斥候！」

声量は抑えた、しかし鋭い警告の声が聞こえた。オリヴァーが、そして他の騎士たちも警告の言葉を復唱し、伏兵が潜む一帯の西から東へと警告が伝達される。

一切の話し声が止《や》み、五十人もの人間がいるとは思えないほどに、森の中は静まり返る。

弓兵たちは無音で弓に矢を番《つが》え、いざとなればいつでも放てるよう準備する。

「……いた。山道のすぐ脇」

視線をめぐらせて敵の斥候の姿を探していたフリードリヒの耳元に、ユーリカが囁《ささや》く。

伏兵の潜む一帯よりもずっと前、山道から側面の森に数歩入った程度の浅い場所を、敵軍の斥候が駆けていくのが見えた。

敵の斥候はこちらに気づいていないが、だから無能というわけではない。これほどの早朝に一人で臆することなく、ちゃんと木々に身を隠しながら、足場が良いとは言えない森の中を素早く走っていくだけ十分に優秀と言える。

敵が早朝から斥候を走らせても鉢合わせしないよう、全員で森の奥の方に身を隠すことを選んだオリヴァーが、敵側よりも一枚上手なだけのことだった。

何も知らずに通過していった斥候は、それからさほど経《た》たないうちに西へと戻っていく。やはり伏兵には気づかずに。

「「……」」

オリヴァーに視線を向けられたフリードリヒは、視線を返して彼と頷き合う。

こちらの別動隊の半数が徴集兵と入れ替わっていることに斥候が気づいたのならば、森の中に伏兵がいる可能性を考え、もっと周囲を警戒しながら自軍のもとへ戻るはず。しかし、斥候は往路と同じく迷いのない足取りで、むしろ往路以上に急いで戻っていった。

ということは、フリードリヒの策について、未《いま》だ気づかれてはいないと期待できる。

さらに、斥候が戻ってくるのがやけに早かった。体力があって足が速く、森歩きに慣れている者が斥候に選ばれているにしても、山道をエーデルシュタイン王国側まで抜けてから戻るにしては早すぎた。

おそらく、こちらの百人が進軍を開始しているのを確認し、急ぎ報告に戻っていったのだろう。

こちらの百人が西に向かっているということは、もうそろそろ戦いが始まるということ。フリードリヒは小さく深呼吸をする。

「……ヤーグたちが見えた。移動するぞ」

しばらく経ち、騎士ヤーグとノエラ率いる百人が山道を西進してくるのを確認したオリヴァーの命令を受け、五十人の伏兵は立ち上がる。

姿勢はあくまで低くして、なるべく音を立てないようにしながら移動を開始する。

すぐに奇襲に移れるよう、今いる位置よりも西側へ。すぐに森から飛び出せるよう、今いる位置よりも山道に近い北側へ。足場の悪い中で気配を殺しながらの移動なので、山道を進軍する百人に途中で追い越される。

「停止。各々隠れろ」

山道の間近までは行かず、しかし山道の様子がよく見える程度の位置で、オリヴァーが命じる。五十人はそれぞれ近くの木や藪の陰にまた身を隠し、フリードリヒもユーリカと共に大きな木の陰に隠れる。

間もなく、山道を挟んだ反対側の森から、一人の兵士が駆け出てくる。兵士は山道を横切り、伏兵の五十人に合流する。

その兵士は、オリヴァーが自分たち伏兵の出発と同時に出した斥候だった。

「報告します。山道の北側に、敵側の伏兵などはやって来ませんでした」

アレリア王国側も、こちらと同じように山道側面の森へ伏兵を隠さないとは限らない。戦力的に余裕のある敵側が、わざわざ朝早くから動き出す可能性は低かったが、万が一、山道の戦場でお互いの伏兵が入り乱れるような事態になれば収拾がつかなくなる。

なので、オリヴァーは山道を挟んだ反対側の森にも兵士を一人送り、敵の伏兵がやって来ないか監視させていたのだった。

「ご苦労だった。それでは……後は、頃合いを見計らって奇襲を決行するだけだな」

こちらの百人が敵を誘引しながら戻ってくるであろう方向を見やり、オリヴァーは言った。

皆が戦いに向けて表情を引き締める中で、木の陰に隠れながら静かに深呼吸するフリードリヒの頭を、ユーリカがそっと撫《な》でた。

アレリア王国による北方平原侵攻軍。その大将ツェツィーリア・ファルギエール伯爵より別動隊三百の指揮を任されているヴァンサン・アランブール男爵は、山道の西側入り口を見据える位置に置かれた野営地で朝を迎えていた。

「いいか貴様ら、しっかり気を引き締めておけよ。エーデルシュタインの奴《やつ》らを一気呵成に叩《たた》き潰し、今日中に山道を突破するからな」

武門の宮廷貴族であり、ロワール王国が存在した頃からの古参士官であるヴァンサンは、配下の騎士や兵士たちを見回りながら呼びかける。

それに、威勢のいい声が返ってくる。正規軍人として訓練を受けてきた三百の軍勢。自分たちが圧倒的な優勢にあることも相まって、彼らの士気は非常に高い。

「閣下。この調子であれば、勝利は間違いありませんな」

「山道を越えることに成功すれば、我らの側がこの戦いを制するのは決まったも同然。そうなれば最大の戦功は閣下のものです」

「閣下のもとで奮戦した俺たちも、ささやかな褒美が期待できるってもんですよ」

気心の知れた古参兵たちの軽口に、ヴァンサンは笑いを零《こぼ》す。

「馬鹿が、まだ勝った気になるのは早いぞ。その手に摑《つか》むまで、勝利とは蜃気楼《しんきろう》のようなものだといつも言っているだろう……とはいえ俺も、お前たちが力を発揮すれば今回の勝利は容易に実体を成すと思うがな」

お膳立てはファルギエールの小娘がやってくれた。今回の攻勢の総指揮官である彼女の策略で、ヴァンサンたちは三倍の兵力をもって敵の別動隊と戦うことができる。

敵が何か策を講じてこない限り、こちらも小細工は必要ない。真正面から殴り込めば数の力で押し勝てる。練度が互角である以上、仮に互いの損害が同じになっても、敵が全滅したときにこちらはまだ二百人残っている。

実際は敵側も負傷による戦線離脱者や壊走者が出るであろうから、もっとずっと少ない損害で勝利を得られるだろう。

「……よく育ったものだ。家名に恥じない名将に」

かつて自分の上官であった勇将、先代ファルギエール伯爵。その娘であるツェツィーリアが、今や智将として名を馳《は》せながら自分たち騎士や兵士を使っている。そのことへの感慨を、ヴァンサンは誰にも聞こえないよう独り言ちる。

と、そこへ兵士が一人、駆け寄ってくる。目の良さと足の速さを見込み、一時間ほど前に斥候に出した若い兵士だった。

「閣下！　ただいま戻りました！」

「ご苦労。随分と早かったな……何か異状があったのか？」

全速力で戻ってきたのか息を切らしながら、しかし焦った表情で報告を急ごうとする斥候に、ヴァンサンは問いかける。

「はい、報告いたします。て、敵の別動隊、総勢百、山道をこちらへ、進軍してきます！　あと一時間ほどで、到達するかと！」

「……そうか、分かった。休んでいろ」

斥候を下がらせたヴァンサンは、しばし一人で思案する。

まだ朝のうちから、全兵力で山道を前進。敵も兵力差が大きいことには既に気づいているであろうから、こちらに迎え撃つ準備をさせず急襲することで、大将首でも取って一発逆転の勝利を狙うつもりか。

悪くはない策だが、見通しが甘い。早朝から斥候を出しておいたこちらが一枚上手だ。

「喜べ貴様ら！　我々が進軍する手間を省き、わざわざ敵の方からここまでやって来てくれるようだぞ！　鎧を身につけ、武器を取り、戦いに備えろ！」

ヴァンサンが檄《げき》を飛ばすと、威勢のいい応答が集まる。

しっかりと睡眠をとり、朝食もたっぷりと食らった三百の軍勢は気力に満ちている。予定より少し早いが、戦いを始めるのに何ら問題はない。

小胴鎧だけ着込んでいた騎士と兵士たちは、籠手《こて》やブーツを身につけ、兜と武器を手元に置く。小隊長たちが配下の兵士を集めて点呼を取り、体調不良者などがいないことを確認。各小隊長から報告を受けた中隊長の報告を、ヴァンサンが最終的に受ける。

軍隊が行動するのには時間がかかる。この時点で半時間ほどが経過していた。その後、ヴァンサンは各部隊を整列させる。

二百五十人ほどの歩兵による横隊。その後ろには五十人ほどの弓兵を並べ、小さいながらも陣形を構築。自身は数騎の騎士たちと共に、その最前に立つ。

最後方に本陣を置いて構えるのが一般的な指揮官の在り方であり、大規模な戦いであれば指揮官はそうして戦場を俯瞰し、戦況を確認しながら判断を下すのが定石。しかし、ヴァンサンは自ら最前に立っての戦いを選んだ。

このような小規模な戦いでは、指揮官自らが部下を鼓舞して敵に斬り込むことで、味方をより勢いづけることができる。そう判断してのことだった。貴族であるヴァンサンは高価な全身鎧を身につけているため、最前に立ってもそうそう死ぬことはない。

しばらく待っていると、山道の入り口近くに潜ませていた見張りが駆け戻ってくる。

「閣下、報告します！　敵影を確認！　山道を早足で進軍してきます！」

「分かった。お前も隊列に加われ……いいか貴様ら！　もうすぐ敵が見えるぞ！　いつでも戦いを始められるよう身構えろ！」

振り向いたヴァンサンの声が響き渡り、騎士と兵士たちは一斉に動く。兜を被《かぶ》り、槍や剣を構えて戦闘開始を待つ。

間もなく、敵の姿が見えた。昨日と今朝《けさ》の二度、送った斥候の報告通り、およそ百の軍勢が山道を抜けて現れた。

この山道を守るべく、敵将マティアス・ホーゼンフェルト伯爵が送り込んできた別動隊。その指揮官と思《おぼ》しき壮年の騎士は、こちらを見て部下たちに何やら指示を下す。それからすぐに、敵軍は全隊が停止する。

敵の指揮官も山道を抜ける前に斥候を送ってきたのだろうが、斥候が届ける情報は常に最新のものというわけではない。こちらの全員が完全装備で、陣形まで組んで待ち構えているこの状況は想定外だったか。

その想定外で戸惑っているであろう敵に、態勢を立て直す時間を与える優しさを、ヴァンサンは持ち合わせていなかった。

「弓兵は一斉射撃！　その後に全軍突撃！　一気に叩き潰してやれ！」

その命令が、戦闘開始の合図となった。後方の弓兵が曲射によって敵軍に矢を浴びせ、牽制する中で、ヴァンサンたちは一斉に突撃を開始する。

敵軍は前衛が矢の一降りを受けて怯んだ後、行軍時の隊列のままで後退し始める。

数の不利を補うため、山道に入っての戦闘を選ぶつもりか。

「逃げる隙を与えるな！　このまま勢いに乗って敵軍を撃破するのだ！」

確かに、平原よりも山道で戦う方が敵は時間を稼げる。しかし、数ではこちらが圧倒的に有利であり、既に逃げ腰の敵よりも勢いづいている。士気も極めて高い。

多少の地勢の悪さなど問題にはならない。勝った。ヴァンサンはそう思った。

鬨《とき》の声《こえ》を上げながら突撃する歩兵と、彼らに速度を合わせて馬を走らせるヴァンサンたちは、山道に少し入ったあたりで敵軍と激突する。

「敵が退《ひ》くよりも早く押し込め！　敵が隊列を維持できないほど苛烈に攻めろ！　後退ではなく壊走させてやれ！」

ヴァンサンは自軍を鼓舞しながら、自ら馬上で剣を振るう。あるいは手綱を操り、馬で敵兵に体当たりする。

敵も前衛にはより精強な者を配置しているようで、果敢に迎え撃ってきたが、勢いに乗っているこちらの攻勢には敵わない。武器がぶつかり合う音、怒号や悲鳴、断末魔の叫びが響き渡る中で、戦いはアレリア王国側の優勢で進む。

やがて両軍の戦列が解け、最前衛では敵味方が交ざり合い、乱戦に突入する。

山道も入り口近くはまだ横幅があるとはいえ、広い戦場とは言えない。そんな中で一対一の、あるいは多対一の戦いがいくつもくり広げられる。

個人の武芸の腕に頼る戦い。局所的には敵が有利になる場面もあるが、全体としてはやはりこちらが勝っている。敵の前衛には死傷者が次第に増えており、後衛に至っては今にも駆け足で逃げ出しそうなほど隊列を乱しながら後退を続けている。

最初の突撃からしばらく戦い続けたヴァンサンは、今は最前衛の乱戦を部下たちに任せ、自身はやや後方で戦場を俯瞰していた。攻め方や万が一の引き際を見誤らないよう、指揮官の務めに専念していた。

「……」

そして、敵の後衛の退き方を見ながら、違和感を覚えていた。

精強な者を前衛に、そうでない者を後衛に配置。とはいえ、仮にも正規軍人である敵の後衛が、あれほど無様に浮足立ちながら退いていくものだろうか。死傷者が増えている前衛を支えようと躍り出てくる者もいるのが自然ではないか。

それに、と思いながらヴァンサンは中空を見上げる。

両軍とも弓兵が味方を援護しようと、矢を曲射している。移動しながらでは思うように攻撃できないためか、戦場の空を飛び交う矢の数は少ないが、それを踏まえても敵側から飛んでくる矢の数はあまりにも少なすぎる。敵の弓兵は一個分隊、十人もいるか怪しい。

山道を塞いでおくための別動隊とはいえ、配置された百人の中に弓兵がこれほど少ないことはあり得るのか。

戦況を見回しながら短時間で思考を巡らせたヴァンサンは、そこでふと、思い至る。

徴集兵を正規軍人の中に織り交ぜるという、総指揮官ツェツィーリアの策。もし、敵もそれと同じようなことをしているとしたら。

ハッとした表情になり、まずは山道の左側面を、次に右側面を振り向く。森に覆われた斜面の中に敵らしき影を認め、口を開く。

「伏兵だ！　右を警戒――」

ヴァンサンが言い終わるよりも早く、森の中からいくつもの矢が自軍の横腹に飛び込んでくる。

こちらの百人の部隊が敵軍を山道へと誘引しながら戦う中で、伏兵の五十人は森の中をさらに移動し、山道の間近まで出てきた。指揮官であるオリヴァーの合図があれば、いつでも奇襲を仕掛けられるように身構えていた。

伏兵の編成は弓兵が二十に、歩兵と騎士が合わせて三十ほど。弓兵たちは既に、弓に矢を番えて射撃の体勢に入っている。

「よし、放て！」

オリヴァーが機を見極めて命じる直前。

敵軍の指揮官と思しき騎士が、馬上からこちらを向いた。伏兵に気づいたのか、何かを叫ぼうとした。

一斉に放たれた二十本の矢は、木々の隙間を抜けて敵軍に襲いかかる。無警戒だった側面から完全な不意打ちを食らい、十人近い敵の騎士や兵士が一度に倒れる。

馬上で目立っていた敵指揮官にも数本の矢が向かうが、仕留めるには至らなかった。驚異的な反射神経で身をよじり、頑強な全身鎧で矢を受け流した敵指揮官は、乗っていた馬が矢を受けて暴れたために落馬。しかしすぐさま立ち上がり、健在の姿勢を見せた。

「弓兵はもう一度斉射！　その後に騎士と歩兵は突撃！」

命令通り、弓兵たちがもう一度矢の斉射を行った後、騎士と歩兵が突撃を開始する。不意打ちの矢を受けて未だ混乱する敵軍、その横腹に、三十人が一斉に斬りかかる。

さらに、この奇襲とタイミングを合わせ、正面からも攻撃が行われる。それまで山道で敵軍の攻勢を押し止《とど》めていた前衛が、残っていた気力を振り絞って一気呵成に前進する。

山道側面の森に残っている二十人の弓兵たち、そして山道の方にいる十人の弓兵たちは、敵の後衛を狙ってまさに矢継ぎ早の攻撃を展開する。前面に立って白兵戦をくり広げる味方を援護するため、敵の後衛が容易に前進できないよう矢を曲射し続ける。

この援護のおかげで、敵軍の前衛は孤立。落馬した指揮官を含む百人足らずの兵力で、正面と側面からの挟撃に晒《さら》される。

このまま押し勝てるか。森の中から戦況を見守っていたフリードリヒはそう思ったが、戦いはそこまで簡単には終わらなかった。

「敵が来たぞ！」

森の中から援護に努めていた弓兵部隊の指揮官が叫ぶ。フリードリヒたちが視線を向けると、敵軍の後衛側にいた兵士のうち三十人ほどが、森の中に残っている伏兵を仕留めようと山道の側面に踏み入ってくるところだった。

木々に覆われた足場の悪い斜面を苦労しながら登ってくる敵兵は、半数ほどが前進の途上でこちらの弓兵に狙撃されて無力化される。

しかし残りの半数は、距離を詰めて弓兵たちに襲いかかる。

正規のエーデルシュタイン王国軍人である以上、弓兵たちも接近戦の訓練は受けているものの、やはり騎士や歩兵ほどには強くない。おまけに、農民の志願兵に貸す胴鎧や兜などが不足していたため、彼らは自身の防具を提供していた。

極めて軽装のまま接近戦に臨むことになった弓兵たちは、苦戦を強いられる。

「あれが指揮官だ！」

「あいつを殺せば勝ちだ！　仕留めろ！」

こちらの弓兵の隊列を強引に突破した数人の敵兵が、フリードリヒを指して言いながら斜面を登ってくる。

「ええっ……」

ピンポイントに殺意を向けられたフリードリヒは、顔を強張《こわば》らせて声を零す。

今のフリードリヒの服装は、軽量で動きやすい革鎧に漆黒のマントを羽織った姿。分かりやすくエーデルシュタイン王国軍士官の見た目をしており、最前に出て戦うこともなく戦場を俯瞰していたフリードリヒを、敵兵たちは指揮官と誤認したらしかった。

誤解で狙われるフリードリヒとしては、いい迷惑だった。

「フリードリヒはそこにいて」

フリードリヒと同じく、革鎧を身につけたユーリカがそう言って剣を構える。フリードリヒを守るように、その前に立つ。

そして、接近してきた敵兵、その先頭の一人に斬りかかる。

「なっ――」

決着は一瞬だった。立ちはだかったのが若い女であるために油断したらしい敵兵は、斜面を上ってきた疲れもあってか反応が遅かった。ユーリカの斬撃を受け止めた剣は敵兵の手を離れて空中を舞い、無防備になった敵兵はそのまま腹を貫かれて倒れる。

「畜生っ！」

二人目の敵兵は油断したまま距離を詰められる愚は犯さなかったが、単純に技量が低かった。敵兵が横薙《よこな》ぎにくり出した一撃を、ユーリカは身を伏せて容易《たやす》く避《よ》けながら足をかける。

「や、止《や》め――」

転んだ敵兵が命乞いしようとする間もなく、その頭を目がけてユーリカは剣を振り下ろす。転んだ拍子に兜が脱げていた敵兵の頭は、あっけなく叩き割られた。

「でやあああああっ！」

間髪容《い》れず、三人目の敵兵がユーリカに襲いかかる。先の二人よりは腕に自信があるらしく、そ

の攻撃には切れがあった。ユーリカは苦戦まではしていないものの、速攻で仕留めるというわけにはいかないようだった。

そうして三人目の敵兵が時間を稼いでいる間に、残る二人の敵兵が回り込むようにしてフリードリヒに迫る。

「大将首はもらうぞ！」

二人のうち、前にいる兵士が獰猛《どうもう》な笑みを浮かべながら言った。強面《こわもて》の顔には刃傷《にんじょう》の跡。口の周りには野性味あふれる髭《ひげ》。岩のように盛り上がった筋肉。見るからに手練《てだ》れの古参兵だった。

フリードリヒは硬い表情のまま、身体《からだ》ごと敵兵を向く。マントの陰に隠れていたフリードリヒの手元が敵兵からも見える。装塡《そうてん》済みのクロスボウが、腰だめに構えられている。

「はっ？」

敵兵の驚きが収まるまで待つことなく、フリードリヒは引き金を引いた。

防ぎようも避けようもない至近距離からの高初速の一撃が、敵兵の胸を容赦なく貫いた。

戦場に反則はない。クロスボウという、連射性能が極めて低い代わりに強力無比な兵器を使い、フリードリヒは実力も戦闘経験も自身より遥かに上であろう敵古参兵を倒した。

「くそっ！　てめえ！」

最後の一人、まだ若い敵兵が怒りの形相で駆け寄ってくる。

クロスボウの再装塡は間に合わない。フリードリヒはクロスボウを捨て、剣を抜き、構える。表情を引き締めて敵を睨みながら、短く何度も息を吐き、浮足立つのをこらえる。

二度目の戦いにして初めて、自ら剣を持って敵を迎え撃つ。

今、身を守ってくれるのは自分の剣だけ。それを握る自分の腕だけ。敵が殺意を全開にしながら迫り来る。本当に来る。

「死ねえええっ！」

振り下ろされた敵兵の剣を、フリードリヒは自身も剣を振って弾《はじ》く。

刃と刃が衝突し、重く硬質な音が響く。木剣ではない。刃を潰した訓練用の剣でもない。殺傷力のある真剣。その鋭い刃がぶつかり合う衝撃が、手から伝わってフリードリヒの全身を揺さぶる。

刃が跳ね返るその反動で、フリードリヒも敵兵も一歩下がる。

敵兵はすぐさま二撃目を放ってくる。それを、フリードリヒは冷静に受け流す。直後、今度は自分から攻撃の素振りを見せ、敵兵を牽制する。

さらに何度か打ち合い、フリードリヒは訓練の成果を発揮して危なげなく防御を続ける。戦況が硬直し、互いに一度距離をとる。

再度剣を構えた敵兵が、今度は剣先を突き込む姿勢を見せた、次の瞬間。

既に三人目の敵兵を倒していたユーリカが、フリードリヒと対峙《たいじ》する敵兵の、斜め後ろの死角から迫った。目にも留まらぬ速さで剣を突き出し、敵兵の喉を剣で貫いた。

「ぐぼぁっ!?」

奇妙な叫び声を上げた敵兵は、自身がどこからどう攻撃されたのかもよく分かっていない様子で驚愕《きょうがく》に目を見開きながら、自身の鮮血にまみれて倒れた。

その頃には、森に踏み入ってきた残り十人ほどの敵兵も弓兵たちに倒されている。あるいは進撃を諦めて山道へと逃げ戻っている。いくら相手の方が重装備とはいえ、半数程度の敵に接近戦で敗けるエーデルシュタイン王国軍人ではなかった。

「フリードリヒ、無事?」

「僕は平気。ユーリカは怪我《けが》してない?」

「私は大丈夫だよぉ。フリードリヒが無事ならよかった」

敵の返り血にまみれたユーリカの満面の笑みに、フリードリヒも笑顔を返した。


一方で、山道でも激しい戦いがくり広げられている。

指揮官自ら先頭に立って敵軍に斬り込んだオリヴァーは、今まさに目の前の敵兵を一人斬り伏せたところだった。

そして顔を上げると、目の前には敵の騎士。矢に馬をやられるまで騎乗していた、敵側の別動隊の指揮官。鎧の質を見るに、それなりの立場の貴族なのは明らか。

敵指揮官もたった今、こちらの兵士を一人倒す。そして顔を上げ、オリヴァーを見る。互いの表情は兜に阻まれて分からないが、確実に目が合った。

互いに、目の前の相手を次に戦うべき敵とみなした。

「騎士オリヴァー・ファルケだ！　その首もらい受ける！」

「アランブール男爵ヴァンサンだ！　やれるものならやってみろ、若造！」

名乗りに応えたのは、少なくとも若くはない男の声だった。アランブール男爵の名は、ロワール王国の主要な貴族の一人としてオリヴァーも聞いたことがあった。

肉食獣のような覇気を放ちながら剣を構える敵指揮官――ヴァンサンに、オリヴァーは素早く斬りかかる。

最初の一撃は、敵の防御を誘い出すための牽制。案の定ヴァンサンは剣を構えて守りに入り、オリヴァーの剣を受け流す。

オリヴァーは即座に手首を切り替え、次の攻撃を放つ。しかし、ヴァンサンは左手を構えるだけでそれを受け止め、弾き返した。

刃は鉄製の籠手に阻まれて通らなかったが、衝撃は相当のものであったはず。しかし、ヴァンサンは大して怯んだ様子もなく、再び両手で剣を構える。

それからさらに数合、二人は剣を打ち合わせる。技量と経験値はオリヴァーの方が劣るが、体力の面では、歳《とし》をとっている上に開戦時から動き続けているヴァンサンの方が不利だった。

疲れのためか、ヴァンサンの動きが僅かに鈍る。その隙を逃さず、オリヴァーは勝負に出る。左側面に回り込み、防御が比較的薄い鎖帷子《くさりかたびら》の部分を貫こうと剣を突き出す。

しかし、ヴァンサンはその刺突の直撃を免れた。オリヴァーのくり出した剣先は、兜の側面に阻まれてほとんど見えていなかったはずなのに、ヴァンサンはそれでも攻撃を躱《かわ》した。

熟練の騎士の勘なのか。驚愕するオリヴァーに、ヴァンサンが迫る。右足で力強く地面を蹴り、自身の体重と鎧の全重量をオリヴァーにぶつける。

全力の刺突が不発に終わったオリヴァーは、体勢を崩していたために耐えられず吹き飛ぶ。背中から地面に転がり、立ち上がろうとしたときには、既にヴァンサンが目の前に立っていた。

そして、今度はヴァンサンが剣を突き出す。オリヴァーの兜の正面、視界を得るために横一線に開いている隙間の左側に、剣先が突き込まれる。

仕留めたと思ったのか、ヴァンサンの動きが一瞬止まる。

その一瞬が勝敗を分けた。

兜を貫かれたはずのオリヴァーの右手が動いた。転ばされてもなお剣を手放していなかった右手は、その剣をヴァンサンの右足、鎧に覆われていない内腿《うちもも》の辺りに深々と突き刺す。そのまま横に引っ張り、肉と皮膚を切り裂く。

右足を走る太い血管が切断されたために、傷口からおびただしい量の血が噴き出す。立っていられず膝をついたヴァンサンの首元に、再び剣が突き込まれる。

「……」

声を漏らすこともなく、ヴァンサンは絶命した。まるで支柱を失った鎧飾りのように、その身体が地面に頽《くずお》れた。

勝利したオリヴァーは、まずは自身の兜にねじ込まれた剣を引き抜く。

そして兜を脱ぐと、その左頬には深い切り傷が走っていた。

「見事な腕だった。アランブール卿」

強敵の亡骸《なきがら》に、オリヴァーは騎士として敬意を込めて言う。

転んで地面に叩きつけられた際、オリヴァーの兜は右側に回るように少しずれていた。そこへ剣を突き込まれたため、その剣先はオリヴァーの顔を貫くことはなかった。鼻先を切り裂き、左頬の皮膚と肉を破り、頬骨まで削るほど深く抉《えぐ》ったが、そこまでだった。

もし兜がずれていなかったら。ずれる角度が少し違っていたら。刃を突き込まれる角度が、兜のもっと内側だったら。おそらく左目から脳までを貫かれていた。

まさに紙一重。自分はただ幸運だった。

そう思いながらオリヴァーは立ち上がり、ヴァンサンの兜を脱がせる。最初に聞いた声の印象通り、実力と経験を兼ね備えていたのであろう初老の男だった。

その首元に、剣を振り下ろす。

「アランブール男爵は戦死した！　お前たちの指揮官は死んだぞ！」

戦場にオリヴァーの声が響き渡る。敵味方全員の動きが止まり、皆の視線がオリヴァーと、斬り落とされて掲げられたヴァンサンの首に集まる。

数瞬前まで激戦がくり広げられていたとは思えないほどの静寂が、戦場に流れる。

「……っ！」

「閣下がやられた！」

「くそっ！　そんな馬鹿な！」

先に静寂を破ったのは、アレリア王国側の騎士と兵士たちだった。若い兵卒たちはもちろん、古参兵や騎士身分の者たちも大きく動揺しているようだった。

「た、退却だ！　山道の外まで退け！」

残っている中では上位の立場らしい騎士が叫んだのをきっかけに、アレリア王国側の別動隊は一斉に退いていく。まだ息のある負傷者を抱え、あるいは引きずるようにして、西へと逃げていく。

「追わなくていい。追撃は不要だ」

逃げ去る敵軍に襲いかかろうとした兵士たちを、オリヴァーは止める。

数ではこちらが不利である以上、下手に追撃して敵軍を刺激し、反転攻勢でも受ければ壊滅しかねない。そもそも、小規模な別動隊でアレリア王国領土に深く侵入するのは無謀。

敵将を仕留めて敵軍の撃退に成功した以上、以降は山道を守りながら援軍を待つべき。そう判断しての指示だった。

「そこの騎士！　待たれよ！」

最初に退却命令を下した敵騎士が去ろうとしたのを、オリヴァーは呼び止める。

「アランブール男爵の首をお返しする。連れていけ」

「……感謝する」

敵騎士は剣を収め、ヴァンサンの首を両手で受け取る。周囲を見回し、逃げ損ねている仲間がいないことを確認すると、足早に去っていった。

「皆、よくやった！　我々の勝利だ！」

オリヴァーが勝ち鬨を上げると、力強い返事が響いた。


「勝ったね、フリードリヒ」

「うん……よかった。上手くいって」

フリードリヒは安堵《あんど》の息を吐きながら、その場に座り込む。

自信はそれなりにあった。自分が考えた策の概要をもとに、オリヴァーが上手く実行に落とし込んでくれたので、勝算は十分だと思っていた。

同時に、頭の片隅にはやはり不安もあった。傭兵《ようへい》崩れの盗賊、それも完全に油断しきっていた相手には勝利したことがあるが、果たして自分の策略は隣国の正規軍を相手にしても通用するのだろうか。そう思っていた。

結果的に、通用した。勝利を摑んだ。ホーゼンフェルト伯爵家の従士として取り立てられ、騎士に叙任されて王国軍に入り、そうした待遇に見合うであろう成果を示せた。

何者かになる。そんな目標に向けて、新たな一歩を刻んだと言っていいだろう。

「フリードリヒ、皆のところに行く？」

「……そうだね。オリヴァーを手伝わないと」

戦いが終わってもやることは多い。遺体の片付けや負傷者の手当て。まだ使えそうな矢や、戦闘の最中で放棄された武器や鎧などの回収。野営地で待機している者たちへの報告と、援軍を迎える準備。敵はまだ完全に退却したわけではないので、監視や防衛準備もしなければならない。

既に山道の方では、皆が事後処理に動き出している。いくら軍人としての初陣だったとはいえ、いつまでも座り込んで休んでいては駄目だ。

そう思いながら、フリードリヒは立ち上がり、斜面を下りる。

戦いを終えた仲間たちのもとに歩み寄り、そして――そこで、戦場の現実を目の当たりにする。

「痛い！　痛い痛いいたいぃぃあああっ！」

「暴れるな！　おい、こいつの足を押さえろ！　傷口を縛り上げる！」

片足の肉が裂け、骨まで見えている兵士が暴れるのを、他の兵士たちが数人がかりで押さえつけている。

そのうちの一人が、負傷した兵士の傷口を布で巻き、力いっぱい縛り上げる。それがよほど痛かったのか、負傷した兵士は濁った絶叫を上げる。

「嫌だ、死にたくない。母さん。母さんに会いたい……」

「大丈夫だ。お前は立派に戦ったと家族に伝えてやる。お前は神の御許《みもと》に行くんだ。何も怖がる必要はない」

まだ若い兵士が、腹から内臓を溢《あふ》れさせ、涙を流しながら言う。その手を年配の兵士が握り、優しく語りかけている。

「おい！　結婚したばかりの嫁さんが待ってるんだろう！　目を開けろよ！」

「もうやめろ！　こいつは死んだんだ。安らかに眠らせてやれ」

胸に剣が深々と突き刺さり、どう見ても絶命している兵士の肩を、彼の友人らしき兵士が摑んで泣きながら揺さぶっている。近くにいた別の兵士が、それを見かねて止めに入る。

そんな凄惨な、あるいは悲痛な光景が、至るところでくり広げられていた。

「……」

それを、フリードリヒは呆然《ぼうぜん》と見回す。

昨年の盗賊との戦いでは、フリードリヒが指揮したボルガの住民たちは全員が無事だった。軽傷者は少数いたが、死んだ者はいなかった。

なので、フリードリヒは今日、ここで、初めて目の当たりにした。

自分の考えた策を実行した結果、痛みに苦しむ仲間たちを。死にゆく仲間たちを。

「おい、騎士の遺体はそっちじゃない。兵士とは分けてこっちに寝かせろ」

そんな声が聞こえて、フリードリヒはそちらを振り返る。

山道の一角に、友軍の遺体が並べられていた。おそらくは、後方から遺体運搬用の荷馬車が来るまでの暫定的な措置として。

まだ戦場に置かれたままの遺体も多く、この当座の遺体置き場に運ばれているのは数人。ほとんどは兵士だが、ひとつだけ騎士の遺体もあった。

歩み寄って確認すると、遺体は騎士ノエラのものだった。敵軍を山道に誘い込む百人、その次席指揮官として戦った彼女は死んでいた。変わり果てた姿だった。

剣か槍の直撃を受けたのか、下顎から喉元にかけて、肉も骨も抉り取られていた。剝《む》き出《だ》しの舌が垂れていて、開いたままの目は虚《うつ》ろで、そこに光は皆無だった。

フリードリヒも、彼女とは交流があった。王国軍に入隊し、フェルディナント連隊に迎えられた初日、ふざけてフリードリヒとユーリカの頭を撫でてきたのが彼女だった。その後も度々、彼女とは話す機会があった。

婚約者がいると、彼女は言っていた。

「……っ」

吐き気がこみ上げ、咄嗟《とっさ》に口元を押さえる。

「……フリードリヒ」

ユーリカに心配そうな声で名前を呼ばれ、肩に手を置かれる。今は彼女の方を振り向く余裕もない。荒い呼吸をくり返し、何とか吐き気を飲み込む。

「フリードリヒ、無事だったか」

オリヴァーの声が聞こえた。フリードリヒは呆然としながら、彼の方を向いた。

彼は負傷していた。鼻から左の頰にかけて、痛々しい傷を負っていた。

「どうしたんだ、そんな呆《ほう》けた顔をして。疲れたか？……ああ、この傷か。水で洗ったし、後で強い蒸留酒で消毒するから大丈夫だ。死にはしない」

フリードリヒの視線を受けたオリヴァーは、まだ血が完全には止まっていない左頰に触れながら平然と言った。おそらく生涯消えない痕が残るであろう自身の顔の傷について、彼が言及したのはそれだけだった。

そして、オリヴァーはフリードリヒの前、横たえられた遺体を見下ろす。

「……ノエラは残念だった。惜しい騎士を亡くした。だが無駄死にじゃない。俺たちは勝利した」

語るオリヴァーの横顔を、フリードリヒは呆然としたまま見る。

「こちらの損害は、今のところ死者十数人。最終的には二十人ほどになるだろうか……三倍の敵と戦ったことを考えると、奇跡的な結果と言っていい。フリードリヒ、これもお前のおかげだ」

「っ！」

お前のおかげ。

その言葉に、フリードリヒは恐怖を覚えた。足元をふらつかせ、ユーリカに肩を支えられた。

「そうだろう、皆」

オリヴァーが呼びかけると、近くにいた兵士たちが同意を示した。

よくやったフリードリヒ。お前のおかげで勝てた。国を守れた。戦功を挙げられた。それら自分に向けられているらしい称賛の声は、ひどく遠く聞こえた。

「皆、お前には感謝している。下手をすれば全滅していてもおかしくなかったのを……おい、本当にどうしたんだ？　大丈夫か？」

真っ青な顔のフリードリヒを見て、オリヴァーは怪訝《けげん》な表情になる。

「フリードリヒは自分の策で味方が死ぬのを初めて見たの。去年の盗賊との戦いでは、フリードリヒに従って戦ったボルガの住民は誰も死ななかったの」

「……なるほど、そういうことか」

ユーリカの言葉を聞いたオリヴァーは、納得した様子で頷く。

「フリードリヒ。ユーリカと一緒に、先に後方の野営地に戻れ。天幕で休んでいろ」

「……でも」

「いい。お前は十分以上に貢献した。後のことは俺たちだけで大丈夫だ。今回はもう休め」

それ以上は何も言えず、フリードリヒは無言でただ頷く。ユーリカに肩を支えられながら、山道を東に戻る。

その後ろ姿を見送るオリヴァーに、歩み寄って声をかける者がいた。

「ただ賢《さか》しいだけの若造じゃなかったようだな、フリードリヒは。参謀として実戦で使える策を出せる奴だった」

そう言ったのは騎士ヤーグ。軍歴で言えば別動隊の騎士の最古参で、オリヴァーが伏兵を指揮する間、山道を進軍する百人の指揮権を預かっていた壮年の軍人。

「そうだな。あいつを見出《みいだ》したホーゼンフェルト閣下のご判断は、やはり正しかったのだろう……後は、この現実を乗り越えられるかどうかだ。こればかりはあいつ次第だ」

オリヴァーが戦友たちの遺体に視線を向けながら言う間にも、新たな遺体が運ばれてくる。


山道を東に抜け、野営地に戻ったフリードリヒは、自身の天幕に入るなり膝から崩れ落ちた。

「……っ！」

まだ動揺が収まらない。むしろ酷《ひど》くなっている。鼓動が異様に速い。息がひどく苦しい。視界が歪《ゆが》む。

死んだ。仲間が死んだ。

出会ってからまだそれほど経ってはいない。それでも、同じフェルディナント連隊の仲間として共に時間を過ごした。共に訓練をした。共に食事をした。その過程で顔見知りになった者も少なくない。

そんな連隊の仲間たちが死んだ。

自分の策で死んだ。

自分が考えた策によって、彼らは迫りくる何倍もの敵から逃げることを許されず戦い続け、あるいは何倍もの敵の只中《ただなか》に斬り込むことを強いられ、そして死んだ。

自分が彼らを、仲間を殺した。

それなのに、誰も自分を責めなかった。それどころか称賛の言葉を投げかけてきた。

オリヴァーもそうだ。彼はあの結果がまるで良いことであるかのように語った。彼自身も消えない傷を顔に負ったというのに、ただ自分を褒《ほ》めてくれた。休むよう優しく諭してくれた。

何なんだこれは。

あれが当たり前なのか。あんな光景が、軍人にとっては当たり前なのか。あんな光景を作り出したことを称賛されるのが、戦い方を決める人間にとっては当たり前なのか。

いや、分かっていたはずだ。勝利すれば誰も死なずに済むなどと、甘いことを考えていたわけではないはずだ。自分が素晴らしい策を提示すれば仲間全員を救えるなどと、都合のいい夢を見ていたわけではないはずだ。

そこに仲間の死体があると分かった上で、山道に足を踏み入れたはずだ。

しかし、頭で理解するのと実際に目の当たりにするのとは違った。間近で見る友軍の死は、歴史書に記されるようなただの数字でもなければ、英雄譚《たん》に記されるような華々しく感動的な物語でもなかった。

何人もの仲間が泣き叫び、血まみれになり、内臓を溢れさせ、身体を欠損させ、そして死んだ。

あれが戦場の光景だ。軍人ならば当然のように触れる光景だ。策を講じて軍勢の戦い方を決める者ならば、当たり前のように自らの手で作り出す光景なのだ。

では自分も、あの場で皆と一緒に喜ぶべきだったのか。策がうまくいったと、敵に勝ったと。仲間たちの遺体の横で、生きている仲間たちと喜びを分かち合うべきだったのか。

思っていたよりも少ない損害で勝利を得たと、仲間の命をまるで盤上の駒のように数えながら、策を講じた者として戦功を誇るべきだったのか。

そんな自分はとても想像できない。また吐き気がこみ上げてくる。頭がおかしくなりそうだ。

「やだ……嫌だ……」

怖い。

思考の奥底からとめどなく溢れる恐怖に飲まれそうになる。

「――フリードリヒ」

そのとき。

顔を上げると、ユーリカが目の前に立っていた。

彼女は座り込むフリードリヒの前に自身も膝をつき、そのままフリードリヒを抱き締める。フリードリヒの頭を、自身の胸に優しく押し抱く。

「泣いていいよ。どれだけ泣いてもいいの。我慢しなくていいの。全部、私が受け止めてあげるから。私にはそれしかできないけど、それだけはできるから」

「……っ」

フリードリヒはユーリカに縋《すが》りつく。これ以上は我慢できなかった。

自分でも説明のつかない、得体の知れない恐怖と不安。吐き出したそばから新たに湧き起こるその感情に、今このときだけでも耐えるには、ただ泣き続けるしかなかった。

・・・・・・

一度後退して態勢を立て直したアレリア王国側の本隊は、既に攻勢を終えているであろう別動隊からの報告を待った。

報告はその日の午後には届いた。司令部の天幕にて、到着した伝令から別動隊の攻勢の結果を聞いたツェツィーリアは、しばし無言になる。

「……そうか。アランブール卿は死んでしまったのか」

表情こそ変わらなかったが、ツェツィーリアの穏やかな声は、どこか寂しげだった。

ヴァンサン・アランブール男爵。父のかつての部下だった彼は、ツェツィーリアにとっても信頼できる部下だった。それだけではなかった。自分がまだ幼い頃に戦死した父の話を、父の軍人としての偉大さを、彼は色々と語り聞かせてくれた。

静かに目を閉じ、彼の死を悼んだ後、ツェツィーリアは再び口を開く。

「それで、敗因は敵の伏撃ということだったな？　総勢百人に過ぎない敵の別動隊、その全兵力と激突していたら、いきなり側面から数十人の伏兵が湧いてきたと」

「は、はい。確かにそのような戦闘経過となりました」

「その伏兵だが、軽装の者が多くなかったか？」

「……言われてみれば、そうだったかと。兜どころか胴鎧さえ身につけていない者もいました」

「なるほど……おそらく、私と同じような策を考えた者がいたのだろうな」

山道の付近の農村から民兵を徴集あるいは募集し、正規軍人と同じ装備を身につけさせ、目立たない隊列後方に並べる。その民兵と入れ替わった者たちが伏兵として森に潜む。一見すると総兵力は変わっていないので、斥候などに隊列を見られても、部隊を分けて伏兵を置いたと気づかれることはない。

自分が山道に敵の予想以上の別動隊を充《あ》てた策と、ほぼ同じ仕掛け。敵将マティアスがこちらの策に気づいてから真似《まね》したわけではないだろう。そんな不確実な真似をするくらいなら、マティアスはあらかじめ山道にもっと多くの兵を割いたはず。

ということは、エーデルシュタイン王国側の別動隊の誰かが、同じ策を自力で思いついたのだ。

一体どのような人物なのだろうか。ツェツィーリアは奇妙な親近感を覚えながら、一人微笑を浮かべる。

「閣下。これからどういたしますか？」

伝令を下がらせた後、副官が尋ねてくる。

「……悔しいが、今回は撤退だな」

そう答えながら、しかしツェツィーリアの表情は穏やかなままだった。

「ただちに撤退準備を始めてくれ。別動隊にも伝えるんだ。明日にはここを出発して、明後日《あさって》には後方で別動隊と合流。敵が逆侵攻を仕掛けてこないことを確認した上で完全撤退する」

「はっ」

敬礼して答え、副官は司令部の天幕から出ていった。

「……決着はお預けだ。マティアス・ホーゼンフェルト伯爵」

一人になったツェツィーリアは、父の仇の名を呟く。顔には微笑を浮かべながら、その手は強く握り込まれて震えている。

・・・・・・

敵側の別動隊に勝利した翌々日、敵軍の撤退を確認した上で、エーデルシュタイン王国側の別動隊は本隊のいる北方平原に戻った。

その間、フリードリヒは使いものにならなかった。

戦闘の後処理や撤収準備に関しては指揮官のオリヴァーが主導すれば何ら問題なく、初陣にしては十分以上の働きをしたフリードリヒが休んでいても苦言を呈する者はいなかった。二百ほどの援軍を引き連れてきたグレゴールでさえ、フリードリヒの様子を見ると、今は休んでいるよう命じてきた。

北方平原への帰路も、ユーリカに手を引かれるようにして馬に乗り、そのまま彼女に先導されてただ馬の背に揺られていた。

そして、連隊長マティアスへの報告はオリヴァーに任せ、自身はまた天幕に籠《こも》った。

頭の中を巡るのは、あの戦場の光景。皆に投げかけられた言葉。

泣き叫ぶ兵士たちの姿が、並べられた兵士たちの遺体が、変わり果てた姿となった騎士ノエラの死に顔が、ずっと脳裏から離れない。ふとした瞬間に血と臓腑《ぞうふ》の臭いが思い出され、吐き気を覚える。濁った絶叫やしくしくと泣く声が聞こえる気がして耳を塞ぐ。そんな状態が続いていた。

「フリードリヒ。起きているか」

本隊と合流してからどれくらいの時間が経ったかも分からず、ユーリカに寄り添われながら思考と記憶の堂々巡りを続けていると、天幕の外から声をかけられた。

マティアスの声だった。

「……はい、閣下」

「入るぞ」

力なく答えると、天幕の入り口が開かれる。

「無理をするな。座ったままでいい」

ふらふらと立ち上がって敬礼したフリードリヒは、そう言われて天幕の床にへたり込む。ユーリカも立ち上がって敬礼し、彼女なりに空気を読んだのか、フリードリヒから少し離れてマティアスの視界に入らない位置に控えた。

マティアスは立ったまま、フリードリヒを見下ろす。

「山道での戦いについては騎士オリヴァーから聞いた。お前の智慧《ちえ》で勝利を摑んだそうだな。よくやった」

「……」

何か答えなければと思い、しかしフリードリヒには言葉が思い浮かばなかった。頭に靄《もや》がかかっているかのようだった。

そんなフリードリヒを、マティアスの青い双眸が見下ろす。腑《ふ》抜《ぬ》けたようなフリードリヒの有様を見ても、マティアスは怒りや苛立ちを表すこともない。穏やかな目だった。

「……私はこう考えている。勝利のため、国を守るために死んだ者たちこそが真の英雄であると」

唐突に、マティアスは言った。

英雄。その言葉を、フリードリヒは彼自身の口から初めて聞いた。

「この時代に生き、国を守る上で、戦いは避けられない。戦いがあれば死は避けられない。戦えば誰かが死ぬ。だからこそ、私は勝ち続けてきた。指揮下の騎士や兵士たちの死が避けられないのであれば、せめてその死を大義あるものとするために。勝利を掴み、国を守り続けることで、死者たちを英雄とするために」

マティアスの口調はいつもと変わらない落ち着いたもので、しかしそこには、ひどく重苦しい気配があった。

「騎士として戦い、若くして将となってからも戦い、そして私自身が英雄などと呼ばれるようになった。生きながらにして歴史や物語の英雄たちと並び語られるようになった。皆が私に何を期待しているかは分かっている。揺るぎない勝利を、自分が命を賭して戦う希望を、家族が命を捧《ささ》げて戦ったことへの救いを、私に求めているのだと理解している……戦死者の遺族たちから直接言われることもある。英雄のもとで戦い、その命を勝利の礎《いしずえ》とした親や伴侶、我が子を誇りに思うとな」

そこで微かに、マティアスの口からため息が零れる。

「エーデルシュタインの生ける英雄。この称号と共に、私は幾百もの死を背負っている。これからも背負っていく……お前にも私と同じ運命が待っている。智慧を用いて戦い、その上で勝ち続けるのであれば、お前もいずれこうなる。指揮下の騎士や兵士たちの死を背負いながら戦い続け、勝利を重ね、その運命を歩み続けた果てに、お前は歴史に名を残す何者かになるだろう」

その言葉を聞いたフリードリヒは、愕然とした。

そんな運命を歩む自分を想像しようとして、しかしできなかった。

「フリードリヒ。私の庶子を詐称したお前の罪をここに赦《ゆる》す。王国軍に入り、戦いに臨み、勝利を成したその功績をもって、お前は贖罪《しょくざい》を果たしたものと見なす。お前が望むのであれば、ユーリカと共に私の従士を辞め、騎士であることを辞め、王国軍を除隊しても構わない……後のことはお前自身が決めろ」

そう言い残して、マティアスは立ち去った。

後には自分とユーリカだけが残され、フリードリヒは愕然としたまま視線を落とす。自分の両手を見つめる。

知らなかった。こんなことになるなんて思っていなかった。

何者かになるということが、こういうことだったなんて。自分は何も分かっていなかった。

自分の策が失敗して自軍の騎士や兵士たちが死に、その結果の責任を背負って苦しむのはまだ理解できる。しかし現実は違う。たとえ策が成功し、勝利を摑んでも、当たり前のように仲間の誰かが死ぬ。そのことを織り込んで策を立て、その策の中に皆の命を投じる。

戦友たちの犠牲と引き換えに勝利を摑む。その後に待っているのは、次の戦い。

小さな戦いで軍師のような役目を務めただけでこれだ。勝利を重ね、戦功を重ねた果てに将にでもなったら。もっと大勢の騎士や兵士を配下に置き、あらゆる結果の、あらゆる犠牲の全責任を負いながら戦うのだ。十人や二十人どころではない。一度の戦いで何百もの死を背負うことになるかもしれないのだ。

それでも、勝利のためならばその重責を受け入れなければならない。そうして戦い続ける。一体いつまで？　自分が死ぬまで？　あるいは、この身を戦場に置けないほど老いぼれるまで？

命を数字として数えながら、無数の死を背負っていく。勝利を求められ、その求められるままに勝利をもたらす英雄としての役割を演じながら、その裏では仲間の死と共に歩んでいく。そんなことに一生を捧げるのか？

なんて恐ろしい生き方なのだろう。なんて苦しい業なのだろう。

自分はこんなことを望んでいたのか。戦う必要などなく、死を背負う必要などなく、衣食住に困らず、最愛の人もいる。そんな穏やかで満ち足りた人生の中にいたのに。それに不満を抱き、こんな道に行きたいと、何も知らないまま望んでしまったのか。

フリードリヒは両の手で自身の頭を抱える。

嗚呼《ああ》、帰りたい。

全部やめてボルガに帰りたい。

素朴な人々の暮らすあの田舎都市に、アルマたちのいる教会に帰りたい。

ろくに代わり映えのしないあの日々が恋しい。自分はあれの一体何が不満だったというのか。あれでよかったじゃないか。あの退屈な日常の中で、ユーリカといつまでも平和に生きていく。それで十分だったじゃないか。

帰ってもいいのだ。辞めると、ただマティアスにそう告げればあの日常が戻ってくるのだ。

「……」

駄目だ。帰れない。

自分はもう、背負ってしまった。あの戦場で、自分の策によって死んだ騎士や兵士たちの命を背負ってしまった。

泣き叫ぶ声を、生々しい傷を、溢れる血や内臓を、騎士ノエラのあの死に様を、全て忘れてボルガに帰って平和に暮らす。そんなことはとてもできない。そんな人間にはなりきれない。

もう戻れない。書物の中の英雄に憧れ、何者かになりたいなどと無邪気に夢想しながら、何も背負うことなく、何も背負う気もなく平和な人生を謳歌《おうか》していた自分には二度と戻れない。

自分はこのまま生きていくのだ。

戦場が、自分の生きる場所になってしまったのだ。

「……ねえ、フリードリヒ」

優しい声が、頭上から降りてくる。

温かい手が、頭を抱えるフリードリヒの両手を解《ほど》く。そのままフリードリヒを抱き締める。

「あなたがどんなに苦しいか、私には分からない。どんなに想像しても、きっとこの先も正しくは分からないままだと思う……だけどね、フリードリヒ」

フリードリヒの頬にそっと手が添えられる。フリードリヒが顔を上げると、ユーリカは吐息が届くほどの距離でこちらを見つめていた。

「私が今まで言ったことは何ひとつ変わらないよ。私はあなたのいる場所に一緒にいるし、あなたのすることを一緒にするの。これからもずっと」

「……ユーリカ」

泣きそうな顔で、フリードリヒは彼女の名前を呼んだ。

きっと彼女は知らない。自分がかつて、まだ幼い頃、彼女を救ったことを。結果としてそうなったことを。あの頃、七歳の彼女はまるで獣のようで、周囲の言うことも、自身の状況もほとんど理解していなかった。自分が殺されるかもしれないと理解していなかった。

もしこのまま自分について来れば、自分と共に戦場に身を置き続ければ、いつか彼女まで死んでしまうかもしれない。

ユーリカの死を己の業として背負う。それは想像を絶する恐怖だった。

彼女をこのまま傍に置いていいのか。かつて命を救った彼女を、今度は自分が死なせることになっていいのか。彼女だけでも、有無を言わせず、自分から引き離してボルガに帰らせるべきではないのか。

「ユーリカ、僕は君を――」

「知ってるよ」

フリードリヒの言葉を遮り、ユーリカは言った。

「私が教会に来たばかりの頃、私を神の御許に返すべきかもしれないって考えた人たちがいたことも、それを聞いたフリードリヒが私を助けてくれたことも、知ってるよ。私が成人したときに、アルマ先生から全部聞いたんだよ」

彼女はにっこりと笑い、フリードリヒの、かつて彼女がつけた傷の痕に触れた。

「子供の頃から、あなたのことはずっと大好きだった。だけど、この話を聞いてもっと好きになったの。私はあなたを愛してる。あなたを守り抜く……あなたから絶対に離れない。あなたに拒絶されても離れない」

ユーリカの笑みに、危険な気配が入り混じる。

「何を言われても、あなたについていくのを止めないよ。ずっとあなたの傍にいるよ。どうしても止めたいなら、私を殺すしかない。それくらい愛してるよぉ？」

フリードリヒの鼻先に、自身の鼻先を触れ合わせながら、ユーリカは言った。フリードリヒの視界は、彼女の妖艶《ようえん》な笑みに埋め尽くされた。

説得などできない。彼女を遠ざけることはできない。フリードリヒはそう理解した。

「だからね、フリードリヒ……あなたがこの先何を抱えても、どう変わっても、私が傍についてることだけは変わらないよ。あなたがボルガで暮らしてた頃から、何も背負ってなかった頃から、私があなたを愛してることだけは変わらないよ——約束するよ。私のフリードリヒ」

ユーリカはそう言って、フリードリヒの唇に自分の唇を重ねた。

まるで自分の魂を分け与えるように、彼女の吐息がフリードリヒの中に入ってきた。

そのまま時間が流れる。さして長くはない、しかし深く濃密な時間が。

「……」

ユーリカの唇が離れる。彼女と見つめ合う。

大きな黒い瞳と、赤い唇に彩られてニッと広がる口元。どことなく危険な雰囲気も漂わせる、しかし魅力的な笑顔がそこにある。今までと何も変わらない彼女の笑顔が。

自分は既に多くの死を背負ってしまった。もう、背負う前には戻れない。

しかし、全てが変わってしまったわけではない。変わっていないものもある。この先も変わらないものもある。ユーリカが、彼女の存在そのものがそうだ。

彼女は自分が変わる前も、変わった後も知っている。その上で傍にいてくれる。

その究極の約束が、自分にとって何より強い支えになる。自分は一人ではない。彼女が傍にいてくれるのならば、戦場でも生きていける。そう思えた。

「だから、あなたの好きにして。私は全部任せるから」

ユーリカに言われ、フリードリヒは頷く。

そして、決断を下す。答えはもう決まっていた。

「どちらになると思われますか?」

撤退準備が進む野営地。司令部として置かれている大きな天幕の中で、グレゴールがマティアスに尋ねる。

他の士官も伝令も出払い、二人だけになったタイミングでの問いかけだった。

「分からんな。己の運命を正しく理解できる時点で、見込みはあると思っているが……それでも私のもとを去ると言うのであれば、ホーゼンフェルト伯爵家は私の代で終わりだな」

「そうなっても別に構わないと思っておられるようですな」

容赦なくこちらの内心を言い当てる従士長に、マティアスは苦笑で応えた。

「フリードリヒが閣下のもとに残ると言った場合は、やはり？」

グレゴールのさらなる問いに、マティアスは頷く。

「あの者を養子として迎えようと思っている」

フリードリヒは能力を示した。一度ならず二度も、智慧をもって勝利を成した。

残るは資質だけ。仲間の死を背負い、この先の運命を突きつけられた上でなおも戦場から去らないようであれば、将として、英雄の後を継ぐ者として、ふさわしい資質を備えていると言っていいだろう。マティアスはそう考えている。

「お前は反対か？」

「いえ。熟慮なされた上での閣下のご決断、臣として尊重いたします」

グレゴールの返事を聞いたマティアスは、フリードリヒと初めて対面した後にグレゴールと交わした会話を思い出しながら、再び苦笑を零した。

「……思えばあのときも、こうして待ったものだ」

ふと、マティアスは呟いた。

亡き息子ルドルフ。成人後間もなく王国軍に入り、フェルディナント連隊へと配属された彼は、その数か月後に初陣を迎えた。気鋭の若き騎士として、英雄の息子として周囲の期待を背負いながら、意気揚々とロワール王国との小競り合いに臨んだ。

そこで、ルドルフは初めて仲間を失う経験をした。

北方平原への領土的野心を表す示威行為として、ロワール王国軍が無謀を承知で築こうとした陣地。その破壊がこのときの任務だった。マティアス率いる本隊が真正面から攻勢をかける中で、ルドルフは側面攻撃を担う別動隊の一員となった。

敵が正面に兵力を回したことで、防御が手薄になった一角に、別動隊は突撃。ルドルフは英雄の息子たる彼を慕う新兵たちと共に、敵陣への一番乗りを見事果たした。敵は元より堅守するつもりもなかった陣地をあっさりと手放して後退し、ルドルフがこの日一番の功労者となった。

彼と並んで戦った一人の新兵の命が、功労の対価となった。

死んだ新兵はルドルフと同い年だった。士官と兵卒で立場は違えど、入隊以来ルドルフと仲が良い若者だった。これからもルドルフと共に戦い、将来はルドルフに仕える従士になりたいと目標を語っていた。

「私のせいで、あいつは初陣で死んだのでしょうか。私のせいであいつの目標は叶わなくなり、あいつの両親は成人したばかりの息子の遺体と対面するのでしょうか」

ルドルフの問いかけに、マティアスは否定を返さなかった。代わりに、今日フリードリヒに語ったものと同じような話をした。

それでも軍人を続けるのか。将を目指し、父の役割を継ぐことを目指すのか。お前自身が選べと言った。

宮廷貴族には文官になる選択肢もある。武官の子が文官になることも、文官の子が武官になることもある。将は世襲制というわけではない。ルドルフが別の道を選ぶと言うのであれば、それでも構わないと思った。

しかし、ルドルフは戦場に生きる運命を受け入れた。ならば、この息子は自分の立場を、エーデルシュタインの生ける英雄の重責を継ぐ可能性を秘めているとマティアスも考えた。

そしてルドルフは死んだ。あの日息子に語った言葉は、息子の死という形でマティアス自身に返ってきた。

戦場ならばそういうこともあるのだと、頭では理解し、受け入れた。それでも心の片隅に後悔は芽生えた。ルドルフは英雄の息子という運命に殺された。自分の与えた呪いが、最愛の息子を殺した。そう思わざるを得なかった。

だからこそマティアスは、養子をとることなく八年を過ごした。

それでもあの日、フリードリヒという若者に出会い、彼が為《な》したことを知ったあの日、思ってしまった。これは神が自分に与えた運命ではないかと。

若者に英雄などという重責を受け継がせようとする、これは神の呪いなのか。あるいは次代の者に思いを語り聞かせ、受け継がせることを自分に許そうとする神の慈悲なのか。

分からないまま、マティアスはフリードリヒを己の庇護《ひご》下に迎えた。そして育てた。騎士となったフリードリヒは初陣で大きな戦功を挙げ、かつてのルドルフと同じように、最後の選択の時を迎えている。

フリードリヒには資質がある。それはもはや疑いようがない。しかし最後の選択だけは、フリードリヒ自身にしか為しえない。自分はただ待つのみ。

「……閣下。来ました」

グレゴールの言葉に、マティアスは長い思考を終え、彼が視線で示した方を向く。

フリードリヒが、傍らにユーリカを伴ってこちらへ歩いてくるのが、開け放たれた天幕の入り口の向こうに見えた。

その顔に、先ほどまでのような狼狽《ろうばい》の色はなかった。不安の色もなかった。

あるのは少しの諦念と、そして覚悟。表情を見れば、彼が己自身に下した決断は聞くまでもなく分かった。

「見込み通りだったようだ」

マティアスはそう呟いて、フリードリヒたちを天幕の中に迎える。

グレゴールが天幕の外に出て入り口を閉めた後、マティアスは口を開く。

「結論は出たか？」

問いかけると、フリードリヒは小さく頷いた。視線は真っすぐにマティアスを向いていた。

「はい、閣下」

「私はこれからも、王国軍人として生きていきます。私の講じた策のもとで死んだ仲間たちの命を背負います。この先死んでいく騎士や兵士たちの命を背負っていきます」

そう語るフリードリヒの声と表情には、浮ついた高揚は一切なかった。

似ている、と思った。騎士としての初陣を終え、仲間の戦死を目の当たりにした後のルドルフの表情に。

もう随分と薄れていた、記憶の中の息子の顔が、また鮮明に思い出された気がした。

「騎士フリードリヒ、お前の覚悟を、お前の主《あるじ》として嬉《うれ》しく思う。お前のさらなる働きに期待している……そしてひとつ、お前に提案がある」

マティアスが切り出すと、フリードリヒは表情を少し硬くして身構えた。

「私の養子となり、ホーゼンフェルトの家名を名乗る気はあるか？」

それを聞いたフリードリヒは、小さく目を見開いたが、それだけだった。まったく予想外のことを言われた者の反応ではなかった。

稀《まれ》に見る聡明《そうめい》な若者だ。おそらく彼もこのような展開を、主人が何を思って自分を庇護下に置いたのかを、程度は分からないが想像し理解していたのだろう。マティアスはそう考えた。

「私を父と呼べとも、そう思えとも言わない。ユーリカとの関係を変えろとも言わない。ただお前に、私の与え得るあらゆる力を与える。そのためにこそ、私はお前を養子として迎えたいと考えている。責任を伴う力だが、同時に今のお前にふさわしい力だと思っている……この力を手にするか否か。これもお前自身が決めろ」

「心してご提案をお受けします。ホーゼンフェルト伯爵閣下」

フリードリヒは迷わず答えた。その赤い双眸でマティアスを見据えながら言った。

マティアスも青い双眸でフリードリヒを見返し、そしてフッと微笑を零す。フリードリヒの肩に手を置く。

父と呼べとも、そう思えとも言わない。

だが、自分はこの若者を息子と思おう。我が息子として守ろう。一人そう決意する。

「帰還した後、まずは王家に報告する。その後、連隊内で公表する。後は勝手に噂《うわさ》として広まっていくだろう……それまで、今はまだ周囲には黙っておけ」

「分かりました、閣下」

新たな息子は、マティアスの言葉に素直に頷いた。

・・・・・・

エーデルシュタインの生ける英雄、マティアス・ホーゼンフェルト伯爵。その新たな勝利の第一報は、フェルディナント連隊の帰還よりも一足早く王都ザンクト・ヴァルトルーデに届けられた。

王都に帰り着いたフェルディナント連隊は、民衆の称賛に迎えられた。フリードリヒも軍本部まで続く通りを進みながら、沿道に集まる民衆たちの歓喜を、敬意を、憧憬《しょうけい》を受け取った。義務を果たした王国軍人として、フリードリヒは真に民の尊敬を受けた。

それは間違いなく喜ばしいひと時であり、実際そこに確かな喜びを感じたが、それでも以前のような浮ついた心地はもはや得られなかった。このような一幕からも、自分の心は変わったのだとフリードリヒは実感させられた。

そうして遠征を終えた後。連隊の世話はグレゴールと各大隊長に任せ、マティアスは王家への報告のため、フリードリヒを連れて登城した。

フリードリヒにとって二度目となる王太女クラウディアへの拝謁は、初めてのときとは随分と心境が違っていた。

あのとき、最初に抱えていたのは緊張ばかりだった。その後、自身の心の内を語りながら覚えたのは、粗削りな決意と、青く若い高揚だった。

しかし今は違う。心の中にあるのは静かな覚悟だった。

だからこそ、見える景色も違った。

「――よって、私はこの従士フリードリヒを、我が養子としてホーゼンフェルト伯爵家に迎えることを決断いたしました。まずは我が主家たるエーデルシュタイン王家にこそご報告し、お許しをいただきたく思い、畏《おそ》れながらこの場にてお伝え申し上げます」

戦勝の報告を終えた後。マティアスが伝えると、クラウディアはしばし無言になる。

初めて会ったとき、フリードリヒから見て彼女はどこか恐ろしい存在に見えた。畏怖ばかりが先立ってフリードリヒの思考と視界を埋め尽くし、彼女をそのような存在として捉えさせた。

しかし今は違う。マティアスの後ろに控えるフリードリヒの目に、彼女は一人の人間として映った。仕える主家の次期当主であり、この国を実質的に率いる国政の長。王太女である彼女に当然の畏敬を抱きながら、しかし彼女が人外のような存在であるとは感じなかった。

王族である彼女と、地に足を着けて向き合えるようになった。フリードリヒはそう思った。

「……そうか。やはりフリードリヒを選んだのだな」

沈黙の後、クラウディアはそう言った。その声にも、表情にも、驚きの色はなかった。

彼女もまた、この結果を想像していたらしかった。

「はい。この者こそは、と確信しております」

抑えた声に力強い決意を込めて、マティアスは答えた。

再び少しの間を置き、クラウディアは口を開く。今度はフリードリヒを向きながら。

「分かった。私自身が証人となり、王家の名のもとに認めよう。今このときより、騎士フリードリヒはマティアス・ホーゼンフェルト伯爵の養子となったことを……フリードリヒ、これでお前は、ホーゼンフェルトを名乗る身となった」

そう語りかけるクラウディアの目に、フリードリヒは微かな憐《あわ》れみの色を見る。

英雄の苦悩。その後継者となる苦悩。それを彼女も理解しているのだと分かった。いずれ王位を継ぐ彼女もまた、責任に伴う苦悩を――フリードリヒ以上の苦悩をきっと抱えているからこそ。

「この名の重みを忘れることなく、この名の意味を心に刻み、歩んでまいります」

赤い双眸でクラウディアを見据え、フリードリヒは――フリードリヒ・ホーゼンフェルトはそう答えた。

戦場で生きていく。この先も。そう己の心に誓いながら。

エピローグ　私のフリードリヒ

幼い頃の記憶は、靄《もや》がかかったように曖昧だ。

覚えているのは、殺風景な部屋。鉄格子のはめられた窓。内側からは開けられない扉。

部屋の隅に置かれたベッドと、手慰みのぬいぐるみ。ベッドに敷かれた毛布はいつ見ても破れていて、ぬいぐるみはいつもほつれて綿が飛び出していた。

そんな場所で、私は大抵一人で過ごしていた。物心がついたときにはもう、そんな生活を送っていた。

偶《たま》に知らない大人が来て、私に何か――今思えば、あれは薬のようなものだったのだと思う――を飲ませたり、私に向かって祈るような仕草をしたりしていたことは、ぼんやりと憶《おぼ》えている。

そして日に何回か、女性が部屋に来て、私の世話をした。彼女がいつも優しかったことや、彼女が寄り添ってくれると安心できたことは憶えているけれど、彼女の顔はもう思い出せない。

言葉は彼女から習った。とはいえ、彼女は私の世話が終わるとすぐに部屋を出ていってしまうので、習うのはほんの少しずつだった。憶えた言葉は少なかった。

いつからか、彼女は来なくなった。顔の見えない誰かが食事だけを置いていくようになった。

そしてある日、どこかの森の中に連れていかれ、そこに置き去りにされた。当時は森という言葉も知らず、そこがどういう場所なのか分からなかった。私は自分の境遇を正確に理解するだけの言葉を、状況の背景を察するための言葉を、頭の中に持たなかった。

それでも、捨てられた、ということは分かった。捨てるという言葉は知っていた。私の手でぼろぼろに引き裂かれた毛布やぬいぐるみが捨てられたように、自分も捨てられたのだと思った。

これからどうなるのか、私は分かっていなかった。死ぬ、という言葉もその意味も、あの頃は知らなかった。

それでも、身体《からだ》が動くままに森の中を歩き回り、川を見つけて水を飲み、お腹《なか》が空《す》いたら目についたもの――虫や小さな動物を捕まえて食べた。今思えば、あのときの私はきっと、本能、というものに動かされていたのだろう。

そして、フリードリヒと出会った。

寝床にしていた木の洞《ほら》の中で、リスの肉を頬張っていた私を、彼が見つけた。

ここから、私の人生は始まった。このときから記憶は鮮明になっていった。このときよりも前のことは、靄がかかった幼い頃の記憶は、私にとってはもう、どうでもいいものだ。

彼と出会った後、私は彼が呼んだ大人たちに、教会という場所へ連れていかれた。

それまで、私は自分が育った部屋と、自分が捨てられた森しか知らなかった。なので、大勢の人が行き交う街並みも、育った部屋ではない建物も、不思議な格好をした修道女と呼ばれる女性たちも、私にとっては何もかもが初めて見るものだった。

修道女たちからたくさんの言葉を投げかけられた私は、怯《おび》えた。彼女たちに何か聞かれていることは分かったが、言葉の意味はよく分からなかった。なんとか答えられたのは、自分の名前と歳《とし》だけだった。この二つは、私の世話をしてくれた女性から教えられていた。

怯えながらもなんとか大人しくしていられたのは、フリードリヒが傍《そば》にいてくれたから。自分より小さな少年が、平気そうな顔で隣についていてくれた。かつて私の世話をしてくれた女性のように寄り添っていてくれた。だから、私も逃げたり暴れたりする気持ちをこらえていた。

その日から、私はフリードリヒの真似《まね》をして日々を過ごした。彼と一緒に食事をして、彼と並んで眠った。彼と一緒に修道女たちの手伝いもした。簡単な文字なら読めるという彼が、子供向けの物語を読み聞かせたりもしてくれた。

この暮らしの方が、森でお腹を空かせながら生きるよりずっといいと思った。拾われた猫が家に慣れていくように、私は彼と一緒に過ごす日々に慣れ始めていた。フリードリヒはずっと、隣に寄り添ってくれた。

そんなある日、若い修道女が何か尖《とが》ったもの——それがはさみだということは後で知った——を手に私に近づいてきた。「髪を切りましょうね」と言いながら。

髪を切る、というのがどういうことかは知っていた。でも、私が育ったあの部屋では、私はいつも目隠しをされて身体を縛られ、次に目隠しをとられたときには髪が短くなっていた。

だから、尖ったものを持って近づかれて、自分は何をされるのだろうと思った。

怖いと思った。そして暴れた。

そこからはあまり憶えていない。気がつくとフリードリヒが叫んでいた。

彼の腕から血が溢《あふ》れていて、私の口の周りは血まみれだった。口の中に何かの欠片《かけら》があって、私はそれをごくりと飲み込んでしまった。

私の髪を切ろうとした修道女は、恐ろしいものを見るような目で私を見ていた。

その後、私は彼から引き離された。一人で狭い部屋に閉じ込められ、何日かそこにいた。久しぶりに一人になると急に不安がこみ上げてきて、部屋の中で叫んで暴れた。

ある朝、フリードリヒが一人で私のもとにやって来た。彼の腕には包帯が巻かれていた。

そして、急に私に抱きつくと、彼は大声で泣き始めた。教会中に響き渡る泣き声だった。

血相を変えて部屋に飛び込んできた修道女たちは、暴れるでもなくきょとんとしている私と、私にしがみついて号泣している彼を見て戸惑っていた。

そんな彼女たちに、フリードリヒは何か早口で話し始めた。何やら難しそうな言葉もたくさん使っていて、私より小さな子供とは思えなかった。

間もなく、彼がアルマ先生と呼ぶ初老の修道女や、司祭様と呼ぶ老人までやって来た。皆がおろおろしながらフリードリヒと話していた。話し合いは彼の方が優勢なようだった。

朝から始まった騒動は、夕方まで続いた。根負けした司祭様や修道女たちが、フリードリヒに何か約束をさせられて、そうして騒動は終わった。彼はよほど泣き疲れたのか、そのまま私の膝の上で眠ってしまった。

それからまた、フリードリヒと一緒に過ごす日々が始まった。彼はもう、私から離れることはなかった。アルマ先生や他の修道女たちが彼を私から引き離すこともなかった。

彼が言葉を教えてくれた。多くのことを教えてくれた。彼のおかげで、自分がどれほどものを知らなかったかを知った。彼が私を人間にしてくれた。

成人したとき、幼い頃の騒動の顚末《てんまつ》をアルマ先生が明かしてくれた。彼が私を守るために、あれほど必死になってくれたことを知った。

彼の腕に消えない傷を残した私を、彼は捨てなかった。それどころか救ってくれた。私の傍にいてくれた。

ずっと一緒にいてくれた。本当に、片時も離れることなくずっと一緒にいてくれた。

そんなフリードリヒを、私は愛している。彼の全てを愛している。

いつからそうだったかなんて、もう分からない。生まれたときからずっとそうだったと思えるくらいに愛している。

書物を読む彼の表情が好きだ。紙の上に並んだ言葉を貪る彼の赤い瞳は、横から見ているだけで吸い込まれそうになる。

考えを巡らせる彼の表情が好きだ。私の知らない言葉を頭の中でたくさん使いながら、私には想像もできないほど複雑にものごとを考える彼は、とても頼もしくて、時々とても脆《もろ》そうで。そんな彼を見ていると、その身体に触れたくなる。

何かを決意する彼の表情が好きだ。私と一緒に生きていくために、智慧《ちえ》を使ってお金を稼いでいくと決めたとき。迫りくる盗賊に立ち向かうと決めたとき。自分の策で三倍の敵に打ち勝つと決めたとき。そして、仲間の死を背負いながら生きていくと決めたとき。彼は高揚に頼ることなく、深く考えた末に静かに覚悟を決める。だからこそ彼は強い。

彼が好きだ。好きだ。好きだ。好きだ。好きだ。どれだけ言葉を重ねても足りないほど好きだ。だから、私はフリードリヒの傍にいる。彼がそうしてくれるように、私も彼の隣に寄り添う。彼のいる場所に一緒にいて、彼のすることを一緒にする。これからもずっと。

・・・・・・

「この家紋は、お前がホーゼンフェルト伯爵家の一員である証《あかし》。私の養子である証だ」

ホーゼンフェルト伯爵家の屋敷の一室。マティアス・ホーゼンフェルト閣下が軍服姿のフリードリヒに言うのを、私はフリードリヒの後ろに立って見ている。

今日、仕立て屋から戻ってきたフリードリヒの軍服と、併せて届いた新しいマント。軍服の左胸と、マントの背中側に描かれているのは、ホーゼンフェルト伯爵家の家紋。

ノウゼンハレンという花の意匠なのだと、前に閣下が私たちに教えてくれた。

今までは閣下だけが纏《まと》うことを許されていた家紋。これからは、フリードリヒも纏う。ホーゼンフェルトの家名と一緒に。

アレリア王国との戦いが終わって、フェルディナント連隊が王都に帰還してから、一週間以上が経《た》っていた。

帰還後すぐに、閣下はフリードリヒを連れて王太女殿下のもとへ戦勝を報告しに行った。そのときにフリードリヒを養子に迎える意向を伝えて、王太女殿下を証人に、正式にフリードリヒを自分の息子にした。

戦いの後の休暇が終われば、フェルディナント連隊の訓練がまた始まる。皆が集まった場で、フリードリヒがホーゼンフェルト伯爵家の跡取りになったことが宣言される。

「必ず、この家紋にふさわしい人間になります。閣下」

「……ああ。お前ならば大丈夫だ」

家紋付きの軍装のフリードリヒを見て、閣下はいつになく優しい声と表情で言った。

そして、フリードリヒが私の方を振り返る。微笑を浮かべる彼に、私も笑みを返す。

あなたの立場も、人生も、背負うものも、大きく変わった。変わってしまった。

だけど、それでも。

私があなたの傍にいることは変わらない。それだけは絶対に変わらない。
あなたは私の全て。あなたと生きることが私の人生の全て。
私のフリードリヒ。愛《いと》しいフリードリヒ。

外伝1　全ての背負うべきもの

北方平原での戦勝を得て帰還した後、フェルディナント連隊には数週間の休暇が与えられた。非常時の即応の任務は、国内防衛の他に他連隊の予備軍も兼ねているアルブレヒト連隊へと引き継がれた。

迎えた休暇の初日。フリードリヒとユーリカは――山道の戦いで散った騎士ノエラの葬儀に参列するために、教会へ向かっていた。

「ノエラの実家は南東街区にある。葬儀はセーシェ教会で行われるそうだ」

そう言いながら前を歩くのは、先ほど中央広場で合流した騎士オリヴァー・ファルケ。

およそ三万もの人口を擁する王都ザンクト・ヴァルトルーデには、この国におけるアリューシオン教の総本山である中央教会をはじめ、複数の教会がある。

セーシェ教会は、南東街区にある二つの教会のうちの一つ。平民の住宅街が多い王都南側の中でも、比較的裕福な中流階級が住む地域に立っている。

今回、山道の戦場で死亡した騎士はノエラ一人だった。上官として彼女の葬儀に出るというオリヴァーに、フリードリヒは同行を願い出て、ユーリカも当然についてきた。

二人はノエラと同じ隊ではなかったが、彼女とはある程度親しかった。そして彼女の死に様は、フリードリヒに強烈な衝撃を与えた。

　だからこそ、フリードリヒは彼女の葬儀に向かっている。彼女の家族と婚約者と共に、彼女を見送るために。

「フリードリヒ。ユーリカ。これは気休めを言っても仕方のないことだから、教会に着く前に話しておくが……正直に言って、ノエラの家族や婚約者が俺たちにどのような言葉をかけてくるかは分からない」

　前を向いて歩きながら、オリヴァーが言う。

「軍人が戦死した仲間の葬儀に参列したとき、大半の遺族は穏やかに迎えてくれるが、中には取り乱す者もいる。行き場のない感情をぶつけてくる者もいる。仲間なのに、どうして守ってくれなかったんだと言う者もいる。俺も数年前に一度だけ、そう言われる経験をした」

　その話に、フリードリヒは硬い表情になる。

「もちろん、それが遺族の本心からの言葉ではないと分かっていた。彼らは大切な者を失った苦しみを、まだ乗り越えられていないだけなのだとな。実際、その遺族は後日に謝罪してくれた。葬儀に参列したことへの感謝をあらためて伝えてくれた」

　そこで言葉を切り、オリヴァーはフリードリヒたちを振り返る。

「今日、ノエラの遺族がどのような言葉で俺たちを迎えてくれるかは分からない。だから一応、心構えをしておいてくれ。そして何を言われても、葬儀の場では甘んじて受け入れてくれ」

「……分かった。もちろんそうするよ」

フリードリヒはオリヴァーに答え、ユーリカも頷《うなず》いた。


その後もしばらく歩き、三人はセーシェ教会に到着する。

葬儀や結婚の儀式、季節の行事などを幅広く執り行う場である教会。王都の主要な教会のひとつともなれば、フリードリヒとユーリカが育ったボルガの教会とは比較にならないほど大きい。

その中心部である聖堂に、今はノエラの旅立ちを見送るために遺族や知人友人が集まっていた。

アリューシオン教では火葬が基本。王都へ帰り着いたときには既に腐敗が始まっていたというノエラの遺体は、遺族と対面した後に速やかに荼毘《だび》に付されたそうで、既に骨壺《こつつぼ》に納まっている。

彼女の眠る骨壺は聖堂の奥に安置され、その周りを花が囲んでいた。

三人の王国軍士官の到着を見て、参列者たちはそれがノエラの同僚であると察する。彼らはフリードリヒたちに軽く一礼し、場所を空ける。

オリヴァーを先頭に三人が進み出ると、遺族を代表して迎えてくれたのは老齢の男性だった。

「ノエラの父です。この度は娘の葬儀にご参列いただき、恐縮にございます」

フリードリヒたちが生前のノエラから聞いた話では、彼女の父親もかつて王国軍の騎士だったという。目の前に立つノエラの父親は、元騎士というのも納得の凜《りん》とした佇《たたず》まいをしていた。

「参列をお許しくださり感謝します。騎士ノエラの上官だった、騎士オリヴァー・ファルケといいます」

まずはオリヴァーが名乗る。オリヴァーは貴族家の人間で相手は平民だが、戦友の父親であり、騎士としては自分よりも遥《はる》かに先達である人物に対する礼儀として、丁寧な言葉遣いで。

オリヴァーに促され、フリードリヒも口を開く。

「騎士フリードリヒ・ホーゼンフェルトと申します。騎士ノエラとは同じフェルディナント連隊の仲間でした。この騎士ユーリカも同じく」

名前を出され、ユーリカは無言で目礼した。

フリードリヒの名乗りを聞いたノエラの父親は、驚いたような表情を浮かべる。

「ホーゼンフェルト、ということは……」

「私は元々ホーゼンフェルト伯爵家の従士であり、先日、当代当主マティアス・ホーゼンフェルト閣下に養子として迎えられました。いずれ公表され、市井にも話が広まることと思いますが、それまではできれば内密に願います」

フリードリヒの説明に、ノエラの父親は納得した様子で頷いた。この場でそれ以上話すのに相応《ふさわ》しい話題ではないと考えたらしく、それ以上は言及しなかった。

「お三方にも、花を手向けていただきたく存じます。娘も喜ぶでしょう」

ノエラの父親の案内を受けて、フリードリヒたちは彼女の骨壺のもとへ歩み寄り、他の参列者たちが既にそうしているように、花を手向ける。骨壺の周りを囲む花が、新たに三本増える。

そして骨壺を離れる際、ノエラの他の家族からも挨拶を受ける。彼女の母親と妹、輸送部隊で兵士をしているという弟と言葉を交わす。

挨拶を終えて下がろうとすると、彼ら家族とは少し離れて一人立っている青年と視線が合う。

「彼は木工細工職人のスヴェンといいます。ノエラの婚約者でした」

ノエラの父親の紹介に、フリードリヒは僅かに硬直する。

その青年は気丈に立っているが、今日までにどれほど泣いたのか、目の周りが少し腫れているのが分かった。目の下には隈《くま》があり、明らかに憔悴《しょうすい》していた。

彼はフリードリヒたちに無言で一礼し、今はそれ以外の反応を示さなかった。

間もなく教会に務める司祭が登場し、ノエラの葬儀は粛々と執り行われた。皆で祈り、聖歌を歌い、司祭の言葉を聞いた後、教会の裏にある墓地の一角、ノエラの一族が眠る墓に骨壺が安置されるのを見届けた。

葬儀が終わり、辞去する前にもう一度ノエラの遺族に挨拶をしようとタイミングをうかがっていたとき。フリードリヒたちのもとに、スヴェンが歩み寄ってきた。

ノエラと結婚するはずだった青年を前に、オリヴァーは今一度表情を引き締める。フリードリヒは思わず、少し身構える。ユーリカは無表情を保っていたが、スヴェンを見るその目には微《かす》かに憐みの色があった。

「騎士様方。少し、お話しさせてもらってもよろしいでしょうか」

「……もちろんだ」

代表してオリヴァーが答えると、スヴェンは一呼吸置き、また口を開く。

「まずはお礼を言わせてください。ノエラの遺体を無事に遺族のもとへ届けてくださり、本当にありがとうございました」

そう言って、スヴェンは深々と頭を下げる。

「ノエラの家族も、そして婚約者である私も、最後に彼女と会うことができました。彼女は一族の墓で眠ることができました。戦死者の遺体は帰ってこないことも多い中で、彼女の死に顔を一目見て、彼女を火葬することができた私たちは幸運でした」

下顎《したあご》から首にかけて欠損し、王都に帰り着いたときには腐敗も始まり、変わり果てた姿になっていたであろう婚約者の遺体。それでも最後に彼女と会えた自分を幸運だったと語るスヴェンを、フリードリヒは半ば呆然《ぼうぜん》として見つめる。

「よろしければノエラの最期について、私が聞くことを許される範囲で教えていただけないでしょうか」

スヴェンの要望に、フリードリヒはオリヴァーと視線を合わせる。

ノエラが散った山道の戦い。その作戦を考えたのは自分だ。ならば自分が話すべきだ。そう考えてオリヴァーに頷くと、彼はフリードリヒの意図を察したようで、頷き返してくれた。

「……北方平原の南にある山道。我々はそこで、アレリア王国軍と戦いました」

フリードリヒはスヴェンに向き直り、山道の戦いについて語る。

隊を二つに分け、三倍の敵部隊を迎え撃ったこと。小勢で敵を押し止《とど》めながら、伏兵が敵の側面を奇襲したこと。

激戦の末に敵将を討ちとって敵部隊を撤退に追いやるも、こちらも少なからぬ犠牲者を出したこと。その中に、ノエラも含まれていたこと。

敵を欺いて奇襲するこの策を、立案したのは参謀役の自分であること。

「彼女の奮戦があったからこそ、我々は勝利を成しました。一歩も退《ひ》くことなく最後まで戦い抜いた騎士ノエラは、王国軍騎士の鑑《かがみ》です」

「ノエラは我らの誇り、王国の誇りだ。王国軍は彼女の献身と犠牲を決して忘れない」

フリードリヒに続いて、オリヴァーがそう語った。

スヴェンは視線を落とし、しばらく黙り込む。そして顔を上げ、フリードリヒを見据《みす》える。

緊張を覚えるフリードリヒに、スヴェンは――穏やかな微笑を見せた。

「あなたの策のおかげで、ノエラは勝利に貢献し、彼女の死は意味のあるものになりました。心から感謝します。私も彼女を生涯忘れることはないでしょう。彼女が婚約者だったことを誇りに思いながら、これからも生きていきます」

その言葉を受けて、フリードリヒはマティアスが語っていたことを思い出す。

指揮下の騎士や兵士たちの死が避けられないのであれば、せめてその死を大義あるものとするために。勝利を掴《つか》み、国を守り続けることで、死者たちを英雄とするために。

そのためにこそ戦う。フリードリヒは今、エーデルシュタインの生ける英雄が語ったその言葉の意味を、真に理解した。

スヴェンは一礼し、離れていく。その背を見送りながら、オリヴァーが口を開く。

「強い青年だな。さすがはノエラの婚約者だ」

「……そうだね。彼は強い」

フリードリヒはオリヴァーに答える。隣に立つユーリカが、周囲から見えないように手を握ってきたのを、自身も無言で握り返しながら。

もしユーリカを失ったら。自分はスヴェンのように気丈な態度を保てるだろうか。彼女が他の誰かによって危険な戦いに投じられ、その結果死んだとしたら。自分は策を講じた相手に感謝を伝えられるだろうか。

愛する者が大義ある死を遂げられたと、果たしてそう誇れるだろうか。

彼は強い。おそらく自分よりもずっと。

そして、彼のような人が、王国には大勢いる。過去にも、現在にも、未来にも。

彼らは強い。彼らの中には覚悟がある。愛する者を戦場に送り出し、失いながら、その死を受け入れる覚悟が。愛する者が守ったこの国で、その死を乗り越えて前に進み、生きていく覚悟が。

勝利のため、国を守るために死んだ者たちこそが真の英雄である。英雄たちの後ろには、スヴェンのような者が大勢いる。

戦友たちの死を背負うということは、彼ら遺《のこ》された者の思いを背負うということでもある。それを忘れてはならないと、フリードリヒは己に言い聞かせる。決して忘れないと、自分自身に誓う。

外伝2　ある騎士の決意

ファルケ子爵領は、エーデルシュタイン王国の東部、王都より徒歩で四日の距離にある。

その故郷へと、騎士オリヴァー・ファルケは帰ってきた。フェルディナント連隊に休暇が与えられたこの機を利用して。

アレリア王国との戦端は開かれたが、一度敗北したかの国の軍勢が即座に次の行動に移るとは考え難《にく》い。その兆候も見られない。

仮に非常事態が起こっても即応の任務はアルブレヒト連隊が代わっており、招集があっても本気で馬を飛ばせば二日で戻れる距離なので、王都を離れても問題はない。

一人、愛馬をのんびりと歩かせる旅路の末、オリヴァーは実家が治める領地へと到着した。

小規模な鉄鉱山といくつかの特産品を持つ以外には特徴もない、王国西部と違って戦いに巻き込まれる心配も今のところない、平和な田舎領地。自身が子供の頃と何ら変わらない領都の街並みを抜け、ファルケ子爵家の屋敷に辿《たど》り着くと、事前に手紙で三男の帰郷を把握していた家族や使用人は温かく迎えてくれた。

「北方平原の戦いでは随分と活躍したそうじゃないか。我が子爵家が誇る王国軍騎士の活躍は、もうこの地にも聞こえ始めているぞ」

「何でも、敵の本陣に斬り込んで貴族の首を取ったんだって？　大戦果だな」

「それは少し間違って伝わっていますね。私が戦ったのは北方平原に近い山道で、仕留めたのは敵側の別動隊の指揮官です。貴族なのは合っていますが」

屋敷の居間でお茶を囲み、家族で団欒《だんらん》しながら近況報告をしている最中。当主である父と、次代の当主である長兄の言葉に、オリヴァーは苦笑を零《こぼ》す。

現時点でファルケ子爵領のような田舎領地に届く噂《うわさ》は、流れの吟遊詩人が過剰に脚色した詩や、伝聞に伝聞を重ねた不正確な情報。多少の誤りがあるのは不思議なことではなかった。

「どちらにせよ、大きな戦功を挙げたのね。私たちも誇らしいわ……だけど、大怪我《おおけが》を負ったのは本当に可哀想《かわいそう》。ああ、何度見ても痛そうだわ」

悲しげな表情でオリヴァーの顔を、より正確に言うと鼻から左頬にかけて残る傷痕を見つめ、そう言ったのは母だった。オリヴァーが屋敷に着いてまだ半日と経《た》っていないのに、彼女はこの傷に何度も言及してくる。

負ってから二週間と経っていない戦傷の痕は、まだ生々しさが残っている。我が子が見るからに痛々しい傷痕を、顔のど真ん中に作って帰ってきたとなれば、荒事とは無縁の貴族夫人である母がひどく気に病むのも仕方のないことだった。

両親からもらった顔に、消えない傷を作ってしまったことには申し訳なさを覚えながらも、オリヴァーは母を心配させまいと努めて気丈に笑う。

「大怪我というほどのものではありません。顔にあるので目立ちますが、自分では気にしていません。むしろ、激戦を生き抜いた勲章と思っています」

「勇ましいな。さすがは俺の自慢の弟だ」

オリヴァーの母への気遣いを察してくれたのか、長兄もあえて明るい声で言う。それに、オリヴァーは無難な笑顔を返す。

既に実家を離れて暮らす身ではあるが、両親はもちろん、六歳上の長兄との仲も良好。むしろ実家を出たからこそ、と言える。

オリヴァーは良くできた子供だった。長兄が同じ歳《とし》だった頃よりも一段優秀だった。だからこそ、長兄からは自身の継嗣《けいし》としての立場を脅かしかねない存在として警戒された。両親も、家に不和を生みかねないオリヴァーの扱いに困っている様子だった。

オリヴァーは家族を愛していた。兄を怖がらせるつもりも、両親をこれ以上困らせるつもりもなかった。なので成人と同時に父から騎士の叙任を受け、実家を出て王国軍に入った。

軍内で順調に出世を重ねるオリヴァーはもはや実家に未練なしと見たのか、家族はかつてのように接してくれるようになった。この屋敷は再び居心地のいい場所となった。

ちなみに、次兄は近隣の領主貴族の側近家に婿入りしており、両親や長兄よりもさらに、顔を合わせる機会は減っている。

「それじゃあオリヴァー、お前の口から活躍を詳しく聞かせてくれ」

「はい、父上」

ファルケ子爵領の特産であるハーブのお茶。その爽やかな香りが漂う中で、家族の時間はゆっくりと過ぎていく。


翌日の午後。オリヴァーは婚約者のもとを訪ねた。

名はビアンカ。ファルケ子爵家の側近家の娘で、オリヴァーにとっては幼馴染《おさななじみ》で、昨年に求婚して承諾をもらった。数年のうちに正式に結婚し、王都に移り住んでもらうつもりでいる。

「……そう。残念だったわね。あなたはノエラさんを高く評価していたのに」

「ああ。いずれ俺が大隊長になったら、今の直轄の小隊は彼女に任せようと思っていた。将来は俺の側近の一人になってくれると思っていたが……惜しい騎士を亡くしたよ」

中庭に面したテラス。そこで、やはりこの領の特産であるハーブを使ったお茶を飲みながら、オリヴァーは愛する女性と語らう。先ほどまで彼女の近況報告を聞き、今はオリヴァーが先の戦いについて話していた。

以前、ビアンカがオリヴァーを訪ねて一度王都へ来た際、オリヴァーは特に親しい仲間たちを紹介した。その中にはノエラもいたので、ビアンカも彼女のことは知っていた。

「だけど、あなたが気を取られている考えごとは、ノエラさんのことではないんでしょう？」

「……気を取られている？　俺が？」

「ええ。さっき私の話を聞きながら、同時に他のことを考えていたでしょう？　しっかりこっちを見て相槌《あいづち》を打ってくれていたけれど、表情を見れば分かったわ」

指摘されて、オリヴァーは微苦笑する。

彼女は穏やかで、優しく、そして鋭い観察力を持っている。オリヴァーも子供の頃から、時おりこうして内心を見破られてきた。過剰に有能な三男という立場柄、表情を取り繕うことは得意だったにもかかわらず。

「まいったな。だが、正直に言うとその通りなんだ」

「ふふふ、やっぱりね。考えていたのは……最初に話してた、フリードリヒ・ホーゼンフェルトさんのことかしら？」

「……君は本当に鋭い女性だな」

それも惚《ほ》れた理由のひとつだが。そう思いながら、オリヴァーは頷《うなず》く。

「あいつは大した奴《やつ》だ。それはもはや疑いようがない。能力だけじゃない。覚悟という点でもそうだ。確かにそう示してくれた」

フリードリヒがフェルディナント連隊にやって来た当初、士官である騎士たちの反応は様々だった。盗賊討伐で成果を挙げ、連隊長マティアスに連れられてきたのなら見るべきところがあるのだろうとは思っても、使える軍人になると安易に確信する者はいなかった。才覚があっても、それを能力へと昇華できずに軍を去る人間は決して珍しくないからこそ。

多くの者は、オリヴァーやヤーグのようにお手並み拝見といった心持ちでフリードリヒを観察していた。中には、彼が使い物になるのか露骨に疑問を抱く者もいた。ノエラもその一人だった。

そんな連隊の面々に対し、フリードリヒは己の能力を証明した。山道の戦いを勝利に導く策を編み出し、己の才覚が本物であることを証明した。

そして、彼はその後の試練——戦友たちの死という試練に直面した。

率いた仲間を死なせる苦しみは、自分も知っている。過去に経験した。一部隊長の自分でも苦しいと感じるのだから、将の苦悩は如何《いか》ほどのものか想像もできない。

鳴り物入りで軍に入ったフリードリヒは、マティアスの庇護《ひご》を受けるにふさわしい実績を重ねていくのであれば、いずれ英雄の後継者になるのだろうとオリヴァーは考えていた。

であれば、フリードリヒは誰よりも大きな苦悩を乗り越えてみせなければならない。戦いを終えて、ノエラたちの死を前に打ちのめされるフリードリヒを見て、それは無理なのではないかとオリヴァーは思った。

その予想を、フリードリヒは裏切った。

数日のうちに彼は復活し、そのときには以前までと纏《まと》う空気がまるで違っていた。彼の放つ存在感にオリヴァーは既視感を抱き、間もなくそれがマティアスのものに似ているのだと気づいた。

フリードリヒの能力も、覚悟も、英雄の後継者にふさわしいものになった。まだ確かな根拠もない予感に過ぎないが、そう思えた。他にも、程度の差はあれオリヴァーと同じことを感じた者は少なくないようだった。

なので王都への帰還後、マティアスの養子に迎えられたとフリードリヒから聞かされたとき、オリヴァーは驚きを覚えなかった。

「英雄の養子に迎えられた上に、あなたがそこまで評価するのなら、その人は本当に凄《すご》い人なんでしょうね……前にあなたが言っていた、将になる器を持った人なのね」

「ああ、おそらくはな。とはいえ、あいつはまだ成長の途上にある。だからこそ俺は、あいつを助けてやりたい。あいつがいずれ将になるのであれば、あいつを支えてやりたい。ホーゼンフェルト閣下を側近たちが支えているように」

かつて。騎士となって王国軍に入隊したばかりの頃。英雄の率いる連隊に配属されたオリヴァーは夢を抱いていた。自分もマティアスのようになりたいと。年齢的にも、彼の後を継いで次期連隊長となれる可能性は皆無ではないと期待していた。

数年で、その夢と期待は消えた。現実を思い知り、そして自分の資質の限界も知った。

自分は良き士官、良き部隊長になることはできるだろう。しかし、良き将にはなれない。エーデルシュタインの生ける英雄の後継者にはなれない。彼と他の騎士では何かが違う。そして、自分はその「何か」を持っていない。そう感じた。

突如現れたフリードリヒは違う。彼はマティアスの後を継ぐのに必要な「何か」をおそらく持っている。このまま戦い続け、生き残り続ければ、彼はきっとマティアスのようになる。

しかし同時に、オリヴァーは知った。いずれ英雄になり得る資質を持った人間でも、やはり人間らしい弱さを持つことを。真に英雄となるまでに成長が必要なことを。

だからこそ今は考えている。フリードリヒの歩みを助けたいと。そうして彼が次代の英雄となったとき、彼を側近として支えることが自分の軍人としての到達点になり、自分がこの国のためにできる最大の貢献になると。

「まだそれが正解なのかは分からない。だが、俺はそうしてみたいんだ。俺は……」

いつしか真剣すぎるほどの面持ちで語っていたオリヴァーは、ビアンカが愛《いと》しそうな表情でこちらを見ていることに気づく。

「あなたのそういうところが好きよ。時々、ちょっと大変そうなくらいに真面目なところが。そんなあなただから、支えてあげたいと思っているの」

「……すまない。ありがとう、ビアンカ」

微苦笑するオリヴァーに、彼女は満面の笑みを返してくれた。

テーブルの上に置かれたオリヴァーの手に、ビアンカはそっと自身の手を重ねる。良家の娘である彼女とは、婚約しているとはいえ未婚の今はこれが最大限の触れ合いだった。

オリヴァーは彼女の手の温《ぬく》もりを感じながら、反対の手では自身の顔の傷痕に触れる。この傷ができてから、時おりこうして触れるのが新たな癖になっていた。

ビアンカはオリヴァーの仕草を見ても、何も反応を示さない。彼女はあまり言及しないよう努めてくれているが、婚約者が顔にこのような傷を負って帰ってきたとなれば、衝撃を受けていないはずがない。

「こんな顔になっても、俺と一緒になってくれるか？」

「何を当たり前のことを言っているの？　怒るわよ」

つい弱気になって言葉を零すと、返ってきたのはそんな反応だった。彼女にしては珍しく、頰を膨らませて不機嫌そうにしている。

「悪かった。二度と言わないよ」

「ええ、そうして頂戴……いくつ傷を負っても、あなたはあなたよ。私はあなたと一緒に歩むと決めているの。だからこれからも、自分の信じる道を進んで」

優しく、そして頼もしい言葉に、オリヴァーは頷く。

彼女には敵《かな》わない。おそらく一生。

「せっかくの休暇で時間はたくさんあるんだから、考えたいことがあるなら、ゆっくり集中するといいわ。王都に戻ってからのために」

「ああ、そうするよ……だが今は、もっと君と話していたい。思案するのは屋敷に戻ってからにするよ」

そう言って、オリヴァーはビアンカが手ずから淹《い》れてくれたお茶に口をつける。

「あらよかった。まだ顔も知らないフリードリヒさんに嫉妬せずに済むわ」

ビアンカはクスッと笑い、オリヴァーのカップにお茶を注《つ》ぎ足した。

軍務からひととき解放され、騎士という立場からしばし離れる休暇。その時間はオリヴァーの心を安らげる。この先に待っているであろう、さらなる戦いへと臨むための力を与えてくれる。

外伝3　ある修道女の独白

ドーフェン子爵領の西部、小都市ボルガでは日常が続いていた。

都市の中心人物たちを失った住民たちの痛みは少しずつ癒《い》え、新たに置かれた代官や、復興支援のために領都より派遣された官僚の手助けのもと、社会は平穏を維持している。

北方平原で大規模な戦いが起こったという話はボルガにも聞こえてきたが、エーデルシュタイン王国の勝利で終わったとなればもはや関係のない話。住民たちは淡々と己の仕事に勤《いそ》しみ、家庭を守り、日々を重ねていた。

市街地の中心部にある教会も、それは同じだった。教会は祈りや集い、学びの場を住民たちに提供し、身寄りのない孤児たちを育て、都市社会における役割を粛々と果たしていた。

その教会へ一通の手紙が届いたのは、夏のことだった。

遠方へと手紙を送るには、商人に預けるのが一般的なかたちとなる。ボルガの教会にも、領都の教会などから時おり業務連絡の文書が行商人によって届けられる。

しかし、今回の手紙は違った。王都にも支店を持つドーフェン子爵領随一の大商会の手を介し、はるばる王都から届いた手紙には、ホーゼンフェルト伯爵家の封蠟《ふうろう》がなされていた。宛名は老司祭と修道女アルマ。送り主は、フリードリヒとユーリカだった。

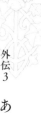

「……なるほど。旅立った後も、彼らには多くの変化があったようです」

先に手紙を読んだ老司祭は、執務机にそれを置き、感慨深そうに呟《つぶや》く。

「アルマさんもどうぞお読みなさい。落ち着ける場所で、ゆっくりと」

「……はい。ありがとうございます、司祭様」

フリードリヒとユーリカに最も思い入れがあるのはやはり、彼らが幼い頃から成人するまでを最も近くで見守り、育てた自分だとアルマは思っている。この街を巣立った彼らからの手紙ともなれば、一人でじっくり読みたい。

そんな気持ちを汲《く》んでくれた老司祭に感謝を伝えると、アルマは手紙を受け取って司祭執務室を出る。そして二階の自室に入り、教会裏の農園が見える窓際で椅子に腰かける。

フリードリヒたちも、あの農園で毎日のように手伝いをしてくれた。そんなことを思いながら、彼らからの手紙を読み始める。

フリードリヒの几帳《きちょうめん》面な字で、旅立ってからの彼らの近況がそこには記されていた。

ホーゼンフェルト伯爵家の従士長から厳しく鍛えられ、春には騎士の叙任を受けたこと。

王国軍に入隊してマティアス・ホーゼンフェルト伯爵の率いるフェルディナント連隊本部に置かれ、隊内の騎士たちとも少しずつ打ち解けたこと。ユーリカの並外れた強さが皆の注目を集め、彼女が一躍人気者になったこと。

北方平原での戦いに臨み、別動隊の一員として山道で正式な初陣を迎え、勝利したこと。危機的な状況だったが、自分の智慧《ちえ》が役に立ったこと。

自分とユーリカは無事だったが、少なからぬ仲間の命が失われたこと。自分の講じた策が仲間を死なせたことに一時は打ちのめされたが、乗り越えたこと。

打ちのめされたとき、見知った故郷であるボルガに、皆のいる教会に帰りたいと、僅かな時間だが本気でそう思ったこと。

そして、ホーゼンフェルト伯爵の養子に迎えられたこと。ホーゼンフェルトの家名と養父の役割を継ぐ決意を固め、戦場で生きていく覚悟を成したこと。

最後まで手紙を読み、アルマはホーゼンフェルト伯爵家の封蠟の意味を理解する。これは単に伯爵家から届いたことを示しているのではなく、送り主のフリードリヒが伯爵家の一員であることを示しているのだと。

「……」

この報《しら》せを読んでも、アルマは驚かなかった。二人を見送ったあの日、いや、二人がホーゼンフェルト伯爵家の庇護《ひご》下に入ると聞いたときから、そう遠くないうちにこうなるのではないかと予感を覚えていた。

フリードリヒが幼い頃から、彼には大きな可能性があると感じていた。彼が驚くほど聡明《そうめい》だったことだけではない。彼の類まれな意思の強さに、アルマは可能性を見ていた。

四歳で読み書き計算を覚え始めたフリードリヒは、七歳になる頃には、平民としては十分に優秀と呼べる――例えば広場に掲げられた布告の平易な文章を自力で読んだり、比較的大きな買い物でも自分で釣銭の計算をできたりする程度の――能力を身につけてしまった。

それだけでは飽き足らず、フリードリヒはさらなる教育を求めた。若い頃は領都の教会で学んだアルマができる限りの読み書き計算の知識を授けると、フリードリヒはその知識を使い、ボルガの教会の蔵書を次々に読み始めた。伝記や戦記、見聞録などの読み物だけでなく、難解な文章で書かれた歴史書の類も好んだ。

ここだけではない世界を知りたい。今だけではない歴史を知りたい。そのような意思が、彼の貪欲さの原動力になっているようだった。

そして、ユーリカのことも。

頑《かたく》なまでの熱意をもってユーリカの庇護を大人たちに受け入れさせたフリードリヒは、彼女の傍《そば》から片時も離れなくなった。

あのまま成長するようであれば庇護しきれないかもしれないと、アルマでさえ思ったユーリカの存在を、フリードリヒだけが一切揺らぐことなく受け入れた。幼いフリードリヒが何故《なぜ》そのような決意をして、その決意を実行に移したのかは分からないが。

正直に言うと、その後も何度か危ないと思う場面はあった。ユーリカが感情を自制できず、最も近くにいるフリードリヒに怪我《けが》をさせてしまいそうになったことがあった。

それでもユーリカは、フリードリヒを傷つける前に我に返った。彼女に傷つけられそうになってもなお、フリードリヒは彼女の傍に居続けた。そんな二人を見て、アルマはそれが保護者として正しいことなのか時に葛藤しながらも、互いに寄り添って前に進もうとする二人を見守った。

結果的に、フリードリヒはユーリカを救った。フリードリヒほどではないがユーリカも十分に聡明で、彼を見ながら社会に馴染《なじ》む術《すべ》を――少なくとも、社会から排除されない程度には大人しく振る舞う術を身につけていった。十代に入る頃には、フリードリヒと一緒ならば教会の外に出かけても心配ないと言える程度に落ち着いた。

フリードリヒはその意思の強さで、平民離れした知識と智慧を身につけ、一人の少女の人生を救うという常人ならざることを成した。彼がその内に秘めている可能性を、ホーゼンフェルト伯爵も見出《みいだ》したのだとアルマは思っていた。

フリードリヒは軍人としても、その可能性を発露させつつある。既に戦功を示し、養子とはいえ貴族の継嗣《けいし》にまでなった。この辺境の小都市で育った彼は、新たな世界に生きている。かつて彼が書物の中に見たような、歴史に名が残る世界に。

だとすれば、それは喜ぶべきことなのだろう。他ならぬ彼が選び、進んだ道なのだから。

アルマは手紙の最後に目を向ける。

いずれ顔を見せに行きます。それまでどうかお元気で。

フリードリヒの言葉はそう締めくくられていた。その後には自由奔放なユーリカらしい字で、また会えるのを楽しみにしています、と書かれていた。

「……」

手紙を閉じたアルマは、静かに、優しげな笑みを浮かべる。

広い世界を知り、大きく成長した彼らは、どのような顔になって帰ってくるだろうか。

これほど何かを楽しみだと思うのは久しぶりだと、そう思った。

「唯一絶対の神よ。どうか彼らをお守りください。彼らに祝福をお与えください。彼らの旅路が意義あるものに、そして幸あるものになりますように」

空、大地、海を表す三角形を胸の前で描き、両の手のひらを重ね、アルマは祈る。

ボルガを旅立つフリードリヒとユーリカの後ろ姿を、そして彼らがまだ幼かった頃の姿を、思い出しながら。

あとがき

初めまして。あるいは、お久しぶりです。エノキスルメです。

この度は『フリードリヒの戦場1　若き天才軍師の初陣、嘘《うそ》から始まる英雄譚《たん》の幕開け』を手に取っていただき、誠にありがとうございます。

私がオーバーラップノベルス様でお世話になるのは、デビュー作『ひねくれ領主の幸福譚』に続いて二作目になります。前作はいわゆる開拓もののテイストが強い作品でしたが、本作『フリードリヒの戦場』は初《しょ》っ端《ぱな》から戦記色の濃い作風です。

ただ純粋に、今の自分が作家として書き得る最高の戦記物語を書きたい。そう思って執筆を始めたのが本作でした。だからこそ主人公は純粋な軍人の立場に置き、主な舞台は戦場に定め、物語を組み立てました。

内包させたいテーマは数多くあります。不遇な立場からの成り上がり。親と子の絆《きずな》と呪い。避けられない対立と、嬉《うれ》しいばかりではない友好。人と人の物語であり、国と国の物語であり、娯楽であり、風刺であり、軽妙であり、重厚である……自分の力の限りを尽くし、ウェブ版からの改稿加筆も行いながら、本作をそんな戦記シリーズとして作り上げていきたいと思っています。

そして、本作を手に取ってくださる読者の皆様に楽しんでいただき、少しでも皆様の記憶にこの物語を刻みつけたいと思っています。

フリードリヒが進み始めた戦場の物語、その結末までを、これからどうか見守っていただけますと幸いです。

ここからは謝辞を。

キャラクターデザインとイラストを手がけてくださった岩本ゼロゴ先生。登場人物たちに表情と体温と魂を、作中世界に景色と色を与えてくださり、誠にありがとうございました。

本作の刊行にあたってご尽力くださった担当編集O様。改稿作業に際していただいたポジティブなコメントの数々も大きな励みになりました。あらためて感謝申し上げます。

本作が刊行されるにあたり、関わってくださった全てのプロフェッショナルの方々。皆様のお力をお借りしたからこそ、本作は書籍として形を成しました。大変お世話になりました。

そして、ウェブ版から本作を応援してくださった読者の皆様。書籍版で本作と出会ってくださった読者の皆様。あなた方に手に取っていただいたことで、本作が世に出た意義が生まれました。心より御礼申し上げます。本当にありがとうございます。

願わくば、フリードリヒの歩む物語にこの先もお付き合いいただけますように。

作品のご感想、
ファンレターを
お待ちしています

あて先

〒141-0031　東京都品川区西五反田8-1-5 五反田光和ビル4階
ライトノベル編集部
「エノキスルメ」先生係／「岩本ゼロゴ」先生係

スマホ、PCからWEBアンケートにご協力ください

アンケートにご協力いただいた方には、下記スペシャルコンテンツをプレゼントします。
★本書イラストの「無料壁紙」　★毎月10名様に抽選で「図書カード（1000円分）」

公式HPもしくは左記の二次元バーコードまたはURLよりアクセスしてください。
▶ **https://over-lap.co.jp/824008862**
※スマートフォンとPCからのアクセスにのみ対応しております。
※サイトへのアクセスや登録時に発生する通信費等はご負担ください。

オーバーラップノベルス公式HP ▶ **https://over-lap.co.jp/lnv/**

フリードリヒの戦場 1
若き天才軍師の初陣、嘘から始まる英雄譚の幕開け

発行　2024年7月25日　初版第一刷発行
著者　エノキスルメ
イラスト　岩本ゼロゴ
発行者　永田勝治
発行所　株式会社オーバーラップ
〒141-0031
東京都品川区西五反田8-1-5
校正・DTP　株式会社鷗来堂
印刷・製本　大日本印刷株式会社

ISBN 978-4-8240-0886-2 C0093

【オーバーラップ　カスタマーサポート】
電話　03-6219-0850
受付時間　10時～18時（土日祝日をのぞく）